ロンサム・カウボーイ

片岡義男

晶文社

ブックデザイン　平野甲賀

ロンサム・カウボーイ　目次

ロンサム・カウボーイ

六杯のブラック・コーヒー

ニューヨークからロサンゼルスまで二、九一五マイルの往復を一二六回。それに、もっとみじかい距離の走行を、これはもう数えきれないほどおこなってくると、まず第一に、この北アメリカ大陸のなかでおこりうる、ほとんどありとあらゆるかたちの生と死とを、彼は直接に体験できるのだ。そして、北アメリカ大陸そのものの生命みたいなものだって、そのこまかな、ごく繊細な部分まで、まるで自分の手で触れつくすように知ることができる。

死から語ろうか。どんなかたちの奇怪な死だって彼の記憶のなかから、そくざにひっぱり出してくることができる。インタステートにしろ、二車線のブラック・トップにしろ、たとえば地名をひとつあげさえすれば、そこで体験した死を、いくつも彼は語って聞かせられる。テキサスからニューメキシコに入る国境のちかくで、かなりの霧がたちこめたなかで雨嵐がすさまじい勢いで見渡すかぎりをつつみこんでいたときのことだ。霧のために視界がきかないから、雨につつみこまれた感じはとても強く、そのなかを走りつづけると、いつのまにか、叩きつける雨のなかに、エンジンの音や風の音、それに、水をはねあげながら走るタイアの音などが、溶けこんでしまう。音をはらんだ大量の水が、あらゆる方向から自分めがけて飛んでくるみたいで、そんな状態が三時間も四時間もつづくのだから、一〇年ほどの経験をつんだ男でも、気がついてみると泣きだしてしまっているときだってある。

雨嵐は、すばらしい。あらゆる音が、何倍にも拡大されたうえで、全身のいたるところから体の内部へ入ってくるのだから。トレーラーのいちばんうしろのタイアの音から順番に、最前部のタイアの音まで、きれいに聞きわけることができる。あのときは、トレーラーのうしろにずっとくっついてテイルゲートしてくるキャデラックがいた。キャデラックだということまで、はっきりわかるのだ。道はまっすぐだから、むかい風のためにギアを一段おとして時速八〇マイルで走っていた。トレーラーのうしろにできるドラフトのなかに入りこんで、そのキャデラックは走っていたのだ。八〇マイルで走るトレーラーのうしろにつけば、アメリカのもっとも重たいセダンでも、ドラフトにひっぱってもらって時速にして六マイルから七マイルは確実にあがる。そのキャデラックの音も聞きわけながら走っていると、あるとき、いきなり、その音のピッチがちがってくる。なぜだかその理由はわからないけれども、ニューメキシコ州境の雨嵐のなかでそのキャデラックは彼のトレーラーを追い越そうとした。左から抜いていって雨のなかへおどり出た紫色のキャデラックを見た瞬間、彼は死の匂いを嗅いだ。ドラフトでひっぱりつづけられてきたために、いっぱいに長くのばしたアンテナが、前へ倒れていた。

そして時速九〇マイルちかいスピードのなかで、そのキャデラックは、ボディぜんたいがめちゃくちゃにシェークしていた。普通のセダンは時速で七〇マイルをこえると、ひどいシェークやヴィブレーションが出るのだが、このキャデラックのはもっとひどかった。バランスの悪いタイアなのだなと思った次の瞬間、キャデラックのうしろの左のタイアから、黒い小さなかたまりが、いくつか吹き飛んだ。バランスを崩したまま高速走行をつづけると、あるとき、トレッドがひきちぎれて飛ぶのだ。雨に叩き落とされて、あまり遠くへは飛ばなかった。トレッドが吹き飛ぶとほぼ同時にそのタイアはバーストし、信じがたい光景が彼の運転席から見えた。

キャデラックの、バーストしたタイアはすぐにちぎれてなくなってしまい、ホイールをひきずって走りながら、それを支点のようにしてゆっくりと雨のなかを横ざまに半回転した。車の右側ぜんたいが持ちあがり、キャデラックは腹を見せてひっくりかえり、コマのようにスピンしながら、屋根で道路のうえをすべっていった。彼は、ブレーキを踏むこともギアを落とすこともしなかった。かえって危険だし、キャデラックにうしろからぶつけて道路の外にはねとばしたほうがいいからだ。だが、キャデラックは、となりの車線へ出ていったまま、屋根を下にしてコマみたいにまわりながら、しばらくのあいだ、彼のトレーラーとならんで走った。コマみたいにまわっているあいだずっと、屋根がひきちぎられピラーがもぎり取られ、車のなかにいた人たちは、アスファルトの道路に擦りおろされて、なくなっていった。すべっていくキャデラックのスピードが落ち、トレーラーが充分にそれをひきはなしてから彼は慎重にトレーラーをとめていった。マッキントッシュをかぶって雨のなかを走ってひきかえしてみると、道路のまんなかに、完全に半分にすりへったキャデラックが、ひっくりかえったまま、とまっていた。さすがに呆然としてそれを見ていたとき、雨のなかから男の小人がひとり、とび出してきたのには、ほんとうにおどろいた。巡回サーカス団の幹部たちが、次の興行さきへキャデラックでむかっていて、その小人も幹部のひとりだったらしい。奇跡的にキャデラックからほうり出されて助かったのだ。この小人が馬鹿力の持主で、ひっくりかえっているキャデラックを自分ひとりでもとどおりになおした。半分にすりへった人間が何人か団子になっている内部はすぐに雨でいっぱいになり、小人はそこに飛びこんで自分の恋人をさがしていた。

ミシシッピー河がはんらんし、行手から濁水の壁が押しよせてきて、むこうへ走っていく車や、こちらにむかっている車が次々にその濁水にのみこまれるのも見た。彼はトレーラーの屋根に逃げ、ひざまで水びたしになった。ケンタッキー州のルイヴィルでオハイオ河をこえ、インディアナのルート460に入ったところで大嵐にあい、本来ならまっ暗なはずなのに、連続して次々に光る稲妻で白く照らされているなかを走りつづけたときには、車に落雷するのを見た。まっ白い光りのなかを、こちらへむかって走ってくる黒いトランザムに雷が落ちた。そのトランザムは、ぜんたいが黄金色に灼熱して三〇フィートほど空中にはねあがり、燃えさかりながら道路に落ちてきて、さらに二度、バウンドした。そのみじかい時間でトランザムは燃えつきてしまい、黒こげの残骸となって路肩に横だおしになった。

できるだけインタステートを選んで走ると、自動車どうしの衝突や横転がひっきりなしに見られるし、ターンパイクをさけて二レーンのブラック・トップを走れば、東から西までのあいだに平均して七つから八つ、あるいは一〇ほど、葬式にいきあえる。インタステートは、時間の経過とか場所の移り変りなどを失ったトンネルみたいで、どこを走ってもおなじだし、インタステートで急いではこぶ引っこし荷物は、そのなかみまでおなじだ。大きなテレビに、ボウリングのボールが、かならずある。

この北アメリカぜんたいで、毎週、一、〇〇〇人の人間が自動車の事故で死に、役に立たなくなった自動車は、自動車の墓場にすてられる。東から西へ、あるいは西から東へ、どこをどう走っても二〇〇から二二〇の町をとおりすぎ、自動車の墓場は、いまなら三〇個所は見れるだろう。オハイオ・ターンパイクには追突の名所がある。小さな山をひとつ越えて、その次の山を左まきにしながら坂を降りていくと、いきなり、目の前に、じゅずつなぎになった自動車の列がある。ターンパイクがトンネルを抜けるところで片側一車線につまるから、ひどいときには一〇マイルも車がつながり、標識もなにもないので、はじめて走る人たちのうち三人にひとりは追突する。その郡の保安官が葬儀屋と自動車のレッカー屋を兼業しているから、いつまでたっても標識は立たないのだ。

いまのアメリカには、フリーランスの処刑屋が六人いる。その六人がそれぞれ、仕事を求めてアメリカじゅうを走りまわっている。グレイハウンドの長距離バスを中古で買い、内部を改造して電気椅子をそなえつけ、なかば放浪旅をする。電気椅子処刑法が法律で認められていながら、それを買いととのえるだけの予算がない田舎町に案内を出したり、とびこみでいって判事にかけあい、長期刑の男が裁判のやりなおしで死刑にされたりする。だけど、死んでいくのは人間だけではない。石炭や鉱山の露天掘りがすすむにつれてそこの山や自然が破壊されると、たとえばそのあたりに住んでいた鹿や兎が死んでいく。えさがなくなるからなのか、それとも、身のまわりの状況が激変してそれに適応できなくなるせいなのか、とにかくふらふらとハイウエイまで出てきて、車にはねられたり轢きつぶされたりする。ほんの数年まえまでは、このようなことはほんの一部の地帯にかぎられていたのだが、いまでは北アメリカ全域でおこっている。

インタステート80からハイウエイ40でソルト・レイク・シティに降りてくると、カイザー・アルミニウム会社の排煙のにおいがする。干上がった湖の底に、塩岩が、まっ平らに巨大に広がっている光景は、カイザー・アルミニウムの煙がにおいはじめるまでは、人間の力などでは微動だにしない圧倒的な光景だったのだけれども、煙がにおいだしてからは、とてもこわれやすくてはかないものに思われはじめた。西から走ってくると、ニュージャージーのターンパイクが、やはり工場の煙の悪臭でいっぱいだ。だから、ニューヨークのマンハッタンに入っていくリンカン・トンネルは、地獄の入口だ。

町も、死んでいく。ワイオミングには、ゆっくりと死に絶えていく小さな町が多いのだ。ひとり抜け、ふたり抜けして、文字どおり町はかたむいて崩れていく。走り抜けるたびに、町なみのかしぎ具合いが大きくなっていく。看板がいたんでかたむいたまま、そのかたむきが大きくなるばかりだし、屋根がかしいでいき、人が減る。人が、ある程度まで減ると、ただひとつあった交通信号に明かりがともらなくなる。ガソリン・スタンドの顔なじみの老人メカニックが、あるとき、いなくなっている。死んでしまったのだ。息子がしばらく肩がわりし、その息子たちも年齢の大きいほうから順に都会へ出ていったり、遠いところの仕事に移ったりしていく。最後には一三歳くらいの息子が相手をしてくれて、それもいなくなると、おばあさんがやるか、あるいは、無人のスタンドになる。無人のスタンドになっても、ディーゼルの燃料は無理だが、ガソリンと自動販売機のコークだけは、絶えない。それがしばらくつづいて、ある日、ガソリンもコークもなくなってしまう。〈無人ですからご勝手にどうぞ〉という看板をそのままに、ガソリン・スタンドは命が絶え、町ぜんたいもまた、同時に死んでいる。ゆっくりと地べたに折りたたまれるみたいに、町は死んでゆく。これはまあ自然死のうちだろうけれど、ちょっとした都会のはずれにあるコンクリート製のスラムは、力ずくでとりこわされる。バイパスを走っていて見えるのだ、こわされるところが。コンクリートづくりの一〇階建てほどのアパートがびっしりならんでいて、そのぜんぶが、いきなり、そのままのかたちでほんのちょっとふくらんだかと思うと、土煙を巻きあげながらみんな崩れていき、あっと思ったときにはもうそこにはなにもない。鉄筋のアパートすべてにダイナマイトをしかけ、いちどに爆破してしまう。その都会のゴミすて場と、都会の中心部との中間の地帯で、こんな光景がよくみられる。

語りはじめたら、きりがない。この地上にありうるあらゆるかたちの死を、長距離トラックのドライヴァーたちは見てしまう。だから、いまのアメリカでもっとも宗教的な人間は、彼らだ。

「ほら、あの男を見てみろよ」

と、ジョーが言った。ジョーの視線の他端には、ジューク・ボックスから自分の席にかえっていく、ワークジーンズにオレンジ色のハワイアン・シャツの男がいた。

「さっきこのトラック・ストップに入ってきて、ウォッシュ・ルームへいき、かえりがけにジューク・ボックスへいってコインを入れた男だ。あの男はいま、なによりもさきに讃美歌を聞きたがっているんだよ」

ジューク・ボックスは、歌をうたいはじめた。河に集った聖者たちにともなわれてする旅をうたった、『河に集いましょうか』という歌だった。

ウエートレスのメイベルが、コーヒーを持ってやってきた。五杯目のブラック・コーヒーだった。

「もう一杯、ちょうどいいころにまた持ってきてあげるわよ、ジョー」

そう言いながら、メイベルはジョーの前に置いた。

「こんな奥のほうになぜ俺がいつも坐るか、わかっているのかね、メイベル」

と、ジョーは、真剣な顔で訊いた。

「ここが奥のほうだとは知らなかったわ」

メイベルは、こたえた。そして、コーヒーをアルミの盆に乗せて、はこんできたときよりももっとさかんに尻を振りながら、カウンターの方にかえっていった。

「奥のほうに坐っていればいるほど、あの尻をながくながめていられるわけだよ」

ジョーは笑った。

「あれは、いい尻だよ。俺がこのトラック・ストップでいつもコーヒーを何杯飲むか、忘れずに覚えているんだから」

いっぱいに入れると七二ガロンのディーゼル燃料がタンクに入る。先端のバンパーからトレーラーのうしろの鋲の頭まで、全長二八フィートのタンデム・トレーラーは一七段のギアを持ち、三三五馬力をエンジンからしぼり出すことができる。ドライヴァーズ・キャビンは普通の民家の軒さきほどの高さにあり、時速八〇マイルくらいの速度になると、ぜんたい的な振動や横ゆれ、ピッチングがすさまじく、圧搾空気の緩衝装置のない助手席に坐ると、はねとばされるのをふせいでいるだけで、五マイルと走らないうちに全身の骨の内部から完璧に疲労してくる。ドライヴァーズ・シートは坐り心地がいいのだが、路面の凹凸を忠実にひろって増幅させるタイアに緩衝装置がはねあげられ再びもとの位置にまで沈むとき、肛門が外へひっぱり出される。痔になればそれで落第、痔にならない男だけがこの仕事をつづけていける。

仕事をつづけながら、じつにさまざまな死を体験できると同時に、長距離トラックのドライヴァーたちは、ひとつの雄大な生命の一部分となることもできる。

たとえば、風も、北アメリカ大陸という生命体の貴重な一部分だ。シカゴのトラック・ターミナルから、カリフォルニアのロデンド海岸まで、六〇時間で走りきるのが普通だとすると、道中が向い風の連続だと、シカゴからカリフォルニアまでは六七時間から六八時間にのび、さらには七〇時間をこえることもある。一段おとしつづけたままのギアの音の重さと、おくれたぶんだけの時間が、向い風の命として、カリフォルニアまでを走りきったあとに、たいへんな手ごたえと共に知覚できる。疲労した両腕のなかに、彼はそのときシカゴからカリフォルニアまでの向い風を握っている。

北アメリカ大陸は、その生命のありようを、さまざまなかたちで表現している。場所による年間の雨量の差によって、その土地の香りがちがってくる。雨がそのとき降っていてもいなくても、香りはちがうことがはっきりとわかる。

東の端から、ルイジアナ、アーカンソー、ケンタッキー、西ヴァージニア、ペンシルヴァニアにかこまれた地帯がだいたいおなじようだ。ニューヨークから出てペンシルヴァニアを抜け、オハイオ、インディアナ、そしてイリノイとミズリーの北を抜けるコースだと、香りはまたちがう。

アーカンソーを西へ出ると、オクラホマからテキサスの北部ずっと、雨量の低さは一段と強くなりアリゾナとネヴァダに雨の香りはない。そして、シエラ・ネヴァダ山脈までくると、たとえばネヴァダ州のリーノやカースン・シティでは、山脈による雨のせいで一年のほとんどが雨嵐であるかのように思える。

地形の激変もまた、大陸が持つ命のひとつだろう。ロッキーにくらべると、アパラチアのほうが年齢ははるかに多い。アルプスとおなじ程度の古さであるロッキーは、かたちもおなじようにとがっているが、アパラチアのほうは、やさしく波を打っている。西海岸の沿岸山塊に地震が多いのは、まだ地形がかたまっていず、変動がつづいていることを示している。ペンシルヴァニア・ターンパイクの雨のなかを抜けると、オザークの北の中央低沃地がすぐに広がる。二五、〇〇〇年ほどまえに、カナダから動いてきた氷河が押し出してきた土によって出来た、世界でも最高の農業地帯のひとつだ。ここでとれる飼料用のトウモロコシの命は二五、〇〇〇年前の氷河といまだに無縁ではなく、トウモロコシの成長期にコーン・ベルトをトラックで西へむかって走り、帰路にまたそこをとおると、成長の早いトウモロコシは、わずか二、三日のあいだに一フィートはゆうに丈がのびているのを知ることができる。夜ならば、いちめんのトウモロコシが月光に照らされて黄金色に波うち、トラックをとめエンジンを切ったなら、そのとたんに、トウモロコシが成長する音と鈴虫の鳴き声が耳いっぱいにひろがる。なにかがきしみつつおだやかにはじけるような音が、成長するトウモロコシの音であり、風のない夜は、起伏する地形のなかをぬうハイウエイの、高いところから低い部分へ走り降りてくると、大地に根をはって生きているトウモロコシの甘い香りが、ディーゼルの排気とまざってにおう。大陸の命を知覚する感覚の次元は、ハイウェイを走るにしたがって刻一刻とさまざまに変化する。

コンティネンタル・ディヴァイドの東側の斜面とその頂上は、八月でも冬の寒さだし、シエラ・ネヴァダ山脈と沿岸山塊とがあまりにも西の端にできすぎたという偶然の巨大な不幸による死の谷で、海抜七、〇〇〇フィートから谷底まで走り降りると、谷底でもっとも熱い空気につつまれる。そして、そこで、西の山のほうから降りてきたトラックとすれちがうと、スカンクのにおいが、一瞬、鼻をうつ。そのトラックは、山のなかでスカンクを踏みつぶしてきたのだ。

いつも泥でにごっているミシシッピー河。ネヴァダとカリフォルニアの州境でのモンスーン。ニューメキシコの突風。テキサス西北部の砂嵐。製鉄工場のこの世のものとは思えない邪悪なオレンジ色の煙。起伏するインディアナのトウモロコシ畑の、起伏のたびにくりかえすあたたかい空気と冷たい空気。虫をくちばしにくわえて飛んでいるイリノイ州のブラックバード。

こうした広がりのなかのさまざまな変化と同時に、その広がりの各所に生きて働いている人たちとも、長距離トラックのドライヴァーは、触れあう。

大きな大陸の広がりが好きだから、人に対する興味はどうしても二番手に落ちる。どんな小さな町にも野球場があり、金曜日の午後になると、そこでおこなわれる野球やフットボールの試合に町じゅうの人たちが車で出かけていくし、ミズリー州では朝の四時に仕事に出る農夫のインタナショナル・ファームオールのトラクターとすれちがう。カンザス州ではピックアップ・トラックがアメリカでいちばん速いスピードで走っているし、中西部のハイウェイは大きくてほこりっぽく、いつ走ってもディーゼルの排気とほこりと、平原の空気とが入りまじってそこにあるようだ。

アリゾナのキングマンでは、ルート66がサンタフェ鉄道と平行して走っている。ディーゼル機関車の三重連が、一台が九〇フィートもある平たい貨車に郵便物をつんだトレーラー・トラックを乗せ、二〇輛連結で走っていたりする。一万馬力で、時速は自分のトレーラーのスピードメーターで計ってみると、一〇〇マイルに達している。

ナヴァホの保留地のなかをとおるハイウエイは、両側に柵がしてないから、登り勾配をあがりきるといきなり目の前に羊の群れがひろがっていたりする。

ロイ・ロジャーズの軽食堂チェーンのロースト・ビーフ・サンドイッチは肉が薄くなり、それと同時に、ウエートレスたちの着ている服の質が落ちた。男の彼にだってわかるほどだ。

荷をつみこんだトレーラー・トラックに乗りこみ、指定された時間内で目的地にできるだけ着くようにして、無事に荷をおろす。仕事の基本は、ただこれだけのことなのだが、州警察とかハイウエイ・パトロール、州間商業取引監視委員会など、いろんな機関や人間たちが、仕事の基本にさからってくる。走っているトレーラー・トラックをとめて、スピード違反や燃料積載違反で、罰金をとりたてようとする。軽飛行機で空を飛び、空からトレーラー・トラックのスピード違反を専門にとりしまる警察を持った町もある。自治体としての財源がひどく不足しているので、スピード違反で取りたてた罰金は重要なのだ。ハイウエイのまんなかに白いペイントで大きな×印があり、しばらく走るとまたおなじような×印がみつかる。この二点間の距離をトレーラーがどれほどのスピードで走るかを空中から調べ、違反車があれば地上で待機しているパトロール・カーに知らせる。

時間が惜しいので、罰金は、言われたとおりにみなその場で支払う。トレーラー・トラックのドライヴァーたちは、ハイウエイですれちがう一瞬、おたがいのキャビンから手で合図をしあう。道路の状態や、とりしまりの様子についてのひとつひとつを確実に伝えるサインがあり、それをすれちがう相手に示すのだ。

トレーラーに荷をつみこんだときには燃料タンクがフルであることを要求する法律が、どの州にもある。ところが、それに隣接する州のなかには、ほかの州から入ってくるトレーラー・トラックの燃料は必要最低限であること、と法的に規定しているところがある。必要最低限をすこしでもこえていると、他州からのディーゼル燃料の密輸、ということになってしまう。

スピード違反で警察にとめられるチャンスがいちばん多いのは、ニューメキシコとアリゾナだ。走っていくハイウエイが、いくつもの小さな町をつらぬいて、広いなかにぽつんとある町の警官たちは、トレーラー・トラックと容易に一対一になることができるから、したがってとめやすいのだ。スピード違反による車どうしの事故は、大きな都会のなかのほうが確率はずっと高いのに、そのような都会では警官にとめられることはすくなく、一日じゅう走っていても一台の車ともすれちがうことのない荒野のなかで、スピード違反でとめられる。

長距離トラックのドライヴァーたちには、積荷の総重量に応じて、走る距離とのかねあいのうえで、報酬が支払われる。荷を積み終ったトレーラー・トラックは、ごく形式的に、重量検査場で重さをはかったのち、たとえばニューヨークから西にむかうときには、交通量のすくない真夜中に出発する。リンカン・トンネルまでのストップ・ライトのタイミングまで知りぬいているから一度も赤でとまることはなく、ニュージャージーのルート46をつかってインタステート80に入り、オハイオのコロムブスへ南下し、インタステート40に入る。昼間は車がつまっていて使いものにならないルートなのだが、夜中ならここまでひと走りだ。

東から西まで、あるいは西から東まで、三、〇〇〇マイルを超える道のりのなかで、自分がいまどこかのインタステートを走っている事実を知っていてくれて、立ち寄っていつもコーヒーを何杯飲むか、あるいは朝食にはなにをどれだけ出したらいいのかなどをよく心得てくれているのは、トラック・ストップのお気に入りのウエートレスだけだ。

大きな都会を離れて出発するときだけは夜中だが、いったんその外へ出てしまえば、さえぎるものはなにもないから、夜はトラック・ストップで明かす。ハイウエイ沿いに広大な駐車場があり、食堂と洗面所の建物がその駐車場の片側に建っていて、その反対側には、ディーゼル燃料のポンプがある。食堂の建物の裏には、シャワーのついた宿泊用の個室のならんだ建物がある。

夜になると、二台、また三台と、トレーラー・トラックが駐車場に入ってくる。すでに肌寒さを感じさせる季節だったり、あるいは、海抜の高いところにあるトラック・ストップでは、トレーラーのディーゼル・エンジンは夜どおしつけたままになっている。朝の始動がたいへんなので、つけっぱなしにしておいたほうがいいのだ。駐車場に二〇台もとまると、夜どおしたいへんな音が、地鳴りのようにあたりを埋めつくす。遠くに離れてとまっているのは、動物をはこぶトレーラーだ。ひどいにおいがするので、離れてとめることになっている。

ほんとうのトラック・ストップでは、アルコール類はビールさえ売らない。コーヒーと朝食と、ジューク・ボックスの音楽、そして場所によっては、ウエートレスの体が、売られている。売るといっても無料提供にちかく、洗面所の壁には何種類ものコンドームの自動ディスペンサーがならんでいて、これも無料だ。トラック・ストップの規模に比してウエートレスの数がすこし多すぎるように思えるところは、たいてい、ウエートレスが体を提供している。彼女たちは、感じがよく似ている。金髪を高く盛りあげてヘア・スプレーでかため、スパイク・ヒールのサンダルをはき、胸の深く切れこんだブラウスにミニ・スカートだ。そしてどの男をも、ベッドにさそうときには、ジョーと呼ぶ。

ドライヴァーたちは、ヘヴィな朝食をたくさん食べる。ハムエッグにマッシュド・ポテト、クリーム・グレイヴィにひたしたパン、キューブ・ステーキ、グリーン・ビーン。ローラ・ベル・チェリー・パイにデキシー・アイスクリーム。そして、六杯のブラック・コーヒー。ジューク・ボックスのクライド・ムーディやテイター・テイトが、早朝の霧の香りとともに、全身にしみこんでいく。魔法ビンにコーヒーをいっぱいにつめてもらい、お気に入りのウエートレスに駐車場までおくってもらい、無骨なフェンダーやエンジン・フードを彼女に撫でてもらい、出発だ。真顔でジョーの目のいちばん奥までじっと見上げて見つめ、気をつけてね、と彼女は言う。

トレーラー・トラックの、特にクロス・カントリーの長距離ドライヴァーたちには、離婚してひとり身になった男たちが多い。

六杯のブラック・コーヒーを飲んだジョーをおくって、メイベルが店のなかへひきかえしてきた。コーヒーの器をさげに来て、メイベルは、ジューク・ボックスのほうにあごを軽くしゃくってこう言った。

「あれが、ジョーのお気に入りなのよ。あの歌が。五杯目のコーヒーと六杯目のコーヒーとのあいだで、ジョーは、いつもこの歌をかけるの。たてつづけに六回もボタンを押しとくのよ。だから、六杯目のコーヒーを飲み終って、用を足して外へ出ていくときにもまだその歌は聞えていて、ジョーのディーゼルの音が聞えなくなっても、もう一回くらい、聞けるわね。『西の風が吹く荒野』という歌なの。レックス・アレンよ。知ってる？　アリゾナの、アメリカでいちばんのカウボーイ」

コーヒーの器を乗せたアルミの盆をテーブルのうえに置いて、メイベルは、さらにつづけた。

「この歌がジューク・ボックスでかかると、ジョーのところへ六杯目のコーヒーを持っていく時間だな、とわかるの。ここでは、この歌と私とが、ジョーのお気に入りなのよ。うれしいけれど、どうすることもできないわね。月に一度か二度、コーヒーを六杯、飲んでもらうだけの仲だから。それに、歌は、荒野の西風の歌だし、できるだけジョー好みのコーヒーをつくるだけね、私にできるのは。ジョーは、ずっと以前に離婚して、いまでもひとりなの。あんな大きなトレーラーで、いっときに三、〇〇〇マイルをひとりで走る人は、人を選ぶ感覚が次第に鋭くなってきて、自宅で自分を待っている女が自分の選に合わなくなってくるのね。大陸の広がりを恋しはじめたら、もうカウボーイなのよ」

微笑して、メイベルは盆を持ち、カウンターのなかにひきかえしていった。

ついさっきこの店へ入ってきた、サーヴィス・ラインのトレーラーのドライヴァーが、ニューヨークにむかうトレーラーのドライヴァーに、走ってきたばかりのニュージャージーのことを語っていた。ニュージャージーではいま葬儀屋の組合がストをおこなっていて、埋葬できない棺がいくつも、インタステートの片側にタールびきの布をかぶせて置いてあり、それがどしゃ降りの雨に打たれていたというのだ。

拳銃つかいの最後

ルイジアナ州シュレヴポートのラジオ局、KWKH局でルイジアナ・ヘイライドの出演をおえるとすぐに、コーヒーを飲む時間もなく、ステージ衣裳のまま、全員はまた自分たちのバス、ミッドナイト・ライダー号に乗りこんだ。シュレヴポートの町のなかを大まわりしてステート・ハイウエイ1からUSハイウエイ71に入った。ほぼ北へまっすぐ六〇マイル、アーカンソー州とテキサス州の州境にあるテクサカーナの町まで、一時間たらずで走ってしまう。夜中の二時すぎにテクサカーナのモーテルにつき、そこで全員はバスを降り、昼すぎまで眠る。すでに一週間、全員が、走るバスのなかで眠ってきた。一週間そうすると、八日目には、モーテルの静止したベッドで眠ることになっている。

ホストンとアイーダのふたつの小さな町を走りぬけると、すぐにアーカンソー州との州境だった。

州境の検問所で、いったんバスはとまった。だが、徹夜の係官は、なにも検査せずに手を振ってバスをとおさせた。すでにバスのなかのみんなは、ドライヴァーもふくめて、ステージ衣裳を脱ぎ、交代でシャワーを浴び、それぞれにくつろげる服に着がえ、ポーカーをやっていた。バスで巡業に出ているあいだは、だらしない服装とアルコール類は、いっさい禁止されていた。ダンガリーのロディオ・シャツに、もうとても数えきれないほどの回数を洗濯機のなかでかぞえたブルー・ジーンズ。足によくなじんだウオーキング・カウボーイ・ブーツを、六人が六人とも、はいていた。

いつも熱いコーヒーがわいている、よく光ったクロームばりの機械から各自が席を立ってコーヒーを注いできてはまたテーブルに坐り、誰もほとんど口をきかないまま、スタッド・ポーカーが、つづけられていった。

ポーカーがおこなわれているこの部屋は、二七、〇〇〇ドル出して特別に注文してつくらせたこのバスの、ちょうどまんなかあたりにある居間のような部屋だった。バッファローの皮とチーク材だけをつかってまとめあげた室内は、かなりひどい気分のときでも、心を落着かせてくれた。バッファローの皮は、特に厚くて出来のよいのをつかったため、つくって二年たったいまでも、室内に皮の香りをはなっていた。はじめてこの部屋に入ってくると、不思議な感じがする。なぜ不思議なのか、やがて気づく。家具や調度に、角ばったところがひとつもないし、天井にも壁にもどこにも、突起したものがひとつもない。このバスが事故にあったとき、たとえば急制動や横転で部屋のなかにいる人たちがはねとばされ、突起物や角ばったところにぶつかって不必要な怪我をしなくてもすむように、という心づかいからだ。ドアの取手も、分厚いドアの半球のくぼみのなかに埋めてある。

この部屋のすぐ前部は、大の男八人ぶんの寝台のあるスリーピング・ルームになっていて、そのわきにシャワー・ルームと化粧室兼更衣室がある。そのさらに前部が、楽器やアンプリファイア、バスの修理工具、救急用の備品などを置くスペースとなっていて、そのもうひとつ前部が、ドライヴァーズ・キャビンだ。居間のうしろは、このカントリー・バンドのリーダー、ジェサルミア・P・ジェームズの個室になっている。そこにもベッドがひとつあり、その個室の後部はバスの最後部で、昔の鉄道の展望車の最後部と似た仕上げになっている。内側はマホガニー、外はジュラルミンのドアをあけると、クローム・メッキの腰までの高さの手すりが半円形にあり、その手すりにかこまれたスペースにはデッキチェアがひとつ、楽に置ける。

アーカンソー州に入ってフオート・リンを抜け、フークの町にちかづきかけていたとき、居間とドライヴァーズ・キャビンを結ぶインタカムがオープンになった。天井のスピーカーから、ドライヴァーのジム・「スーパーサドル」・マクラウドの低い声が聞えてきた。

「やはりテキサスは砂嵐だよ。北テキサスでは、この七か月に降った雨が二インチだそうだ。ルーリングの西瓜がビー玉のように干あがってしまったそうだ。アビリーンでは、ハイオクタンのガソリンよりも、ビンづめの水のほうが値が張っているというし、リュボックでは、その水を買おうとしてポケットから出した一ドル紙幣が、買手から売手にわたる瞬間、あまりの乾燥と暑さに、ぼっと燃えてしまったという」

「面白い冗談を言う運転手だ」

と、リード・ギターのショーン・デイヴィスが言った。

「冗談であるものか。天気予報がそう言っている」

スイッチの切り換えられる音がし、ラジオの天気予報の最後の部分が、聞えた。予報はすぐに終ってしまい、おなじ男のアナウンサーが、声の調子と抑揚をかえて、コマーシャルをいっきに喋りはじめた。イエスの聖なる血とおなじ色、つまり、適当な赤い色のインクで全文を印刷した聖書の通信販売のコマーシャルだった。小麦粉のコマーシャルが、それにつづいた。

スイッチがまた切りかわり、ジム・マクラウドの声が天井からみんなに語りかけた。

「とにかく、牛も、早くに競売に出されているそうだ。いま、サンアントニオには、五、〇〇〇頭の牛があつまっていると言っていた」

「五、〇〇〇頭の牛だって!」

表情をすこしもかえずに、自分のところに配られたカードを見ながら、ピアノのポール・メオが言った。ときとしてハーモニカも吹くこの男がメンバーのなかではいちばん若く、二七歳だ。ほかの男たちは、みんな、三五歳をこえている。

「そうさ、五、〇〇〇頭だ」

ジム・マクラウドが、ドライヴァーズ・キャビンからこたえた。居間のなかの声や物音は、天井と壁の感度のいいマイクにひろわれて、運転席のスピーカーから聞える。

「サンアントニオは、牛のにおいでいっぱいだな」

「そこで売られた牛は、どこで肉になるのだ」

「どこだか知らないが」

と、ドラムスのラリー・マハンが言った。

「小ぶりなステーキが出まわることだろう」

何人かが、笑った。運転手のマクラウドも笑っていた。

「テクサカーナのショーをすませてから、北テキサスでのキャンセルがどのくらいきているか、ナッシュヴィルにきいてみよう」

ベースのクライド・「ダディ」・マクベスが言った。

「そうすればいいですね、ボス」

ボスと呼ばれたリーダーのジェサルミア・P・ジェームズは、カードをにらんだまますこし間をおいて、

「そうだ」

と言った。ゆっくり三つ数えることのできる沈黙をはさんで、運転席のジム・マクラウドは、インタカムのスイッチをオフにした。

「西海岸に高気圧がとまったままなのだよ」

スティール・ギターのビル・グランデが、ひとりごとのように言った。

「ネブラスカ、アイオワ、ミズリー、カンザス、アーカンソー。洪水でやられるね。北のほうに雪がよけいに降っているのだから、それが溶けはじめたらたいへんだ」

この男は、ドブロとバンジョーを持ちかえてこなすことができる。

テクサカーナでは、一日のうちにショーをふたつすませた。昼すぎに起きて食事をすませるとすぐ高等学校の体育館でおこなわれた午後まだ早い時間のジャンボリーに出演し、そのまま、公会堂での夜のショーにむかった。それが終ってから、ベースのクライド・マクベスが、ナッシュヴィルに長距離電話をした。北部テキサスはひどい砂嵐だそうだが、ショーのキャンセルがきているかどうかを問いあわせたのだ。まだキャンセルはひとつもない、という返事だった。ジェシー・ジェームズ・アンド・ヒズ・ガンスリンガーズ（拳銃つかいたち）の一行七名は、再び、ミッドナイト・ライダー号に乗りこみ、北テキサスに入っていった。これから一二日がかりで、グリーンヴィル、デントン、ウイチタ・フォールズ、アマリロと北部テキサスを東から西へ抜け、リュボック、アビリーン、ブラウンウッド、ブレイディ、メイスン、フレデリクスンバーグと南下してきてサンアントニオ、そしてメキシコ国境のラレードまでくだっていく。どの道をどのくらいの時間でどう走るかは、ドライヴァーのジム・マクラウドの判断にかかっている。このカントリー・バンド、ガンスリンガーズに加わって来年で一〇年になるマクラウドは、その一〇年間ずっと、バスの運転をやってきた。乗りつぶすバスはこれで三台目だ。来年には、「スーパーサドル」一〇周年記念の特別の巡業がおこなわれる予定になっている。

ジェシー・ジェームズのガンスリンガーズの一行といっしょになって一〇年のあいだに、その以前からフラットトップのギターをうまく弾くジム・マクラウドは、歌をひとつだけつくり、それに自分で詞をつけた。『明かりのともった教会』という歌だった。

この歌をつくるための衝動をマクラウドが得たのは、やはりいまのようにガンスリンガーズのメンバーたちが全員、ミッドナイト・ライダー号に乗って巡業で西ヴァージニアを走っていたときのことだった。明けがたにジェームズ・フォークという小さな炭坑町にさしかかり、楢やポプラ、樵の樹などが、深い朝の霧にかすんでいるむこうに、どの窓からも明かりの見える教会が、運転席のジム・マクラウドの目に入ったのだ。

朝の早いそんな時間に教会に明かりがともっていれば、その小さな町に非常事態がおこっていることは、さまざまな非常事態になれている人には、すぐにわかる。炭坑町の教会に夜どおし明かりがともっていれば、それは、坑内での爆発事故をしか意味しない。西ヴァージニアのジェームズ・フォークでは、地下六〇〇フィートのところにある瀝青炭が、たて穴式で掘られている。

オハイオ州に入ってハイウエイ沿いのトラック・ストップで休憩したときにはじめてわかったのだが、バスを運転しながらジム・マクラウドは、ずっと泣きどおしだったのだ。そして、彼が炭坑町の出身であることを、そのときみんなは、はじめて知った。それから二、三日して、どこかの田舎町でショーの準備をしていたとき、マクラウドは、ととのいおえたステージでマイクの前に立ち、まだお客の入っていないからっぽの客席にむかい、ギターを弾きながら、炭坑町の悲劇をうたった自作の『明かりのともった教会』を、誰に対してでもなく、披露した。聞いていたジェシー・ジェームズは、その場で曲と詞にほんのすこし手を入れ、その夜のステージで客にうたって聞かせるよう、マクラウドにすすめた。その歌は、とてももうけた。以後、どこの町のどのショーでも、ジム・マクラウドは、アメリカでいちばん優秀なバス・ドライヴァーとしてリーダーのジェームズから舞台でお客に紹介されたあと、『明かりのともった教会』を、はじめてうたったときの感動そのままに、うたうことになっている。もっと歌をつくることをマクラウドはジェームズからすすめられたのだが、自分にはせいぜい一曲しかつくれない、と断った。

雨が降らずに乾燥しきった北テキサス一帯の巡業は、スケジュールどおりにこなされていった。アマリロまでいったとき、ナッシュヴィルのブッキング・オフィスから、電報が届いていた。アマリロから一三〇マイル南のリュボックを中心にして砂嵐があまりにひどすぎ、自動車も満足に走れない状態なので、リュボックに入る手前のプレインヴュー、そしてそこからインタステート27とは逆のほうに走ってフロイダダとラルスのふたつの町、それにリュボックと、つごう四か所での六回のショーが、キャンセルになっていた。アマリロからインタステート27をつかっていっきにリュボックまで走り、そこでミッドナイト・ライダー号の砂をくらったエンジンは詳細な点検をうけた。リュボックからは、USハイウエイ82で南西へくだり、ブラウンフィールドから東へ折れてタホーカ。そこからまた87で南下、オドンネルとラメーサ。ラメーサでまた東に入り、スナイダーをへてアビリーンに入った。以上すべての町で、すくなくとも一回、多いときには一日に三回のショーをかたっぱしからすませていったのだ。ブラウンフィールドからタホーカにむかう道では、雨を降らせる会社の古びたバスが、オイルをすっかり焼いてしまって、道ばたにかしいでとまっているのにいきあった。気まぐれな突風は砂や泥を大量にまきあげて空いっぱいにただよわせ、晴天なのに陰気な夕暮れのように暗かった。黒い砂空のきれ目から、まっ青な空がときたまのぞき、目のくらむような陽がさした。雲がどこをさがしてもひとかけらもないのだから、雨を降らせようにも手がかりがないと、その雨を降らせる会社、アメリカン・レインウォーター・カンパニーの男は言っていた。創立は一九〇八年だと、バスの横っ腹に赤と緑のペイントで書いてあった。

　サンアントニオからは、ホンドー、ユヴァルデ、イーグルパスを経由して、ラレードだった。サンアントニオからラレードにつながっているインタステート35に出るため、イーグルパスからUSハイウエイ277で東にむかっていたとき、西にむかう奇妙な集団とすれちがった。

　午後おそい時間の陽を西からほぼ正面に受けつつ、三〇人ほどの集団が、ひどくゆっくり、ハイウエイをこちらにむかってくるのが、運転席のジム・マクラウドには見えた。インタカムでマクラウドが居間のみんなに、

「見ておかなければならないようなものが、やってくる。しばらくしてバスを停めるからね」

と告げて五分ほどあとに、ジュラルミンの胴体をさまざまに光らせながら、ミッドナイト・ライダー号は、路肩に寄って、ゆっくりとまった。東へむかってわずかにくだり坂のハイウエイが一本、まっすぐに荒地のなかを、むこうにのびていた。三〇名ほどの奇妙な集団は、とまっているミッドナイト・ライダー号にむかって、ちかづいてきた。

　運転席にクライド・マクベスとポール・メオがやってきて、ジム・マクラウドといっしょに、ウインドシールドごしに、集団の先頭を馬に乗ってやってくる、羽根かざりに身をかためたインディアンを、見つめていた。

　ラリー・マハン、ショーン・デイヴィス、ビル・グランデがバスからハイウエイに降りた。照りつける陽に目をしかめて、やはりその三人も、インディアンをながめた。リーダーのジェサルミア・ジェームズも、バスの外に出て来た。ジェームズは、次の町をめざしてバスで走っているときにも、ス

テージ用の衣裳を脱がないことがあり、そんなときには、トレード・マークのひとつであるガンベルトを腰に巻き、一八七三年の、通し番号一七番のコルト・ピースメーカーをそのガンベルトにさしている。

羽根飾りのインディアンが、バスの横で馬をとめた。高い頬骨に薄い唇、落ちくぼんで光る目にわし鼻。とにかく顔のすべてが、みごとな赤銅色に焼けつくされていた。縦横にきざまれた深いしわは、さらに濃い色だった。彼は、バスの外に立っている男たちに、かすかに会釈した。ジェームズがリーダーであることをとっさに見ぬき、視線をおだやかに彼にさだめたまま、馬上にじっとしていた。

そのインディアンにしたがっていたぜんたいが、ゆっくり、とまった。赤さびだらけで、いたるところにロープで荷物をくくりつけたフォルクスワーゲンのマイクロ・バスがインディアンのすぐうしろにつづいていた。さらに一九四〇年代のキャデラックや、やはりおなじころのピックアップ・トラック、ごく新しいシヴォレーのセダンなどが、つづいていた。

見たところ、雑多なとりあわせで、難民のようだった。若い男女もいれば、赤子を抱いた老人もいた。どの車にも荷物がつまれ、その荷物のあいだに、人がうずもれていた。馬車もあった。さらに、二頭の馬が前後してならび、そのあいだに担架のようなものが渡してあった。担架のうえにも荷物がつまれ、その荷物のうえには、金髪の長い髪を肩まで垂らした若い男がひとり、またがっていた。モーターサイクルに乗った男もいた。そして、隊列のいちばんうしろには、馬に乗ったカウボーイがひとりいた。

いったいあなたがたはなになのかと、ショーン・デイヴィスが、インディアンにきいた。インディアンは、なにもこたえなかった。フォルクスワーゲンのバスから、男がひとり、降りてきた。髪とひげをのばしほうだいにし、上半身は裸で、ひざのすこしうえで断ち切ったジーンズをはき、両足はモカシンでつつんでいた。

自分たち選ばれた人間三四名が、崩壊していくアメリカの文明をあとにして、神が示してくれたメキシコの聖地へのがれていくのだ、というような意味のことを、その男は喋った。メキシコのどこなのかとききかえしても、返答はあまり明確ではなかった。なにかさしあげるものはないだろうか、とラリー・マハンがきいた。なにもない、と男はこたえた。そして、さきへ進むように、と先頭のインディアンに合図した。インディアンは馬をすすめ、男は、マイクロバスの運転席にもどった。

三四名の集団が、ゆっくりと、ミッドナイト・ライダー号のわきを、とおりすぎていった。ガンスリンガーズの男たちが、それを見守った。しんがりのカウボーイが、男たちの前に、馬をとめた。帽子のふちに右手の指さきをちょっと触れ、サドルのうえで上体をまげて低くし、男たちの顔を順番に見て、最後に、ジェサルミア・ジェームズに視線をとめた。微笑で会釈してから、ジェームズの腰のピースメーカーに彼は目をとめた。

右手をゆっくりのばしたカウボーイは、そのピースメーカーを指さしてこう言った。

「古いのをお持ちだね。七三年かな」

「ユーマの古道具屋がくれたのだ」

カウボーイは、目を細めて、二、三度、うなずいた。

「あの人たちをメキシコの山のなかまで送りとどけなくてはいけない」

馬上におきなおったカウボーイは、右手で会釈して馬をすすめた。彼のうしろ姿をしばらく見送って、ガンスリンガーズの男たちは、バスのなかにもどった。そして、すぐに、バスは再び走りはじめた。クリスタル・シティでのショーをすませたら、その次は、国境のラレードだった。

大不況がまだ重く影を落としていたころ、アパラチアの端、ブルー・リッジ・マウンテンズの赤土の丘のあいだにある小さな町で、ジェサルミア・P・ジェームズは生まれた。彼が生まれるすこしまえまでは、その町の人口は二〇〇名をこえていたのだったが、ジェサルミアが生まれたときには、正確には一四六名だった。二〇〇名をこえていたときには、その小さな町にも美容院が一軒あった。しかし、人口が一五〇名にちかづいたころ、その美容院は店をたたんだ。一五〇名の町にビューティ・パーラーは必要なかったのだ。

教会が一軒。町の有志たちで組織されている消防隊。雑貨屋が一軒。わずかにこれだけの町だった。どこから来てどこへむかうというでもない道路が一本、その町をまっすぐに抜けていた。雑貨屋は、男たちのための床屋と酒ぬきの酒場と葬儀屋とをかねていた。

サトウモロコシの黒い蜜が、ジェームズが最初におぼえた甘い味だった。この甘味をつかって、母や祖母が、トウモロコシのケーキや、小麦粉のケーキを、薄く焼いていた。どちらも、油でフライするのだった。ベーコンに卵、ささげ豆、牛の背中の脂身の多い肉などがいつもおなじように食卓にならび、ジャガイモは、ごちそうだった。フライド・ポテトがジェームズのお気に入りで、父と母、それに祖母、祖父の四人は自分のポテトを食べずにひとつの皿にうつしかえ、横に丸くひろがった水差しのむこうに置いておき、ジェームズをふくめて八人の子供たちは、すこしずつではあったが、フライド・ポテトが食卓に出るたびに、おかわりができるのだった。三八歳になったジェームズにとってフライド・ポテトは、いまでも、見たり香りをかいだりするだけでなにか身のひきしまる思いのする、特別な食べものなのだ。

自分の父親が、なんの仕事をやっていたのか、ジェサルミア・ジェームズは、いまでもはっきりは知らない。朝、早くに家を出ていき、夕暮れに馬車でかえってくるのが常だった。金曜の夕方には、ほかの日よりもすこし早くかえってきて、父は自宅のポーチに出てフィドルを弾いていた。なんの物音もいっさい聞えたことのないその小さな町のはずれからでも、そのフィドルの音は、聞くことができた。むかい風のときには、風に消されて聞えなかったが、なにかのひょうしに、ほんの一、二小節、風そのものがうたうかのように、ふっと聞えることがあった。

土曜の夕暮れから夜は、音楽の連続だった。周辺の、おなじような小さな町から、人々が馬車や馬でやってきた。ジェサルミアの自宅にあつまったり、あるいは、ほかの人の家にみんなが寄ったりした。ほかの町へ出かけていくこともあった。二時間も馬車に乗って、ほかの町へいくのだ。いくつかの丘のなかの道をひとまわりして、自分の町へかえってきたのではないのかと錯覚してしまうほどによく似た町なのだ。

ほかの町へ出かけていって音楽をやると、一夜で五〇セントから七五セントの報酬がもらえた。祖父も父も、そして母も祖母もフィドルやマンドリン、ギター、ピアノができたから、四人そろって出かけることもあった。そして、ジェサルミアは、いつも祖父にひっぱられていっしょにいき、大人の真似をしてうたい、フィドルを弾かされた。いつのまにか、歌と楽器を、ジェサルミアは、おぼえた。

幼いジェサルミアにとって、歌も楽器も、ほとんど意味を持たなかった。小学校へいくようになってからのある年、乗っていたスクール・バスに事故がおきるまでは、そうだった。小学校までは往復が八八マイルもあり、スクール・バスは、あちこちの小さな町から子供たちをひとりふたりとひろってまわり、学校がひけたら、また自宅まで送り届ける。ジェサルミアの町には、いっしょに小学校へかよっていた子供たちが、五人いた。この五人が、スクール・バスの横転事故でみんな死んでしまい、ジェサルミアの町には子供はジェサルミアひとりだけになってしまった。この日以来、ジェサルミアにとって、歌が、なにだかはわからないのだがなにかの意味を持ちはじめた。ある日、突然、町の子供が自分ひとりになってみると、見なれたその小さな町の様相が、ジェサルミアの心の目には、一変してしまっていた。ずっとあとになって、ジェサルミアは、このときの体験をもとに、『いきかえり八八マイル』という、カントリー・ソングをつくった。スクール・バスの事故をそのままうたった、もの悲しいバラッドだった。ジェシー・ジェームズ・アンド・ヒズ・ガンスリンガーズのレパートリーのひとつになっていて、田舎町では変らない人気がある。

一二歳のときから働きはじめたジェサルミアが二七歳までに経験した労働は、アメリカでの下積み肉体労働の総目録の一部のようだ。製材所の雑役見習い、靴みがき、ピーナツ売り、家具工場の下働き、塗装工、麦ワラ刈り、トラック・ドライヴァー、油田の雑役、軽食堂の料理人、ガソリン・スタンドの給油係、バーテンダー、鉄道の保線工員、保安官補。自分でもおぼえきれないほどに、リストはつづいていく。

これらさまざまな下級の肉体労働をひとまとめにしたような顔と体とを、ジェシー・ジェームズは持っている。六フィートにわずかに足らない体は、筋肉は落ちてしまっているが、労働者のままであり、海軍時代のボクシングでひしゃげた鼻に、頬骨とあごとが広く張った、小さな丸い目の、面白い顔だ。笑うと上の前歯のあいだにすき間が見え、うたうときにここから息が抜けて、口笛のような音のすることがある。彼がことさらに好んで巡業でかけめぐる、二車線ハイウェイ沿いの小さな田舎町に、この顔と体は、瞬時にして溶けこむ。

ジェシー・ジェームズの歌声は、彼の顔や姿かたちからは、想像もつかない。せつない緊迫感を持ち、下のまぶたにいっぱいにあふれた涙がいまにも頬を伝い落ちんばかりの情感をたたえ、聞く人の心臓と脳天を、澄みきったままに突き抜ける。たいへんな推進力を持ったビートをひたかくしにして、晴天の下の静かな悲劇を、奇妙に明かるくうたいきる。

海軍の兵士だったころ、サンディエーゴの町の酒場で余興にうたったのを聞いて感銘した、七つ年上の軍曹がそのときからマネジャーとしていまもついている。はじめてグループを組んだときには、ジェシー・ジェームズと彼のアリゾナ・バンク・ロバーズ(銀行強盗団)といい、きたない盗賊のいでたちをし、全員が実弾の入ったピストルをガンベルトにさげていた。その姿で各地を転々とし、メキシコ国境ちかくの放送局にピストルをかまえて押し入り、番組を中断させて自分たちの歌と演奏を電波にのせてしまったこともあり、これはマネジャーが考えに考えぬいたあげくの策だった。これが地元で話題になり、ジェームズたちは留置所で一夜を明かしたが、人気が広まっていくきっかけにもなった。それから一年以内に、ジェームズが自作曲を自分でうたったのがたてつづけにヒットし、いまでは、カントリー・グループおよび歌手の年間人気投票の五位か六位あたりに、いつもいる。

「どんな町でも、その町の酒場のジューク・ボックスに入っている歌で、その町がどのような町だか、自分にはよくわかる」

と言っているジェームズは、小さな町を好いている。そして、自作の歌では、ほとんどいつも、小さな町のことが、かなめになっている。『インタステート91を走っていくと』という歌は、先祖代々つづいた自分の家が新設されるインタステートのとおり道にあたり、とりこわされることになった老人をうたったものだった。家具や調度がすべてはこび出された日の夜、その老人は家に火を放ち自らもその火のなかで果てた。実際にあった話にインスピレーションをうけていた。新しくインタステートができ、そのとたんにとりのこされてさびれていった小さな町の歌もある。雑貨屋の店さきで、老いた男が一日じゅうやっているチェスの一回の所要時間が、インタステートができてからはずっと長くなった、という一句が、聞く人の心に共感をつきおこすリアリティのとどめだった。

洪水で地下室が水びたしになり、買いだめしておいた缶詰の紙ラベルがみんなはがれてしまい、どれがどれだかわからなくなってしまった夫婦をうたったユーモア・ソングもある。大きい缶と小さい缶、それに中くらいの缶とをえらんで開けたその夫婦の食事の、とんちんかんな取り合わせに、観客はいつも笑いころげた。退屈な小さな町の人妻が、となりの町で浮気をし、かえり道でほかの自動車に衝突し、他人の子供を殺してしまう歌は『丘のうえの小さな十字架』といった。トウガラシ・ソースをつくっている人の庭へ飛んできた鳥が、木の桶に入ったソースのうえに着水。トウガラシにひたされてひりひりする睾丸を鎮静させるため、全速力で空を飛び、そこを空冷させる鳥をうたったユーモア・ソングは、『フライング・ホット・ボールズ』というのだった。

ラレードのロディオ・パレスでおこなわれるガンスリンガーズのショーは、夜の七時半にはじまった。ロディオ用の屋内グランドの中央にステージがつくられ、観客席がそのグランドを楕円形にとりかこんでいた。開演の時間がくると、場内の照明がゆっくり消えていき、最後に一分ほど、場内は、まっ暗になった。このみじかい時間のあいだに、ガンスリンガーたちは、ステージにかけあがって位置をとった。

天井からスポットライトがひとつ、ステージの前部中央を照らした。丸い明かりのなかに、マイクが一本、立っていた。二、〇〇〇人の観客のなかからおこりはじめた拍手と歓声が、急にやんだ。マイクには、テンガロン・ハットがひとつ、かかっていたからだ。照明をそのままにした暗い沈黙のなかへ、低い男の声が語りかけはじめた。ミッドナイト・ライダー号の運転手、ジム・「スーパーサドル」・マクラウドの声だった。

「今夜おあつまりのラレードの町のみなさんに、ほんとうに語りたくないことを語らなくてはいけないのです。どうすることもできない事実ですから、いきなり申しあげてしまいますが、私たちのリーダーであり、あなたの歌手だったジェシー・ジェームズは、もういません。明日の朝の新聞で詳しくお読みになれますが、このラレードに向う途中、ある小さな町の酒場で、射殺されたのです。ステージ衣裳のまま、ガンベルトにピースメーカーをさげていたジェームズは、三人の無頼漢に銃口をむけられておどされ、そのうちのふたりがそれぞれ銃を構えて威圧するなかで、三人目の、やはりガンベルトをした男と、無理じいで早射ちの決闘をさせられたのです。どうすることもできませんでした。抵抗しようとした酒場のバーテンダーは射たれて重傷を負い、私たち数人のお客は、声を出すこともできないまま、決闘を見守りました。ほとんど同時にふたりは抜きあい、わざと相手に当てなかったジェシー・ジェームズの胸を、無頼漢の銃弾は、つらぬいたのです。無頼漢たちは逃げ、数分のうちに、ジェシーは、かえらぬ人となったのです。私たちのように、一年のうち一五〇日以上をバスで巡業していますと、さまざまな目にあいます。道路を走り、町をめぐりうたうのがなによりも好きだったジェシーは、その本名が、かつての西部の拳銃使いとおなじであったことから思いつかれた、ガンスリンガーたちの頭目という仮りのいでたちをわざわいとして、命を落としました。もう彼がここにいず、彼の歌もないのは、耐えがたく悲しいのですが、やはり耐え、悲しみはいつか忘れ、なつかしい追憶だけがのこるようにしなければなりません。そうするための力を、ここで今夜、みなさんと分かちあいたいのです」

低いけれども力のこもった声援が、暗い観客席のあちこちからおこった。

「ラレードの町の善き人々に、お礼を言わなければなりません」

と、「スーパーサドル」は、つづけた。

「今夜、ジェシーが、ここで最初にうたうことになっていた、あの名曲、『ラレードの町』を、私たちは、これから演奏します」

拍手がおこり、それにかさなって、スティール、リード・ギター、ハーモニカ、ドラムス、ベースによって、『ラレードの町』が演奏された。歌詞は、誰でも知っていた。自分をすててほかの男のところへ去った女性を、その男もろとも、ラレードの町で射ち殺した男の歌だった。二七歳のポール・メオの、神技のようなハーモニカに彼の涙が入りこみ、彼がかつて一度も出したことのないような音が、はじめて出た。そして、演奏の途中からいつはじまったともなく、観客たちの大合唱がおこっていった。

霧の朝はやく、二車線のハードライダーが……

たてに長い窓を観音開きに外へ押し開き、びっこをひきながら杖をついてバルコニーへ出てくると、二、〇〇〇人の観客で埋めつくされた特設スタンドが、眼下に見わたせた。ちょうど彼の視界の左右いっぱいに、そのスタンドはひろがっていた。

バルコニーに両手をついて下を見ると、噴水があった。個人の所有になる世界で最大の噴水、と呼ばれている噴水で、所有者はウオルト・ディズニーの親族のうちの誰かだった。

野球のダイアモンドほどの大きさの噴水だった。いつもならさまざまな色とかたちに水が噴きあげているのだが、いま、その水はとまっていた。静かな水面に小さな波がいくつも動いてみえた。のぞきこんでいる自分の顔がその水面に映っているのではないか、と彼は、一瞬、考えた。

「由緒をただしく申しあげるならば、ミッケリ・メセイニアス・シュミット・ロトラフ。しかしいまではマイク・シュミッドとしてこの美しき大陸、アメリカじゅうに知れわたっていて、老いも若きも何百万という数の人たちのヒーローでありアイドルでもある、常に死をこれほどもおそれたことのない輝かしき男性！　ただいま、バルコニーに出て、みなさんを見おろしています。では、その彼から、ひと言、あいさつしていただきます！」

と、拡声装置をとおして、司会のジョニー・カースンが言っていた。

マイク・シュミッドは、バルコニーに両手をついて下を見おろすのをやめた。ゆっくりと時間をかけて背すじをまっすぐにのばすと、体重を左脚にかけ、杖を右手でつきなおして、右脚にかかる体重の負担を軽くした。両脚で立つときにはいつもこうしろと医者に言われている。彼の骨盤と腰骨は、ともに右側がステインレスのプレートをネジ止めして補強してあり、あまり強い荷重をそこにかけると、合計九本のネジがゆるんだりゆがんだりするからだ。

一〇インチほどの細いコードのぶらさがった無線マイクを左手に持ったマイク・シュミッドは、ふりあおいで青空をにらみつけ、いきなり次のように喋りはじめた。

「これからあなたがたは、ひとつの奇跡を、まぼろしとしてではなく、具体的に、目撃するのです。その奇跡は、愛の奇跡です。生まれながらにしてすでに死んでいるこの私を、あなたがたの愛が、今日ここでもまた、私を救ってくれるのです。一九六五年の二月以来、この私は、トータルにして二四六回ものジャンプをおこなってきました。自重三七〇ポンドをこえるモーターサイクルに乗り、ほとんどありとあらゆるものを、私は、飛びこえてきたのです。横にぴったりならべてとめた二台の車のうえを飛びこえたのを皮切りに、いちばん新しい記録では、今年の一月に、やはり横にならべてとめた一九台のアメリカの車のうえを、私はモーターサイクルで飛びこえています。そして、今日は、いま皆さんの目の前にある、世界で最大の噴水を、飛びこえるのです。私は鳥でも飛行機でもありません。それに、モーターサイクルは地べたを走るものであり、落ちることはたびたびあっても飛ぶことはぜったいになく、いったん落ちるとなったら岩のようにまっしぐらにモーターサイクルは落ちます。その私が、今日まで生きてこれて皆さんの前にいられるのはとりもなおさず、皆さんの愛のおかげです。ほんの数分後にはもう死んでしまっていることが五〇パーセントは確実なこの私に関して、いまあなたがたは、内部なる愛を始動させはじめています。この私を無事に噴水を飛びこえさせ、生きながらえさせてやりたいと願うあなたがたの崇高なる愛が、私を包みはじめています。私がその愛にすっかり包みこまれてしまうまで、私はここにじっとしています」

マイク・シュミッドはそこで言葉を切り、右から左へ、そして左から右へ、眼下の観客席を静かに見渡してから、目を空にむけた。ディズニー・ランドの上空は、黄金色の快晴だった。溶解して空気にし、風の香りをつけた純金のような陽ざしがいっぱいにつまったずっとむこうに、まっ青な空があった。よく熟した綿の実を指さきでちぎり、指さきにのこったものを薄くひきのばしたような雲が、まるで人工のもののように絶妙な間隔をおたがいのあいだに保ちながら、空に浮んでいた。

視線を観客席におろし、マイクを口もとへ持っていったシュミッドは、

「私の体は、あなたがたの愛によっていま完全に包まれました」

と、言った。

「では、私は、これから下へ降りていき、モーターサイクルで噴水を飛びこえます。もし私が失敗して死んだら、この私があなたがたの愛をうけるにあたいしない男であったか、あるいは——」

と、そこでマイク・シュミッドは、間をとった。そして、

「あるいは——あなたがたの愛が、ひとりの人間を救うに足るほどの愛ではなかったかの、いずれかです」

言い放ち終り、マイク・シュミッドはゆっくりとまわれ右をし、窓からシンデレラのお城のなかに姿を消した。普通ならここで観客席の人たちから拍手や声援がおこるはずなのだが、マイク・シュミッドの場合は、観客席は水を打ったように静かになる。愛に関するシュミッドの初歩的なレトリックに丸めこまれて畏敬の念に打たれ、口をあけて無人のバルコニーを見上げたまま、拍手など忘れてしまっているのだった。そして、その観客たちが我にかえったとき、「私の愛はあの男を救えるほどに大きくも広くもない」と、頭をかかえて自分の席から逃げ出していく人たちがかならず何人かいる。

「あの男が今日は死ぬように祈ってやる」と言う人たちは、もちろん、席にのこる。

バルコニーからひっこんだマイク・シュミッドは、側近の部下たちふたりに左右から抱きかかえられるようにして、階段を降りていった。拡声装置をとおして再び喋っているジョニー・カースンの声が、かすかに聞えた。今日はそのためのコースがないので、マイク・シュミッドのモーターサイクル・ジャンプにおけるシュミッド自身の前座であるホイーリーは残念ながらおこなわれない、というようなことをカースンは喋っていた。ホイーリーとは、モーターサイクルのシートに立ってハンドル・バーを握り、前輪を地面から浮かし、後輪だけで走りつつやがて前輪の高さはライダーの頭の高さをこ

え、後輪で直立にほぼちかい姿勢をとってまっすぐに直線コースの端から端まで、何度も走るスタント・ワークのことだ。マイク・シュミッドは、このホイーリーで、とめてあるセダンのトランクからルーフにのぼり、フードにおりてきて後輪走行のままその車の前に着地してみせたことが、一度だけなのだが、ある。

今日、マイク・シュミッドがモーターサイクルで飛びこえるはずのその噴水は、さまざまなかたちの小さな噴水を九〇〇基、複雑に組み合わせてひとつにしたものだった。水の噴きあげる色とパターンの組みあわせは、一八万九千通りもあり、コンピューターでいっさいが制御されている。

この噴水を中心にはさんで、一四三フィートの空間をとって左右両側に、ジャンプ用のランプが太い木材と板で組んであった。噴水の高さは五〇フィートをこえるので、ジャンプ用のランプも、それにみあうだけの高さを持たせてあった。平坦な助走路から、上への傾斜を持ったテイク・オフ用のランプになり、そのランプは全長三〇フィートの長さだ。噴水のある空間にむかっている端は、水平な地面に対して二八度の角度を持っていた。

ランプの幅は、テイク・オフ用も着地する側のランディング用も六フィートだった。両方のアライメントを正確にやっておかないと、ランディング用のランプを完全にはずれたところへ着地しなければならない。

「さあ、みなさん、これから、マイク・シュミッドのモーターサイクル・ジャンプがはじまります」

と、司会のジョニー・カースンが言っていた。シュミッドは、シンデレラの城を出て、二、三人の部下やプロモーターたちといっしょに、自分のモーターサイクルが置いてあるところへ歩いていくところだった。いまになってようやく、観客席から二、〇〇〇人分の拍手と声援がおこっていた。

噴水からゆるやかに下り勾配になりつつ数多くの花壇が点在する広場に、I字鋼で組んだ観客席があった。その席から噴水までの距離は、二〇〇フィートあった。広場が下り勾配になっているため、観客席の最上段に坐ると噴水のいちばん高い部分が目の高さにあった。それより下の段の人たちは、噴水とそれを飛びこえるマイク・シュミッドを、あおぎ見ることになるのだった。シンデレラの城のさまざまな尖塔と、そのむこうにある青い空が、見事なバック・ドロップだった。どの尖塔にも、細長い三角形のペナントが、はためいていた。

中世の荘園の娘がお祭りにでかけるときのようないでたちの金髪のディズニー・ガールがふたり、途中でマイク・シュミッドをむかえた。ひとりが、シュミッドに、フル・フェイスのトリプルAヘルメットを手渡した。一部始終を、観客席のどこからでも見ることができた。助走路のあるほうから見て、観客席は噴水を内側へ巻く変形の弧を描いていた。観客席のいちばんむこうの端からは、噴水をこえて飛んでくるマイク・シュミッドが自分の真正面に見えるのだ。

マイク・シュミッドは、自分のモーターサイクルのそばに立った。ハーレー・ディヴィッドスンのXR－750ダート・レーサーから、ジャンプにとって必要ではないものすべてを取りはずしたものだった。余計なものを取りはずした以外は、ハンドル・バーをのぞいて、ストック・モデルのままだった。ハンドル・バーは、いったん高くせりあがったのち、サドルにすわったライダーのわきの下を両側からはさみそうなかたちで曲がり、まっすぐ後方にのびていた。

マイク・シュミッドは、白い皮のツーピースを着ていた。シャツのようなカットの、丈がみじかくて胴まわりによくなじんだジャケットに、やはり白くて細身のスラックスだった。ぜんたいの基調を白でおさえ、要所のパイピングには、赤と青がつかってあった。そして、両肩からわき腹の下へむかって、たすきがけに六インチ幅のブルーのストライプが伸びていて、そのストライプの中に、九つの星が白く抜いてあった。ストライプぜんたいは、あざやかな赤でふちどりしてあった。スラックスは、両脚のふくらはぎの部分の外側が、三角形のボックス・プリーツになっていて、そこだけがちょっとフレアーのような効果をあげていた。両足には、サイド・ジパーの、かなりの深さのあるウオーキング・ブーツをはいていた。

ヘルメットをかぶったマイク・シュミッドは、手袋をはめた。バルコニーでの演説のから元気でここまでやってきて、こんどのジャンプもぜったいに成功するのだと自分で自分に言いきかせつつ、シュミッドは恐怖でほとんど口がきけない状態になっていた。「あと一、二分もしたら、また会おう。シャンペンを用意しておいてくれ」

と、やっとそれだけを周囲の人たちに言うと、マイク・シュミッドは、メカニックが支えてくれているXR―750にまたがった。エレクトリック・スターターは、もちろん取り払ってある。シュミッドがまたがってから、メカニックがうしろから押してやって押しがけしなければならない。

エンジンがかかり、重くて妙に鋭い排気音がひびきはじめた。シュミッドが開けたり閉じたりしているアクセル・グリップの動きにあわせて、その排気音は変化する。その変化がそのまま、一四〇フィートのモーターサイクル・ジャンプをおこなう寸前のシュミッドの心の状態なのだが、観客席の人たちには、ただモーターサイクルの排気音がとどろいているとしか聞えない。

助走路をいっぱいにさがり、そこでシュミッドは、アクセル・グリップの開閉をやめる。かなりあけたままにして、前方をにらんでいる。助走路からテイク・オフ・ランプの端まで、中央に赤い線がひいてあり、XR—750の前輪も後輪も、その赤い線のまうえにきている。

レヴ・カウンターもスピード・メーターもないので、全身でうけとめるエンジン音や振動をたよりにすべてを判断しなければならないのだが、テイク・オフ・ランプをはなれて空中に飛び出す瞬間には、今日のような長いジャンプのときには、ギアは三速に入っていなければならない。スピードは、時速八五マイルから九〇マイルのあいだだ。スピードをあげただけでは、遠くまで飛ぶことはできない。モーターサイクルを支えていたメカニックが手をはなすと、マイク・シュミッドのまたがったXR—750は、すでに助走路を半分は走りきっていて、あっけない速さで排気音を置きざりにしてテイク・オフ・ランプの勾配をなめらかにころがるようにかけあがり、次の瞬間、XR—750はマイク・シュミッドと共に、テイク・オフ・ランプをはなれて空中に飛び出ていた。

シュミッドは、そのときすでに、フット・ペグのうえに立ちあがっていた。両足の親指のつけ根のふくらみの部分をペグに乗せ、腰をうかし、ハンドル・バーを両手で高く持ちあげようとしているような姿勢だった。だが、ほんとうは、持ちあげているのではなく、前輪がどんどん高くあがって自分のほうにひっくりかえってこようとするモーターサイクルを、必死で押えこんでいるのだった。

そのままの姿勢で、シュミッドは、空を飛んだ。車体は左右いずれにも振られることなく、まっすぐ、ゆるやかな弧を描いて、噴水にむかった。

このままゆけば絶対に噴水にぶち当たるにちがいないと誰もが確信し、文字どおり息をのんだとき、九〇〇個のノズルからいっせいに水が勢いよく噴きあげはじめた。空中にいちばん高く舞いあがった、きらめく透明な飛沫にひっぱられてでもいるかのように、せつないほどのわずかなふくらみを持った弾道に乗って、マイク・シュミッドとそのモーターサイクルは、空中に噴き上げられてその一瞬、そこで陽光を受けながら静止している水のなかへ、吸いこまれるように飛びこんでいった。

XR—750とマイク・シュミッドの体がその水にあたり、水は、四方へはじけ飛んだ。噴水のいちばん高い部分のすぐうえを、かいくぐるように飛んできたシュミッドとXR—750は、背景のシンデレラの城から青い空に抜けてきた。観客席から見ると、そのときのシュミッドは、モーターサイクルにまたがってほんとうに空を飛んでいた。ゆっくりと、気が遠くなるほどゆっくり、空を飛んでいるようだった。

噴水にぶつかる心配だけは、なくなった。すると、そのとたんに、こんどは、ランディング用のランプが、問題となった。XR—750とマイク・シュミッドが、いま空中に描いているせつない弾道は、ランディング用のランプまではとうていのびていけないのではないかと思われた。噴水の端のほうに落ちるか、あるいは、噴水とランディング用のランプの中間に落下するにちがいないと誰もが思い、みんな席から腰を浮かした。

だが、マイク・シュミッドは、落ちなかった。弧を描く力を失いつつも、弾道はさらにすこしずつ、観ている人たちの心臓をしぼりあげるような残酷さで、ほんのすこしずつ先へのびていった。

空中を飛んでいく刻一刻、白いレザーのツーピースにおおわれた体が、陽の光りをうけて光った。強そうな皮のツーピースなのだが、パディングのほとんど入っていない、薄い仕立てだった。腰や両ひざ、それに、両腕のひじの部分は、とりあえずキルティングになっているのが、シュミッドの体が空中にあるときですら、見てとれた。だが、ひざを折ってフット・ペグのうえに立ちあがっているシュミッドの両ひざは、余計な肉のほとんどない、何度もいためた骨ばったひざのその痛々しい骨ばりようを、そのまま見せていた。これで厚い煉瓦敷きの地面に落ちれば、体じゅうのどこの骨がどう折れても、不思議ではなかった。

テイク・オフ・ランプをはなれたときの勢いで空中をランディング・ランプまで飛んでいくというよりも、自らの弾道を強引にひきのばしている感じがあった。飛ぶ力をほとんど失いつつ、いま落ちるか、もう落ちるかとかたずをのませながら、XR－750とマイク・シュミッドは、ランディング・ランプにむかって、空中を横ぎっていった。

ランディング・ランプの端によせて、一台のパネル・トラックが、とめてあった。ジャンプのときにはいつも、シュミッドは、一台のパネル・トラックを、この位置にとめておく。ランプを支えている太い木材の支柱めがけてモーターサイクルごと落ちこむよりは、自動車にぶち当ったほうが、自分の肉体に対する被害は小さくおさえることができる。自動車のボディ・シェルは意外に緩衝の役を果たしてくれる。パネル・トラックなら、ほとんどの場合、荷台をとりかこんでいる鉄製の板のうえにひっかかるように落ちていくから、普通のセダンのうえに落ちるよりさらに衝激はゆるやかになる。それに、一台のパネル・トラックをいつもランディング・ランプのすぐ前にとめておくのは、マイク・シュミッドにとっては、一種のまじないでもあった。

シュミッドがまたがって飛んできたXR－750は、その前輪をランプのうえにおろした。これは、すでに失敗なのだ。だが、観ていた人たちは、そのまま後輪もまたランプのうえにおりるのではないか、と思っていた。

後輪は、ランディング・ランプの前部にぶつかった。三七〇ポンドもの重量を持った、落下していくモーターサイクルがたとえばランディング・ランプのようなものにぶつかったとき、ハンドル・バーにしがみついているライダーがうけとめる衝激はすさまじい。

空中を飛んでいるあいだでさえ、ハンドル・バーから自分の手がはなれないようにしているのがやっとなのだから、ぶつかったのと同時にくる衝激で、グリップを握って押えこんでいた両手はたやすくはなれ、ライダーの体は空中にほうり出される。

前輪をランプのうえにのこしたまま、後輪をランプ前部にしたたかに打ちつけたXR−750は、そのままランプ前面にぐしゃりとつぶれてはりつくかに見えて、次の瞬間には、テールからうえにはねあがり、ランプのうえについた前輪でゆっくり逆立ちしていた。

その逆立ちのまま、前輪もランプをはなれてもういちど車体は宙に舞い、のぼりきったところから垂直に落ちてきた。ランプのうえに前輪から落ち、フロント・フォークが左へいっぱいにまがり、XR−750は横だおしになった。そして、ランプの下り勾配を斜めにすべっていき、ランプをはずれて煉瓦敷きの地面に自らを思うさま叩きつけるように落ちた。

転がりながら地面をすべり、花壇のふちにあたってもういちど一〇数フィート空中にはねあがった。はねあがりながら、XR−750は、火を吹いた。燃えながら花壇を飛びこえ、何度もバウンドしてはそのたびにフレームからなにからくしゃくしゃになりつつ、燃えさかった。観客席のすぐちかくまですべってきたときにはもうほんの鉄くずでしかなく、炎を噴きあげているのが唯一の取柄だった。

　空中にほうり出されたシュミッドも、おなじようなひどい目にあっていた。宙に舞いあがりながら、シュミッドの両腕は、うえにうえにと、のびていった。ハンドル・バーから両手をもぎとられたときの衝激がまだ体のなかにのこっているから、体は空中でまっすぐになり、さらに弓なりに反っていくのだ。両腕と両脚が、てんでんにばらばらな方向にのびきった、信じがたいとんぼがえりのようなかたちで大きく放物線を描いて、シュミッドは、左肩からランディング・ランプのうえに落ちた。すぐに腰がランプに叩きつけられ、そのまま転がっていく彼の体の下に両脚がもつれあってまきこまれ、両方ともへし折れた。ランプのうえを、なかば転がり、なかばおろしがねにすりつけられるようにすべっていき、ランプをはずれ、さんざんにこわれたダンガリーの人形のように、下へ落ちた。落ちてもなお、シュミッドは、慣性の力がなくなるまで、転がっていかなければならなかった。燃えている自分のXR—750のすぐちかくまで転がっていき、ようやくとまった。

　意識はたしかなのだが、立ちあがったりあるいは上半身をおこすことは、とてもできなかった。腕を動かすことも、指を一本、曲げることも、そのときのシュミッドには、できなかった。

　消火隊が走りより、燃えているモーターサイクルの火を、あっというまに消してしまった。さらに数人の男たちが、倒れたまま動かないシュミッドに走りより、そのうちのひとりが、シュミッドの全身を毛布でおおった。シュミッドは死んでしまった、とその男は思った。

　死んではいなかった。救急車で病院へむかうあいだずっと、シュミッドには意識があった。両足首のひどい捻挫、左のひざの骨のはずれ、右脚のすねの骨折、左脚の太腿の骨折。この折れた左脚は、骨盤のなかを突き抜けて、わき腹から外に飛び出していた。かつてすでに何度も骨折させたりひび割らせた腰骨の、補強用のスティンレス・プレートは、ネジが一本はずれただけで無事だった。背骨の下のほうの骨が衝激で変形し、あばら骨が四本折れていたし、左肩の骨には縦横にひびが入っていた。ヘルメットごしだが頭もしたたかに打っていて、脳しんとうは確実だった。

痛みに耐えようとして全身の筋肉がすくみあがるため、折れた左脚をみんなが力まかせにひっぱってまっすぐにしておいても、すこし力をゆるめると、骨盤のなかにひきこまれていってしまうのだった。

ランディング・ランプに前・後輪とも共にタッチしなければジャンプは成功とはみなさないという契約だったから、ディズニー・ランドのシンデレラの城の前の噴水を飛びこえようとした今日は、マイク・シュミッドにとっては、まったくの飛び損だったのだ。シュミッドは、六か月、入院した。

フリーウエイの排気ガスを、陽がかたむきはじめると西風でまともにくらう丘の中腹に、ハリウッド・ドリーム・モーテルがあった。ハート形のプールのむこうの広場には緑の芝生がいちめんに生えていて、スプリンクラーがまわって水をまき散らしていた。広場のさらにむこうに、配置よくうえてあるまっすぐな椰子の樹が、沈みかけた陽にシルエットになっていた。やがて、スプリンクラーからはじき出される水も、黒いシルエットになって見えはじめる。

マイク・シュミッドは、プールのわきに出してあるディレクター・チェアに坐って両脚をまえに投げ出し、陽を顔や胸に受けながら、コーヒーを飲んでいた。高名なシュミッドのために、コーヒーとそれにつきものの軽いスナックは、無料で提供されている。そのシュミッドのかたわらに、バック・オウエンズが、やはりディレクター・チェアに坐っていた。

シュミッドは、テーブルのうえに置いたコーヒー・カップに手をのばした。首にかけたペンダントが胸もとからシャツの外に出て、陽をうけて光った。純金の半球のなかに、ノートン・コマンド750の左側のディテールがこまかく浮きぼりになったものだった。レーサーのジーン・ロメロがノートンからもらったものをさらにシュミッドがロメロからなにかのときにもらったのだ。

「なぜ、ジャンプをするのですか」

と、バック・オウエンズが、マイク・シュミッドに目をむけて、きいた。

「なぜかというとそれは、あなたとおなじようにこのオレも、自分自身でなくてはいけないからだ」

シュミッドは、そうこたえた。

「オレにとっての自分自身とは、モーターサイクルで一二〇フィートから一四〇フィートの距離をジャンプを使ってジャンプすることなのだ。ちょうど、あなたが、カントリー・ソングをつくってそれを歌うのがあなた自身であるように」

バック・オウエンズは、まじめな表情でうなずいていた。そして、うなずきながら、

「ジャンプする距離は、どんどん長くなるのですか」

と、きいた。

「ならない」

シュミッドは、言下にこたえた。

「正真正銘のニティ・グリティにまでつきつめると、モーターサイクルのジャンプは、たやすくはないけれど、簡単なことなのだ。テイク・オフ・ランプをはなれるときに、モーターサイクルと自分との重さを支えてさらにその重さをまっすぐにむこうへ押してくれるだけの推力があれば、その重さを空中に持ちあげたままでいる力と重心と推力とが、あるひとつのところでかさなりあう。あとは、弾道を描いてランディング・ランプまで飛んでいけばいい。問題は、着地にある。車体が左右に振られずに、まっすぐに降りたときでも、なにしろあの重さだから、たいへんなショックだ。ハンドル・バーをとにかく握ってフット・ペグに立ったまま、ふり落とされたりはねとばされたりせずに、ブレーキをつかってモーターサイクルをとめる。テイク・オフ・ランプをはなれるときにパワーが落ちると、車体は左右いずれかに曲がって飛び、失敗する」

「ジェット・エンジンをつけて長距離を飛びこえるという話がありましたね。グランド・キャニオンの大渓谷を飛ぶというような」

バック・オウエンズは、このマイク・シュミッドをたたえるために、彼のライフ・ストーリイをおりこんだ長いバラッドをつくろうとしている。そのために、おたがいに時間の都合をつけて会うことにきめていて、今日はその第一回なのだった。

「エンジンがジェットだと、人間の感覚はそれについていけない。ジェットのうなりで回転数の見当をつけることはとうていできないけれど、古き良きガソリンのVツインなら、五体で感じられる。本当の意味のモーターサイクルで飛ばなければ、オレにとっては意味がないのだし、モーターサイクルで飛べる距離はだいたいきまっているから、飛ぶ距離を長くしていくこともない。距離をのばしていくのが目的ではなく、オレにとって大事なのは、飛ぶことだからね」

シュミッドは、一九六五年以来、入院していた日数をのぞいて日割りにすると一週間に二度はおこなってきたモーターサイクル・ジャンプについて、語っていった。シャンデリアのぶらさがった大宴会場のなかにランプをつくり、廊下を助走路がわりに走ってきて、巨大なケーキとシャンデリアとのあいだを飛び抜けたときのこと。ガラガラ蛇を一、〇〇〇匹も入れたプールのうえを飛びそこねてモーターサイクルごと蛇のなかに落ち、落ちた衝激ではねあげられ、プールのふちに叩きつけられ蛇に嚙まれずにすんだときのこと。

「あとでモーターサイクルをよく見たら、シートは穴だらけだったよ。ガラガラ蛇が嚙みついた牙の穴さ」

「あなたひとりでおやりになるのですから、敵はないわけですね」

「敵は、死だね。死とのにらめっこに勝つか勝たないかだ。この世に生まれたいと自分から願い出て生まれてきたのではないから、死も生の一部で、生まれながらにして半分は死んでいる」

「死への挑戦ですか、あなたのジャンプは」

「ちがう。誰もやっていないことをひとりでやりたいという、ただそれだけのことだ。さっきも言ったように、オレはいろんな職業を経験したし、賞金かせぎのレーサーもやったけれど、モーターサイクルのジャンプをやるまでは、ほかにもおなじことをやる奴がたくさんいて、それが唯一の悩みだった」

笑いながら、マイク・シュミッドは、コーヒー・カップをテーブルに置いた。

退院するとすぐに、マイク・シュミッドは、ウエスト・コースト一帯の巡業に出たのだ。一回のジャンプでまだ五〇〇ドルほどしか取れなかったころには、ランプをつんだ六〇フィートのトレーラー・トラックをひっぱるスーパー・チューンされたフォードのランチェロを、妻が運転し、ランプの設置から売りこみ、プロモーション、司会、会場のあとかたづけまで、自分ひとりでおこなった。モーテルに泊まるおかねがないから、テントで野営し、妻と自分は小川で体を洗った。

いまでは、下働きの若者やメカニック、それに専門のプロモーターがいるから、自分はジャンプだけやればよいことになっている。

ウエスト・コースト一帯の巡業は、ロサンゼルスでひとまず打ちどめだった。ロサンゼルス・メモリアル・スポーツ・アリーナで、四日間、連続してジャンプをおこなうのだ。初日には一三台のアメリカ車を横置きにならべ、日をおって一台ずつふやし、四日目は、さらにもう一台おまけして、一七台をジャンプしてみせる。

どたん場で、計画は変更になった。一三台の車からはじめるのはやめにして、初日から一七台分の距離になるよう、ポンコツ車を六〇台、平たい山のようにつみあげ、そのうえをジャンプすることになった。

南カリフォルニアに雨は降らないというのは大嘘だった。灰色の空から雨が降りつづき、ジャンプは三日間、延期しなければならなかった。

その三日目の午後おそくなってようやく雨はやみ、すでにはこびこんであった六〇台のポンコツ車の山を中心に、助走路とふたつのランプをすぐにつくらなくてはいけなかった。

円型闘技場のようになっている観客席のいちばんうえから助走路を板でつくり、グラウンドまでその助走路を走り降りてからテイク・オフ・ランプでポンコツの山をこえ、ランディング・ランプに着地し、パラシュートの助けをかりてとまる、というしかけだった。

夜になって、助走路とランプが、完成した。リンカンのコンティネンタル・マークⅣで、シュミッドはハリウッド・ドリーム・モーテルからメモリアル・スポーツ・アリーナまで出かけていった。XR－750を二台つんだトレーラーが、それにつづいた。

ひとけのない、暗い夜の闘技場のなかが、いくつかの投光機で部分的に照らし出されていた。夜の時間がすすむと共に、霧が出てきた。白い霧が、重力のないなにかの粉末のように投光機のまえを横ぎり、円型の観客席は霧にかくされて下のほうから順に見えなくなっていった。グラウンドで働いている人たちの声が、霧のなかにこもった。

いっしょにやってきたシュミッドの妻は、助走路とランプとがすべて見わたせる位置の観客席に、ひとりであがっていった。

広いグラウンドの中央につみあげられたポンコツ車の山は、とても小さく見えた。助走路やランプは、細長い布切れのようだった。

グラウンドに入ってきたトレーラーが、助走路のうえにXR－750を一台、おろした。メカニックが、それを、ポンコツ車の山のふもとまで押してきて、向きをかえ、観客席の頂上までのびている助走路のセンター・ラインにアラインさせた。

準備がととのうと、ジャンプのときのヘルメットとユニフォームに身をかためたシュミッドが、リソカンから降りてきた。たびかさなる骨折で自由がきかなくなっている部分がシュミッドの体には何個所もあるので、そんな彼でも出入りしやすいよう、ドアは特別に改造してある。

メカニックたちに手助けされてXR—750にシュミッドはまたがり、いつものように押しがけでエンジンがかかり、排気音が鈍く闘技場にひびいた。

スポットライトがいくつかともり、観客席の頂上までの助走路が照らし出された。

XR—750が、その助走路を走りはじめた。走るというよりも、すべるような動きだった。霧のなかに入るたびに、XR—750の赤く焼けたエグゾースト・パイプとマイク・シュミッドは、部分的に見えなくなりつつ、のぼり勾配の助走路を、いっきになかほどまでかけあがっていった。

そこでエンジン音がとまり、シュミッドは、またがったままモーターサイクルの向きをかえ、助走路を下へ降りてきた。音もなくすこし走ってからエンジンがかかり、ポンコツ車の山のふもとまでかえってくるまでにはほんの五、六秒だった。

途中までのぼるのをさらに二度くりかえしたシュミッドは、四度目に、頂上までのぼりきった。霧はすっかり濃くなっていて、のぼりきったシュミッドの姿は、グラウンドからは見えなかった。排気音だけをたどるしかなく、頂上までのぼりきったあとのアイドリングの音に、グラウンドのメカニックたち四、五人の拍手がかさなり、広くて暗い闘技場のまんなかあたりにそれは小さく聞えて消えた。

ライク・ア・ローリング・ストーンだって？

一階が酒場になっていて、二階は全部で一四室のホテルだった。ほんとうは一三室なのだが、一三はとばしてあるので、一四室なのだった。おもてに出ると、地面から一フィートほどの高さに板張りの歩道があり、その歩道にそってならんでいる建物からひさしがつき出ていて、その下は陽陰になっていた。酒場の屋号は『バケツに一杯の血』といい、ホテルのほうは、アラモゴード・トラヴェラーズ・ホテルといった。

むかって左どなりは、食堂だった。これには屋号はなく、窓ガラスに古風な書体でていねいに、「貴下はここにて食す」と、書いてあった。そのペイントは、はじめはオレンジ色だったのが洗いざらしのカーキ色にあせ、いたるところひび割れ、ガラスからはげ落ちている部分もあった。

この食堂の奥に部屋がひとつあり、この部屋には、縦が一〇フィート、横幅が五フィートのポケット・ビリヤードのテーブルが六台あった。その台では、どのポケットの入口の幅も、みな4インチ7/8だった。この玉突き部屋は、地元の人たちのあいだでは、ケインズ・ルームと呼ばれていた。

フォート・サムナーの町を突きぬけてまっすぐに東西に走っているUSハイウェイ60に面してこのホテルや食堂はあり、道路には強い西陽がさしていた。午後四時までにはまだすこし時間があり、酒場のなかからは、ラグタイムの自動ピアノが奏する『町の裏手のブルース』が聞えていた。この時間に外を歩いている人はひとりもいなかったから、その音楽は、西陽のなかに溶けて消えていった。

酒場のなかには、七人の男たちがカウンターの中央でひとかたまりになってビールを飲み、カウンターのなかのバーテンダーも、男たちの話に加わっていた。カウンターから離れたテーブルには、青年がひとりいた。二〇歳をこえたかこえないかという年齢で、灰色のまざった栗色の髪を長くし、ダンガリーのシャツの裾を着古したホワイト・ジーンズのうえに出していた。テーブルのうえには、ビールのアルミ缶がひとつに、グラスがやはりひとつ、置いてあった。グラスのなかには、ビールが半分ほどのこっていた。

その青年の正面に、一階の酒場から二階のホテルにつながっている階段があった。階段は途中で左へ直角に曲がり、それをあがりきると、二階は「コ」の字型にバルコニーになっていて、そこから手すりごしに酒場を見おろすことができた。

二階からスーツ・ケースを両手にさげてその階段を降りてくる男がいた。右腕のワキの下には、スリー・クッション用の二〇オンスのスティックを入れたケースを、はさみこむようにして持っていた。

長いそのスティックは、ネジ式で中央からはずれ、みじかく二本にすることができるのだ。

カウンターの男たちが、階段を降りてくるその男をふりかえった。そして、男たちのうちのひとりが、言った。

「銀行強盗さまのご出発か」

「そうさ」と、その男は、こたえた。気持ちの良い人なつっこさに満ちあふれた微笑をうかべて、「だけど、銀行というよりも、瀬戸物で出来た小豚の貯金箱だろう」と、つけ加えた。カウンターの男たちは、その男にむかっていっせいに悪態をついた。

男は、建物の裏へ出るドアを右足で蹴り開け、そのドアのむこうに見えなくなった。建物の裏は、駐車場になっていた。車は八台、とまっていた。いちばん手前にとめてあったAMCのジャヴリンAMXまで男は歩いていき、ふたつのスーツケースをおろし、車のうしろにまわってトランクをあけ、まずスティックの入ったケースを、トランクのなかのいつもの場所におさめた。そして、トランクを開けたまま、ふたつのスーツケースもそこに置いたまま、男は、建物のほうにひきかえした。

建物のなかへ入るドアのわきに、インディアンの青年がひとり、立っていた。除隊して最終基地から出てきたばかりであることが、ひと目でわかった。大きくふくらんだ陸軍のダッフェル・バッグがひとつだけ、その青年の足もとにころがっていた。男は、ホテルのなかへ入っていった。

もういちど二階へあがろうとして階段のところまでやって来たその男を、自分のテーブルを離れて階段の下まで来ていた青年が、呼びとめた。

「荷物をおろすのを手伝ってあげましょうか」

と、その青年は言った。

「うん」

男が、こたえた。

「八号室へいくとスーツケースがひとつあるから、それを持ってきてくれ。それだけでいい」

青年は、うなずいて階段をあがっていった。そして、男は、また建物の裏へ出ていった。

ドアを開けて駐車場に出てきたその男は、

「乗せてくれる人を待っているのか」

と、インディアンの青年にきいた。

「西へむかっている」

インディアンの青年は、こたえた。

「乗せてやる。そのバッグは、うしろのシートにほうりこんでおくといい」

白人の青年が、男のスーツケースを持ってホテルの建物から裏の駐車場に出てきた。車のところまでそのスーツケースを持ってきた青年に、男は、礼を言った。

「いってしまうのですか」

と、青年が、きいた。

「うん」

「どちらへ向うのですか」

「旅をつづけなくてはいけない」

男のスーツケースは、三個を縦にしてくっつけてならべると、南北戦争のときの南軍の旗の模様になるのだった。そして、どのスーツケースにも、横っ腹に白いエナメルで、T・ジェファスン、と書いてあった。

「このTのイニシアルは、トーマスなどではなくて、トラヴェリング(旅する)というニックネームの略なのだ。俺は、トラヴェリング・ジェファスンさ」

ジェファスンは、そう言って、スーツケースをひとつ持ちあげ、トランクのなかに入れた。インディアンと白人の青年が、それぞれひとつずつ、スーツケースをトランクに入れた。ジェファスンは、トランクを閉じた。

「バーで酒を飲んでいた男たちがあなたによろしくと言ってましたよ。道中でタイアが四つともパンクするといいって」

白人の青年にそう言われて、ジェファスンは、首を振りながら笑った。そして、玉突き部屋のケインズ・ルームのほうにあごをしゃくって、言った。

「三〇〇ドルまきあげるのに三日もかかったのだ。楽しませてはもらったけれど、長居は無用だ」

ジェファスンが、この白人の青年とこんなにながく口をきいたのは、これがはじめてだった。ジェファスンがこのフォート・サムナーの町に来る以前から白人の青年はここにいた。ジェファスンがワン・ポケットのゲームで地元の男たちから三日がかりで三〇〇ドルまきあげたプロセスを、彼は一部始終、見守ったのだ。そのあいだずっと、白人の青年は、ジェファスンと口をきこうとしたのだが、ジェファスンは、とりあわずにいた。

「名前は、カーペンターというのです。マーシャル・カーペンターです。よかったら三人ですこし喋りませんか。こんなところでこうしておたがいにはじめて会い、こんどはいつ会えるかわからないのですから」

白人の青年にそう言われて、ジェファスンは、青年に向きなおった。そして、こう言った。

「はじめてではないよ。すくなくとも三度は、会っている。カリフォルニアのフレズノからシエラ・ネヴァダにむかうステート・ハイウエイの180に、シエラに入るまだ手前に、スクオー・ヴァレーという小さな町があるだろう。あそこの町はずれのガソリン・スタンドのとなりのフルーツ・スタンドで、きみはリンゴを売っていた」

「なぜスクオー・ヴァレーみたいなところをとおったのですか」

「インタステートをつかわずに南へいくためさ。インタステートもたびかさなると飽きてしまう」

白人の青年は、さらになにか言いたそうにしていた。

「スーツケースは、とても軽いのですね」

「旅じたくは、いつも軽い」

会話は、それで終りだった。ジェファスンは運転席のドアをあけなかに入った。濃いオリーヴ色の、ウエスタン・スタイルふうなカッティングにしてある、きれいにプレスのきいたスーツを、ジェファスンは、着ていた。白い、やわらかそうな木綿のワイシャツに、マスタード色のタイをしめていた。靴は、大きな都会のなかを歩きまわるときにはくような、褐色の、ごくあたりまえのものだった。助手席のドア・ロックをジェファスンがはずし、シートを前にたおした。インディアンの青年は、大きくふくらんだダッフェル・バッグをうしろの席にほうりこんでから、シートをもとどおりなおして、乗りこんだ。ドアを閉め、ジェファスンはエンジンをかけた。やがて、濃紺のそのジャヴリンAMXは、ゆっくり駐車場を出て、食堂と三階建ての空き家のあいだを抜け、USハイウェイ60に出て西にむかった。

西陽にヴァイザーをおろしながら、ジェファスンが言った。

「名前をまだ知らないね」

「ブライアンと呼んでくれればいい」

「よし、ブライアン。フードのうえを見てみろ」

と、ジェファスンは、一九七二年モデルのジャヴリンのフードを指さした。

「あの黄金色の飾り塗装が、じゃまになってしかたないのだ」

フロントのウインド・シールドの中央からフードのまんなかをノーズまで、五インチほどの幅にまっすぐ、黄金色のメタリック塗装がしてあり、ノーズの先端からそれはやはりおなじ幅で左右にのび、ヘッドランプのうえから直角にうしろへ折りかえし、フロント・ホイールのうえの、フェンダーふうに飾りにふくらませたところまで先細りになりながらのびていた。

「陽が反射して、まぶしいのだ。どこかで砂嵐のなかを走れるといいのだけど。一五分ほどで、ペイントは砂にたたかれてはがれてしまうから」

町はずれのガソリン・スタンドに、ジェファスンは、寄った。燃料タンクを、レギュラーのガソリンでいっぱいにしてもらった。ガソリンを入れ終って、ジェファスンから料金を受け取りながら、ス

タンドの男は、

「いいタイアですね。これなら馬鹿な事故はおこさずにすみます」

と、フロントのタイアにあごをしゃくった。ファイアストーンのワイド・オーヴァル90だった。

「ほんのおまじないだよ」

ジェファスンは、こたえた。

インディアンの青年、ブライアンは、ホピ・インディアン部落指定保留地にかえるのだという。ジェファスンは、保留地のなかまでブライアンを送りとどけることをひきうけた。いつまでにどこへ行かなくてはならないという、きまった予定のある旅ではないので、いつどこへ行こうと、ジェファスンは自由なのだ。この旅がいつ終るのか、ジェファスン自身にもわからない。

USハイウエイ84でインタステート40まで北上し、インタステートにのったら陽のあるうちは時速七〇マイルで西にむかう。このインタステート40には、ところどころ昔のルート66が残っている。アルバカーキ、グランツと抜けてギャラップでインタステートをおり、USハイウエイ666からステート・ハイウエイ264を西へむかうと、ナヴァホ・インディアン保留地のなかのホピ・インディアン保留地をとおることになる。フォート・サムナーが海抜四、〇〇〇フィートほどで、ギャラップが六、五〇〇フィートをこえているから夜までに二、五〇〇フィートほど高いところへのぼっていくのだ。

その夜、ジェファスンは、ホピ・インディアン保留地のなかに泊まった。ブライアンは、「他人の戦争に加わった汚れを清め落とす儀式に出る」ために、どこかへいってしまった。ジェファスンのような客を泊めるための建物があり、枯草のベッドで、二枚の毛布にくるまってジェファスンは眠った。

フォート・サムナーを出発して三時間ほどたってから、太陽が沈んだ。荒れ野の遠くにつらなった黒いシルエットの山なみのむこうに巨大な赤い太陽が沈み、かわって、上弦になったクオーター・ムーンが、オレンジ色の燐光をしたたらせ、なにかの化け物のように、暗い紫色になりはじめた夜の空にのぼってきた。

次の日は昼すぎにフラグスタフにジェファスンは着いた。太陽がちょうど頭上にあり、まっ青な空のひろがったフラグスタフの町ぜんたいに、影がどこにもなかった。太陽が真上から照りおろすので、この時間だけは地上に影ができないのだ。

ステート・ハイウエイ264をそのまま西に走ってホピ・インディアン指定保留地を抜け、USハイウエイ160にぶつかったところのモエリンコピという人口が六〇〇人に満たない町のガソリン・スタンドで、ジェファスンは車にガソリンを入れた。そこから160、89＝164で南下すれば、まっすぐフラグスタフだった。

ドライヴ・インは、頭上の太陽の直射をうけて暑くてたまらないので、ジェファスンは「ウエスタン・ホースマン」というレストランに入った。そして、昼食をとりながら、三年ぶりにプレスコットの町へいってみることにきめた。フラグスタフからプレスコットまでは八〇マイルほどだから、ひと走りだった。インタステート40でフラグスタフから西に出て、途中からUSハイウエイ89へ左折するか、あるいは、フラグスタフからプレスコットまでつながっているオルタネートUSハイウエイ89にするかどうか、ジェファスンは考えた。住みなれた自分の家の庭の片隅の情景を思いおこすのとおなじょうなたやすさで、ジェファスンは、ふたとおりの道が走っている地形を頭のなかに描いて、くらべてみた。

陽のまだ高いうちに、ジェファスンはプレスコットに着いた。開拓記念日のロディオ大会がおこなわれているときのほかは、なんのへんてつもない、ただ太陽に照らされつづけているだけの、アリゾナ州の町だった。

三年まえに四か月ちかく滞在したときに毎日かよった玉突き屋は、いまでもまだあった。道路も、変ってはいなかった。ゆっくり、その玉突き屋の前を走りすぎたジェファスンは、玉突き屋にいちばんちかいガソリン・スタンドに車を入れた。

夏場のアルバイトの大学生らしい青年が、ダンロップの名前が入ったオーヴァオールを着て、陽のなかへ出てきた。

「二、三日まえに、左の前輪を溝のなかに落としたのだ」

と言いながら、ジェファスンは、車の外に出た。

「アラインメントを調べてほしい。それに、エア・クリーナーの掃除も」

「すこし時間がかかりますよ」

「かまわない。しばらくこの町にいるのだから」

車をそのスタンドにあずけて、ジェファスンは、道路の反対側に渡った。ひさしの下が濃い影になっている歩道をゆっくり歩いて、「ロイアル15」という、さきほど車のなかから存在をたしかめておいた玉突き屋まで、ひきかえした。なかへ押して開くガラスのはまった重いドアの感触が三年まえの記憶をよみがえらせた。ちょうつがいはきしんだりはせず、なめらかに内側へ開いた。この玉突き屋が盛況である事実はそれだけでジェファスンにはわかったし、なかへ足を踏み入れたとたんに自分をつつんでくる部屋のなかのにおいにも、たしかな手ごたえがあった。厚い板張りのフロアにひいたオイル。スティックのさきにつけるチョークの粉。さまざまな葉巻きの香り。男たちの体臭。エア・コンディショナーがまわっていて、部屋のなかをひんやりとさせているのだが、内部につもりつもったこの独特な香りは、消せるものではなかった。

いちばん奥の台で、ふたりの男が、ストレート・プールを突いていた。玉の音も、三年まえとおなじだった。プラスティックではなく、ベルギー産の粘土でつくった玉の音だった。ゲームをやっている男たちのほかに、奥の壁に背をもたせかけるようにしてスツールに腰かけた男がひとりいて、べつなスツールにブーツをはいた両足をのせ、『ロディオ・ニューズ』を読んでいた。

自分が使いたい台を指でその男に示してみせ、視線だけであいさつしたジェファスンは、店にそなえつけのキューのなかから二〇オンスのものを一本えらび、ひとりで玉を突きはじめた。一五個の玉に描いてある番号とは関係なく、とにかくどのポケットにでもいいから、玉を八つ、つづけて落とす作業を、ジェファスンはおこなった。あっと言うまに、八個の玉がつづけざまに六つのポケットに落ちていった。三角形にととのえた一五個の玉をブレークしてから、八個の玉がポケットに消えるまでが、ひとつに連続した動作のようだった。白いキュー・ボールは生き物みたいに動き、ポケットのまんなかにむかって次々に玉を蹴り落とした。

音だけを聞いていても、ジェファスンがたいへんな腕前であることは、すぐに知れた。ジェファスンが入ってきたときには顔すらあげなかったいちばん奥の台のふたりの男が、ジェファスンを不思議そうに見た。

ポケットに落ちた玉が、ひとつところにあつまってきているのをひろいあげたジェファスンは、一五個の玉を三角形の枠でととのえなおした。こんどは、一番から八番まで順番に、これもひとつの動作みたいにあっけなく落とした。次は、一五から逆に八までの八個を、やはりおなじようになんの手間もかけずに落とした。

『ロディオ・ニューズ』を読んでいた男が、立ちあがってゆっくりジェファスンの台まで歩いてきていた。

「そのような玉の音を聞くのは、いいものだね」

と、男が言った。

「いっしょに音をだしてみようか」

ジェファスンがそうもちかけると、男は両方の眉を半円型につりあげ、気軽に応じた。個人用のキューのなかから自分のキューをとってきたその男は、店の奥でゲームをつづけていた二人の男たちにこう言った。

「本物のゲームを見せてやるからこっちへこいよ」

ジェファスンとその男は、ワン・ポケットをやることにした。三角形にととのえた一五個の玉をブレークする側のフット・レールの両端にあるポケットのいずれかひとつがジェファスンのもの、そしてもういっぽうが、相手の男が玉を落とす専用のポケットになる。

コインを投じて順番をきめるまえに、ジェファスンが言った。

「ながいあいだ自動車で走って町をとおりすぎるだけだったからひどく退屈している。おたがいにとってエキサイティングなゲームにしようじゃないか」

男は、うなずいた。ワン・ゲームに一〇ドルをかけるという。そこへ、奥の台から二人の男たちが、やってきた。男たちは、五ドルずつ賭けるというのだ。

コインを投げると、ジェファスンがあとだった。男は、番号には関係なく、八個のボールをきれいに自分のポケットに落とした。かなり巧みなポジション・プレーでキュー・ボールをコントロールさせ、打ちやすい位置にまでひっぱってきては、確実に落とした。いちいち現金のやりとりはしないのだが、これでジェファスンは二〇ドル負けたことになる。

ゲームは、つづけられた。こんどはジェファスンがさきだった。七個まで無事に落とし、八個目は、わざとミスして、順番を相手の男にゆずった。だが、相手のポケットのすぐまえに玉がひとつきていて、キュー・ボールはまたべつの玉のすぐうしろにかくれていたから、たやすく落とせる状況ではなかった。ジェファスンが、よく考えてつくりあげた状況だった。おたがいに打てないままに何度かセーフティ・プレーをくりかえしてそのたびに順番が入れかわった。そして、スリー・クッションで玉をテーブルいっぱいにひきまわしたジェファスンは、自分のポケットに入れるべき玉を、これも故意になのだが、相手の男のポケットに落とした。これは相手の得点になるから、ここでジェファスンは自動的に負けになった。負けの総額は四〇ドルになった。次のゲームは、ジェファスンが勝った。その次は、ジェファスンの負けだった。相手の男が、あまり口をきかなくなった。これは、ジェファスンのような渡り者のプロフェッショナルなハスラーにとっては、いいことなのだ。相手は、勝ちためていく金額が次第に増えていくことのなかに、早くも巻きこまれているのだ。ジェファスンは、いくら負けても、また、いくら勝っても、そのようなことはぜったいにない。どこにもなにごとにも根を持たない者の、かすかな強みだった。

自分の名前をさりげなく公表しておく必要があるので、ジェファスンはゲームを中断して、電話をかけた。店の奥の壁についている電話で交換手を呼びだし、ウエスタン・モーテルの番号をきき、そこにつないでもらった。夕方になると空室がみんなふさがってしまうことが多いので、それ以前に予約をしておくのだ。男たちに聞えるよう、ジェファスンという名を三度くりかえし、彼は部屋を予約した。そして、ゲームにもどった。

夕方からその玉突き屋「ロイアル15」は、混んできた。結局、ジェファスンは、夜中までぶっとおしでゲームをおこない、見物人たちが賭けたものも含めて、四三八ドルの現金を手にすることができた。三年ぶりのプレスコットでの初日としては、上出来だった。

ガソリン・スタンドにあずけたままのジャヴリンは、ゲームの途中で、見物人のなかにいた青年におかねを持たせ、とってきてもらった。明日また来る、と言いのこして玉突き屋を出たジェファスンは、自分の車でウエスタン・モーテルまでいき、部屋にチェック・インした。スーツケースをはこびこみ、シャワーを浴びた。シャワー・ルームから出ようとしていると、案のじょう、電話が鳴った。

受話器をとりあげると、聞きおぼえのあるような、ないような、太い男の声が、

「またやってきたそうで、とてもうれしいよ、ジェファスン」と、言っていた。サン・シティ・ドラ

イボーンという名の、プロのハスラーだった。アメリカのどこかを流れていないときには、きまってサン・シティに滞在している。持病のぜんそくに、アリゾナの気候がいいのだという。太い声にはまるで似つかわしくなくやせていて、ドライボーンという名はここからきている。

「二、三日は、この町にいるつもりだ」

「明日、一日だけいれば、たくさんだ。丸裸にして、東西南北、いずれの方向にでも見送ってやる」

ドライボーンのそんな言葉に、ジェファスンは気持ちよさそうに笑った。そして、あいさつをかえした。

「おまえの家の屋根までとってやるから、ドライボーン、おまえは一日じゅう陽に当たっていられるようになるよ」

「とにかく、明日だ」

電話は、それで終りだった。ジェファスンというたいへんな腕の男が来ているという知らせが、あの玉突き屋からすでにドライボーンのところにまで伝わっている。知らせは、さらに広がるだろう。広がれば広がるほど、このプレスコットでのジェファスンの稼ぎは、多くなるのだった。あるいは、ひょっとして、すっからかんに負けてしまうかもしれないのだが、そのようなことは、まずありえなかった。

トラヴェリング・ジェファスンが、文字どおり旅だけの人生をはじめたのは、一〇歳の誕生日にあと一二日というときだった。父は鉄道の保線工で、母は洗濯女だった。兄弟は何人いたのか、正確にはおぼえていない。ミシシッピー河の西側、ルイジアナ州のポート・アレンのちかくの、河のなかに突き出た小さな半島のような村に、そのころのジェファスンは住んでいた。生まれたのは、アラバマ州のモービルにむかう汽車のなかだったと聞かされたことを記憶している。

一〇歳になる以前から、ジェファスンは、ポケット・ビリヤードに最適であったらしく、生まれながらのプロのハスラーだった。神経も肉体も、ポケット・ビリヤードがたいへんに得意だった。自宅のちかくの教会の地下に、少年たちのためのゲーム・ルームがあり、ここに、一〇フィートに五フィートのポケット・ビリヤードの台が、ひとつだけあった。玉は、象牙から削り出したもので、ジェファスンは最初から二〇オンスのキューで突いていた。

はるかに年うえの少年たちのなかにも、ジェファスンにかなうのはひとりもいなかった。駄菓子屋で買えるガム・ドロップをかけて、ひまさえあれば彼は玉を突いた。ほかの少年たちが持ってくるガム・ドロップは、夕暮れまでにはかならずジェファスンの手のなかにみんなあつまり、ひとつのこらず取られてしまった少年は、泣きながら家へ帰っていくのだ。

これがあまりにもたびかさなったため、ジェファスンの父親は、少年たちの父親から、ある日曜日、教会の前で連名で抗議をうけた。自分がうけた抗議を、教会から家へかえって、父親はそのままジェファスンに伝え、さらにこう言った。

「ほかの子供から取りあげていれば、わざわざおまえにガム・ドロップを買ってやるカネはかからなくていいのだが、取りあげるのがいけないとなると、買ってやるカネはないから、このさきどうするかは、自分できめろ」

その日の夜、すでにジェファスンは、自宅にはいなかった。自分の愛用のキューを毛布につつみ、肩にかついで家を出た彼は、プラクミンまで野菜運搬のトラックでヒッチハイクし、プラクミンからは、テキサス・アンド・パシフィック鉄道の貨物列車に無賃乗車し、なんのあてもなく、テキサスにむかった。これが二八年もまえのことで、このとき以来、かえるべき故郷であるはずの家には一度もかえっていない。

そして、かえろうにも、その小さな村は、もうなくなっている。村があった半島は、削り取られてミシシッピー河になっている。河が大きく半円のカーヴを描いて蛇行している、その蛇行をぬけたすぐさきにその半島はあり、材木を組んだ筏や船のじゃまになるのだった。河の流れによってもその半島はすこしずつ洗い削られていていずれはなくなるのだから早いとこ削ってしまって便利にしようというプロジェクトの結果、ある年の夏、なくなった。西北はモンタナ、東はアラゲニー山脈のむこうから、大陸分水嶺の東側のアメリカの底をさらって流れてくる大河のなかに消えたのだ。

テキサスでは、ジェファスンは牧場主にひろわれた。街の玉突き屋で幼いジェファスンの評判を聞いたその大金持ちの牧場主が、自分の館での玉突きの相手に、ジェファスンを養子にしてひき取ったのだ。ジェファスンは、三年、その館にいた。養父の友人たちとの巨額の現金を賭けたゲームにいつまでも勝ちつづけ、勝った現金がもとでさまざまに話がこじれ、ジェファスンは孤児院に出された。孤児院や少年の家を転々としてグレード・スクールの九年まですすみ、以後、教育とは縁がなく、アメリカじゅうを流れ歩いて今日のジェファスンにまで、つながっているのだ。ひとつところにながく居ついたことは一度だってなく、これからどうなるのか、ジェファスン自身にさえわからない。少年のときから玉突きの稼ぎだけで生きてきて、四〇歳にあと二年といういままで、一度も普通の仕事についたことはなく、三つのスーツケースとキューとを自動車につみ、アメリカじゅうの玉突き屋をめぐり歩いて暮らしている。玉突きのテクニックも、また、現金を賭けたゲームにハスラーたちを誘いこむ術も、ジェファスンの体や心に完璧にちかくしみこんでいるから、食事代やモーテル代は日銭にちかいかたちで稼げる。思いきって世のなかの外にはずれてしまうと、ジェファスンのような生き方ができるものらしいのだが、ジェファスンにとっては、思い切るも切らないもなく、最初からこのような生き方にしか関係がなかったのだ。

ある日、どこからかジェファスンはやってきて、またある日どこかへいってしまうことだけは、たしかだ。アリゾナ州のプレスコットで、サン・シティ・ドライボーンたちを相手に三、九〇〇ドルちかく勝ったジェファスンは、あくる日、軽い旅じたくを三つのスーツケースにまとめて車のトランクにつみ、西へむかった。どこへいくのかは、まだきめてもいない。

青い空に薄い白い雲がところどころあり、強烈な陽が静かに分厚くきらめいているまっすぐなメイン・ストリートのはるかむこうに、赤味をおびた褐色の山のつらなりが見えた。その山にむかってジャヴリンで走り抜けていくジェファスンは、真紅のダットサン・ランチェロのピックアップ・トラックとすれちがった。フォート・サムナーにいたあの白人青年の車だ。すれちがいざま、ジェファスンは、窓から手を出して、けだるく二、三度、ふった。ピックアップ・トラックのマーシャル・カーペンターがそれに気づいたかどうかは、早くもトラヴェリング・ジェファスンの関心の外だった。

南へむかう貨物列車

白い朝霧の立ちこめたずっと向うに、かさなりあう山なみが、淡い灰色の切り抜きのように、ぼんやりとかすんでいる。海抜で一、九〇〇フィートちかくあるブレークネック・ヒルが、どのくらい近いのか、どれだけ遠いのか、見当のつけようのないあいまいさで、霧のなかに溶けそうになっている。

かさなりあう山なみの灰色のシルエットには、濃淡の差が明確にある。濃い山は近く、淡いのはそれだけ遠いのだ。

陽が静かにのぼっていくと、その陽を朝霧ごしにうけとめた地面がまずあたためられ、白くただよっている霧は、いつとはなしに、地表に近いところから晴れていく。

霧にひたされていたウエスタン・メリーランド鉄道のカンバーランド分岐点の朝は、消えていく霧と共に明ける。

どこか近いところに蒸気の音が聞える。蒸気機関車の煙突から、その朝いちばんの煙が、ひとかたまりになって、空へはきあげられる。その、厚みのある音が、朝の冷気のなかに、しみこむようにひろがっていく。そして、その音が聞えてすぐに、石炭が燃えたあとの、鋭く鼻にしみる煤の香りが、手で触れることのできるもののように、目の前に漂うのだ。

霧が地表から消えていき、線路が見えてくる。線路の光った表面に、露がびっしりと降りている。その露を踏みつけながら、一台の蒸気機関車が、霧のなかから、顔を出す。一九四七年にボールドウイン社によってつくり出された、クラスJIの4―8―4タイプ。ボイラー気圧二五五、重量が五〇万六千ポンドをこえる巨体が、霧をかきわけて、ゆっくりと進んでいく。昨夜のうちに、ラウンドハウスのなかで蒸気によって汚れを洗い落とされたばかりで、グリースにまみれたさまざまな汚れが、ドライヴィング・ギアからボイラーのてっぺんまで、すっきりと抜けている。

この日の仕事にそなえて、この4―8―4は、砂と水と石炭とをこれから積みこむところだ。やはりすでに動きはじめているコンソリデーション2―8―0とすれちがい、4―8―4はまず給砂塔(サンド・タワー)にむかった。

シリンダーから蒸気を吹き出させてその蒸気機関車は、サンド・タワーのわきで、重くとまった。「L」字の型の鉄骨を組んで建てたサンド・タワーには、その頂上に、砂の貯蔵庫があり、その貯蔵庫の底は、じょうごのようにすぼんでいた。そのすぼんだ先端からさらに、両手で握れるほどの太さのパイプが出ていて、そのパイプは、自由に向きをかえることができるようになっている。

砂を貯蔵庫まではこびあげるエレヴェーターとは反対の場所に、鉄板と鉄パイプでつくった簡素な階段が、タワーにとりつけてある。「く」の字に何度か折れまがりながら頂上までのびているその階段の最初の踊り場に、給砂係りの男がひとり、立って待ちかまえていた。踊り場の高さは、やって来てとまった蒸気機関車のボイラーの、ちょうどなかほどだった。

機関車がとまりきると、男は身軽にボイラーのてっぺんにあがり、あらかじめ機関車のうえに突き出させておいた給砂パイプをたぐりよせ、ボイラーのうえのサンド・ドームに砂を入れはじめた。

砂を入れおえたその4―8―4は、機関車のための作業ヤードの端まで重く静かに走っていき、ポイントが切りかわるのを待って、こんどはコール・タワーの下まで、ひきかえしていった。石炭をいっぱいにのみこんだ貯蔵庫をかかえるようにして、タワーが複線の線路にまたがって建っている。その下へ、4―8―4は、入っていったのだ。霧は、そのタワーの頂上あたりまで晴れていて、そのさらに頭上には、まだ霧で白く薄められている青い空が、うかがえた。

石炭の次には、テンダーに水をくみこんだ。二四、五〇〇ガロンの水を、4―8―4がうしろにひっぱっているテンダーは、飲みこむ。重油は、七、〇〇〇ガロンを積まなくてはいけない。

こうして出発の準備をととのえた蒸気機関車は、やがて、貨物列車の操作場へむかっていく。いくつもの線路が入り乱れている操車場のなかには、八個の動輪を持つそのスティーム・ロコモーティヴが今日ひっぱるべき何十輛編成かの貨物列車が、どの車輛にもいっぱいに荷を積んで、長くつらなって待っていた。

修理工場のわきを抜けていく4―8―4が、工場の建物の影から出てくると、霧にさまたげられることなく斜めにさしはじめた陽が、瞬間、機関車の全身を黄金色に輝かせる。あらゆるパイプ、リベットの頭、すべてが、その瞬間だけ、純金製に見える。

じっと待っている貨物列車のところまで走って来たその蒸気機関車が、充分に距離をとっていったんとまり、リヴァースにきりかえてうしろ向きに列車に向かって走り、テンダー後部の連結機が貨物列車のそれと、音をたててつながれる。つながれたときの衝激と音とが、最後部のカブースまで順に伝わりおわると、出発の準備は完了したことになる。

そして、もしそのとき、その貨物列車のすぐそばで、ホーボ（鉄道こじき）がひとり、列車の出発を待っていたなら、そのホーボには、貨車の積荷を見ただけで、この列車がどこへむかおうとしている列車なのか、すぐにわかってしまうのだ。その鉄道の路線はたとえみじかくても、荷を積んだ貨車は、次々にちがう鉄道の機関車にうけつがれていくから、うまくえらびさえすれば、人知れず貨物列車にいちど無賃乗車するだけで、北アメリカ大陸の西から東まで、あるいは南から北まで、それなりに時間はかかり、乗り心地はプルマンの寝台車とはいかないけれども、たやすくいけてしまう。

有蓋の貨車や、無蓋の石炭ホッパー車、冷凍車、家畜車、オープン・トレーラーなど、さまざまな貨車一九六輛のつらなりが、一台の蒸気機関車にひかれて、大平原のただなかを走っていた。それだけの貨車をひっぱっている機関車は、アルコ社製の4000シリーズ、4―8―4のビッグ・ボーイだった。テンダーに水と石炭と重油をキャパシティいっぱいにつみこんだときの総自重は一一九万七、八〇〇ポンドに達する。これだけの重量を、一九本の車軸にはめた車輪でレールのうえに支えている。

複線のレールが、まっすぐに平原のなかにのびていた。いまこのユニオン・パシフィック鉄道の貨物列車が走っていく方向にも、また、すでに走ってきた方向にも、レールはまっすぐに地平線の向うまでのびていたから、自分がいまほんとうにどこかへ向けて貨物列車で走っているのかどうか、自信が持てなくなるときがある。

遠くからこの貨物列車を見たならば、地平線の一部分に見えたはずだ。ただし、平原の地平線は、ある種の丸みをおびた起伏をともなって展開しているが、機関車一台と一九六輛の貨車のつらなりからできているこの貨物列車の部分だけ、地平線は整った直線としてわずかに盛り上がって見える。そして、ながいあいだその直線の部分をながめていると、その直線がすこしずつ動いていることに、あるとき、気がつくのだ。

太陽の位置によって、遠い地平線の端を這っている貨物列車は、シルエットになって黒く塗りつぶされたり、あるいは、陽をまともにうけているときには、澄みきっている空気のせいで、その貨物列車のディテールを、はっきりと見てとることもできる。

ユニオン・パシフィック鉄道のビッグ・ボーイがひいている一九六輛の貨物列車のなかには、荷物を積んでいない、からっぽの貨車もたくさんあった。そのなかのひとつ、プルマン・スタンダード社製の五〇トン・パッケージ・ボックスカーPS・1のなかに、ホーボがひとり、ただ乗りをしていた。二日まえ、この貨物列車が出発したときに、広い操車場の片隅から、このホーボは、貨物列車に便乗したのだった。ティムケンのローラー・ベアリングをつかった台車に乗せた、からのボックス・カーをみつけ、なかへあがりこんだのだ。長い旅には乗り心地が大切だ。台車に使用してあるローラー・ベアリングによって、乗り心地は大きくちがった。

そのボックス・カーの鉄のとびらを半開きにし、身のまわりのわずかな持ち物をくるみこんだ毛布の寝袋を枕に、そのホーボは、じっと横たわっていた。

木箱につめたものばかりを運んでいたらしいそのボックス・カーの内部には、木箱のにおいがしみついていた。横たわっているホーボもそのにおいをかいでいるのだが、いまの彼の鼻には、石炭の香りがいっぱいだった。炭坑から掘り出してきたばかりの石炭を積んだホッパー車にただ乗りして山のなかから出てくるとき、陽に当たりたくて無蓋のホッパー車の石炭のうえにあがり、石炭のなかにくぼみをつくってそこに横たわっていると、石炭の香りでやがて頭がくらくらしてきて、酒に酔ったような状態になる。掘りたての石炭が発散するガスにあてられたのだ。

梯形をさかさまにしたかたちのホッパー車の前後には、男がひとり、その体を横たえることのできるスペースがある。ふらふらになった体で石炭のうえからそこまで降りていこうとしているときの自分を、そのホーボは、有蓋貨車のなかにじっと横たわって目を閉じたまま、再び体験していた。いまの彼の体の状態が、かつて石炭のうえで昏倒しそうになった自分を、呼びおこしていたのだ。

山のなかを曲がりくねりながら進んだあのとき、ホッパーのうえからころげ落ちそうになりながら見た山の景色が、ホーボの閉じられたまぶたの内側によみがえった。針葉樹のかさなりあいのなかに、カエデがまるで燃えているように赤く見えた。丈の高い、赤いシーダーがびっしりと生えたなかに、常緑のカナダ栂や、ながみ松が、二〇メートルもの高さにのびて枝をひろげていた。樅、白樺、楓などが、鉄路のうえにまで枝をのばしていて、その下を走りすぎるとき、秋の山の陽がさえぎられていて、一瞬、肌寒かった。そして、いまのホーボには、その肌寒さがいつまでも持続していて、体の芯から冷えてくる寒さに、彼の体は、ふるえつづけていた。

ボックス・カーの、半開きのドアから見える外の景色は、一日じゅうなんの変化も見せないように思われた。黄褐色の平原のつらなりが、たえずそこにあった。だが、朦朧たる昏睡に落ちこみつつあるホーボにとっては、その変化のない光景は、彼がそれまでに貨物列車から見つづけた景色へと、次次に変化していくのだった。

青い空に黒いシルエットになって、風車がひとつ見えた。風車は、もはや回転してはいなかった。だから、そのすぐわきに建っている四角な納屋も、いまは廃屋であるにちがいない。草が高く生え、納屋のドアはかたむき、分厚い鉄でつくられた蝶番には、さびがびっしりとうかんでいるはずだ。だが、まだこわれてはいず、その蝶番がとりつけられている木のほうが、すっかりだめになってしまっている。風化した木から長い木ネジがうきあがり、一本か二本、下の地面に落ちていて、そこだけ地面は鉄のさびを含んで赤茶けた色に変っているだろう。風の強いとき、風車は、きしみながらむなしく回転する。

小さな田舎町に、その貨物列車は、ちかづいていた。またひとつ、廃屋のような小屋が、緑色の草のひろがりのむこうに、見えた。電柱のつらなりも、見えはじめた。あの電柱に沿って、おそらくは舗装されていない二車線とも一車線ともつかない赤土の道路が走っているにちがいない。

すてられた自動車の山が、とおりすぎていった。起伏する地面のなかでもいちだんと低くなったところが、自動車のすて場になっていた。

廃車が、いくつもの大きな山になって、つみあげられていた。その、いくつめかの山の頂上に、一九四七年プリムスの4ドアが、こちらを向いて右に肩をかしげ、フードをなかば開いてじっとしているのが、走りすぎていく瞬間、目にとまった。

そして、自動車の墓場が終ると、花畑だった。細長い長方形になって線路に沿うようにして、その花畑はそこにあり、花が咲いていた。白い花はポピーだろう。丈が低くて、草の葉の影にいる黄色の花は、ヨモギにちがいない。赤は。紫は。と考えていくうちに、それらの花はひとつにかさなり、まざりあい、さまざまな色のつらなりとなって目にうかび、再びまた現実の花へともどっていった。

そのとき、その花は、コロラド州のデュランゴから乗った貨物列車をひいていた蒸気機関車、ミカド476の全身を飾っていた花に変った。かつて見たその花を、ホーボは、心のなかに描きなおした。

デンヴァー・アンド・リオグランデ・ウエスタン鉄道の、狭軌鉄道だった。観光シーズンにはまだずいぶんと間のある三月のはじめ、朝はやく、花に飾られたそのミカド476にひっぱられて、二六輛の貨物列車が、デュランゴの駅を出て西に向かっていた。何年まえのことだったろう。

その路線をもう何年となく走りつづけたファイアマン（機関士）が引退することになり、その日は彼にとっての最後の走行だったのだ。機関区の仲間たちが、最後の走行で彼がスロットルを握るミカド476を、花で飾ってあげた。いたるところに花があり、独立記念日のパレードに出てくる花車よりもさらにきれいだった。

目的地に向かって、春さきのコロラドの高地を、その貨物列車はいつものように走った。急な登り勾配では、当然、速度は落ちた。しかし、何台かの貨車をへて伝ってくる蒸気の噴出する音は、勾配を登るにしたがって、よりいっそう重厚となり、腹わたにしみた。その日が最後の走行のファイアマンは、いつもとかわらず、スロットルに満身の力をこめてしがみつき、燃えさかる石炭の灼熱の炎を全身に浴びて汗みどろになりながら、額に青すじをうかべ、「そら、登るのだ、八〇インチの動輪よ、まわれ、もういちど回転しろ、もういちど！ まわれ！ 登れっ！」と、目を四角にすえて怒声を張りあげていたはずだ。そして、レールの上をやっとのことで回転している動輪のすぐまえには、ボイラーの背中にある特別に大きなサンド・ボックスから、パイプにみちびかれてすべり止めの砂が、注ぎ落とされていたのだ。レールと動輪のあいだで砕かれつつも動輪のすべりをみごとに止めている砂のきしみが、遠い過去から再び聞えてくるようだった。

そのときの、引退する機関士の名は、マーフィといった。登りきった坂を、こんどはすこしずつ西へ降りていき、降りきったところに牧場があった。その牧場の、牛囲いの柵に、大きな白い布が、横長にくくりつけてあり、風にはためいていた。大人用のシーツを、たてに三枚ほど、つなげたものなのだろう。そして、その三枚のシーツには、黒いペイントで、「グッド・ラック、マーフィ（マーフィよ、お達者で）」と、大書してあるのが読めた。

マーフィがその路線を走りつづけた何十年かのあいだ、彼の乗った貨物列車がとおるたびに、その牧場の人たちは、外に出て、走っていく貨物列車に手を振ってきた。一日に一度の貨物列車だから、広大な高原のまっただなかの牧場にいる人たちにとって、白煙を噴きあげるミカド、そして二十数輛のその列車は、待ちどおしく、しかも、見るたびになつかしいものだった。

その牧場の人たちに、マーフィは会ったこともなければ親しく口をきいたこともないのだが、たとえば、次男のところへ来た金髪の嫁には子供が五人いることを、マーフィは知っていた。自分の列車にむかって手を振ってくれている人たちのなかに、あるとき、若い金髪の女がひとり、増えた。そして、彼女が五人の子供を産んだのを、マーフィは、ミカド476の機関室の窓から知った。

冬のあいだ、深くつもる雪のために、鉄道の業務は、ほとんど休みになる。冬が明けて春一番の走行のときには、遠くてそこまでは見とどけられないけれども、金髪の嫁のお腹は、大きくなっている。初夏には、そのお腹の子供が産み落とされ、金髪の女は赤子を腕に抱いて列車に手を振る。これが、次男の嫁に関するだけで、五度、くりかえされた。この牧場の子供は、冬をさけてみんな初夏の生まれだ。

この寒さは、走行給水で全身がずぶ濡れになったときに似ている。あれはペンシルヴァニア鉄道だっただろうか。あるいはニューヨーク・セントラル鉄道、ひょっとしてメイン・セントラル鉄道だったかもしれない。給水のためにとまる時間をはぶくために、走りつづけながら給水する列車があった。

レールのあいだに、全長一、〇〇〇フィートほどの長さにわたって、真鍮で水だめをつくり、そこにあらかじめ水を満たしておく。走ってきた機関車は、テンダーからウオーター・スクープをその水のなかにおろし、走りながら水をテンダーのなかにすくいあげるのだ。

テンダーのすぐうしろの貨車の連結機のわきに腰かけてただ乗りしていた彼は、うしろにむかってテンダーの下から噴きあげてくる水で、全身がずぶ濡れになった。濡れた服に風がしみて寒くてたまらず、すっ裸になって一枚ずつ服を風にかざしてかわかした。

寒さなら、いくらだって思い出すことができる。オレゴン州からカリフォルニア州にくだってくる鉄道は、サザン・パシフィックのシャスタ分線だった。一〇月に、標高一四、一六一フィートのシャスタ山から吹きおろす風が大雪をはこんできて、鉄道には一九六インチの厚さに雪がつもった。あくる年の三月まで鉄道は動かず、ホーボの彼は、ジャガイモを運ぶ貨車の補修作業の臨時雇いとなり、冬をすごした。二、〇〇〇台ちかくの貨車のひとつひとつを、総員四五名のリペア・メンがかなり徹底的に補修していく。この補修をおえると、あとはなにも手を加えなくてさらに一二年ほど、その貨車は現役として役に立つ。こびりつき、石のように固くなってしまっているジャガイモを落とすため、電気じかけの装置で貨車ぜんたいを振動させる。ジャガイモは落ちるけれども、リベットもまいってしまう。電気振動装置の、すさまじい音をともなったふるえが、いまも彼の体の内部にのこっているようだった。

エレクトリック・シェーカーの轟音は、いまの彼に聞えている夢うつつの耳鳴りであり、さらに、鉄道に直接につながるさまざまな音の総体でもあった。石炭ばかりをつんだホッパーが一五〇輛ちかくつながった列車には、ヘルパーとしてディーゼル機関車が何台もつく。あと押しにまわったり、先頭に立ってひっぱることもあるし、五台ほどがひとかたまりになって一五〇輛の貨車のなかほどに位置し、トータルで八、〇〇〇馬力をしぼりだして、助太刀する。アルコのロード・スイッチャー一台で六〇〇トンはひっぱれる。石炭を満載にしたホッパーで八台分だ。この八、〇〇〇馬力のうなりは、その貨物列車のどこにただ乗りしていても、全身に容赦なくしみこんでくる。

カスケード・マウンテンズのなかを走ったときにも、たいへんな音がした。雪をとどめた高すぎるほどに高い山が遠くにそびえ、空は下地に灰色を敷いたオレンジ色で、陽の沈む夕暮れだった。片方は、褐色の大きな岩のかたまりが露出してどこまでもかさなりあってつながっている絶壁、もういっぽうは、深い谷底へ落ちていく目のくらむ斜面だった。

絶壁に幾重にも反響しつつひとかたまりになっておそいかかってくる音を全身でうけとめながら、うしろへ次々に飛び去る電柱を見て時をすごした。このときは、カスケード・マウンテンズのまんなかで、リングリング・ブラザーズ・アンド・バーナム・アンド・ベイリーのサーカス列車とすれちがった。二八輛の車輛がすべて銀色に塗られていて、ブルーのストライプが入っていた。いろんな動物のにおいがしたし、三台つながった調理車からは、ととのえられつつある食事の香りが、一瞬、貨車にただ乗りしていた彼の鼻をうった。

回想はあらたなる体験となって、とめどなく広がっていった。ミズリー河からあふれ出た水が、聖書のなかに書かれているような大洪水となってミシシッピー河に流れこんだとき、カンザス・シティの鉄道は、蒸気機関車の煙突のつけ根まで、泥水につかった。この洪水の復旧にかかわるさまざまな仕事が、サンタフェ鉄道でもユニオン・パシフィック鉄道でも、洪水のときから一〇年たってもなお、いくらでもあった。

なんの脈絡もなしにそのようなことを思い出し、さらにその思い出が多様に変化したあと、やはり彼のなかには歌がのこった。平原のなかを進んでいく貨物列車の音が、自分の歌になっていた。

鉄道での肉体労働が体にこたえる年齢になってからの彼は、アメリカのいたるところの鉄道の保線工事で歌をうたって生活した。レールのわずかな曲がりやずれ、それに枕木とか石などを見てまわる作業は、ひとりの班長と数人の保線工とでおこなわれる。彼は、その保線グループにくっついて現場までいき、作業する保線工たちのそばで、歌をうたい、ハーモニカを吹いたのだ。保線工たちがリズムをあわせて作業できるような、力強いリズムのある歌を、彼は一日じゅうかたっぱしからうたい、喉が痛くなるとハーモニカを吹くのだった。そして、保線工たちとだいたい同じ程度の生活を手に入れていた。二〇年以上もその仕事をやってきたのだから、いま、その歌が次々によみがえってくるのは、当然だった。


荷を積んではいないはずの貨車が、どれもみなほんとうにからであるかどうかを、自分たちの目でたしかめる作業も仕事のうちになっているふたりの男が、そのホーボの死体をみつけた。

有蓋の貨車のなかで寝袋のうえにあおむけに横たわっていて、着がえの包みを枕にしていた。貨車のドアは、しまっていた。

「死に絶えていく種族だ」

ふたりの男のうち、ずっと年かさの初老の男が言った。

「ホーボですか」

「そのとおりだ」

とこたえて、初老の男は、片手をさしのべてホーボの頬に当てた。

「一日以上、たっている。急性肺炎だよ。この病気にかかると、ホーボは、本能的に、南へむかう貨物列車にただ乗りする。それに、この男は、肝硬変もおこしている。冷える体をあたためようとして、短時間にたくさんのウイスキーを、寝たまま流しこむから、弱くなっていた肝臓が、これでとどめをさされる」

初老の男が指さした薄暗い片隅に、安いバーボンの空きびんが二本、ころがっていた。

「酒では体はあたたまらない」

ふたりは、ホーボの体を、貨車の外に出した。

「埋めてやろう。操車場の南の端にだ」

線路のあいだを、ホーボをかかえてふたりはながいこと歩き、操車場の南のはずれの草むらに入った。

「スコップをとってこい。二本だ。それに、バイブルも。作業小屋の棚のうえにある」

初老の男にそう言われて、もうひとりの若い男は、いま自分たちが歩いてきたほうへ、ひきかえしていった。

簡単な埋葬だった。ふたりで穴を掘り、所持品といっしょにその穴の底に横たえ、バイブルの一節を読み、土をかけた。

「あとで、木で墓をつくってやろう」

と、初老の男は言い、

「ほら、取っておけ。名なしのホーボの記念品だ」

と、小さいハーモニカをひとつ、若い男にさしだした。ホーボがはいていた、簡素で頑丈そうなワーキングマンズ・ブーツの、ふくらはぎのストラップに、そのハーモニカは、はさんであったのだ。ホーボがはいていた皮のブーツは、ふくらはぎのなかほどまでの深さがあった。ふくらはぎに密着させてはきたいときには、側面についているバックル式のストラップを、ひと穴かふた穴、しめればよい。ハーモニカは、落ちないように、ストラップの穴を三つまでしめて、しっかりとはさみこんであった。

何人かの手を経たのち、その小さなハーモニカは、ピーター・ジョセフ・ボズウエルという、二四歳の青年の所有物となっている。P・J・ボズウエルは、カリフォルニア州の鉄道会社、モデスト・アンド・エンパイア・トラクションで、鉄道員として働いている。北部から中央部にかけてのカリフォルニアの、セントラル・ヴァレーの底にかくれるようにして、全長が五・一八六マイルしかない、ほんとうに小さな鉄道なのだ。東をカスケードとシエラ・ネヴァダの山脈、西を沿岸山塊におさえられた中間の肥沃な農業地帯にその鉄道はあり、P・J・ボズウエルは、そこで貨物列車に乗っている。

リッチモンドからストックトンをへて、ベーカースフィールド。そしてさらに南へのびているアチスン・トピーカ・アンド・サンタフェ鉄道がサン・オーキン・ヴァレーのまっただなかにあり、ストックトンからベーカースフィールドまで、それにからみあうようにしてサザン・パシフィック鉄道が南北にのびている。サザン・パシフィックのモデストという駅と、アチスン・トピーカ・アンド・サンタフェのエンパイアという駅を東西に結ぶのが、モデスト・アンド・エンパイア・トラクションだ。

沿線には、主としてカリフォルニアの果物を加工する工場が多く、幹線から何本も出ている支線が、その工場群の荷物を一手にひきうけている。キャンベル・スープ、デルモンテ、ジョン・イングルズ冷凍果実。紙製品の工場もあるが、ヘイグ・バーベリアン社とS&W・ファイン・フード社は、地元でとれるアーモンドやウォルナットを加工している。ブース缶詰という大きな会社もある。ヴェトナムにいるGIたちに戦場用携帯食を大量につくって送り出している会社だ。P・J・ボズウエルも、ヴェトナムの戦場でこの会社の携帯食を、毎日、食べていた。

戦場では、缶詰を食べると同時に、人間も殺した。かならずしも具体的に正確ではないのだが、自分が直接に手をくだして殺したと思われる人間の数を、P・J・ボズウエルは二年間、かぞえつづけた。その数は、一〇〇をこえ、二〇〇にちかくなったころに、P・Jは除隊した。

サンディエーゴで除隊し、ただのひとりの市民となって基地から出てきたとき、そのまま市民の生活になじみこめるとP・Jは考えていて、その考えに自信があった。だが、現実には、まるっきりだめだった。

自分が殺した人間の数が頭にこびりつき、それが、いっさいの数字を拒否する姿勢にたやすくつながった。除隊してすぐに買った自動車のメーター類をテープでふさいでしまい、今日が何日なのかも忘れて、カリフォルニア・ステート・ハイウエイ1を何度もいったりきたりしてすごした。宿は、サリーナスの木賃宿だった。

夜、カリフォルニア1を自動車で走っていて、太平洋に落ちこむ絶壁の暗闇に吸いこまれそうになったこともしばしばあり、あきらかにP・Jの神経は大きく安定を欠いていた。暗闇に吸いこまれるのをなんとか踏みとどまって回避したP・Jは、カリフォルニアをはなれて、全米の旅に出た。自分の車で、なんのあてもなくただ道路を走りまわったのだ。

二年ちかくをそんなふうにしてすごしたある日、ネヴァダ州カリエンテの軽食堂で、自分がはいている皮のワーキングマンズ・ブーツがすこしもいたんでいず、よごれてもいないことに、彼は気がついた。除隊してすぐに買ったのだから、三年ちかくたっている。だのに、そのブーツをはいて自分がなにかをおこなったという証拠が、まだ新品のようなそのブーツからは、うかがわれないのだった。

大地に這いつくばるようにして、なんらかの肉体労働を自分はおこなうべきだとP・Jが気づいたのは、そのときだった。そして、いまでは、カリフォルニアのセントラル・ヴァレーの小さな鉄道で働いている。

ハーモニカを年かさの同僚からもらったのは、ソノーラ・バハ・カリフォルニア鉄道で貨物に乗っていたときだった。M・ホーナーのマリーン・バンド　1896。シングル・ホール、二〇リード、三オクターブの、ごくスタンダードなものだった。新品で三ドルもしない。ながいあいだ持ち歩いて使いこんだ歴史が、その小さなハーモニカのいたるところに見られた。それまでハーモニカなど吹いたこともなく、自分がいつも尻のポケットに入れて持ち歩いているそれが、Aのチューニングであることも、P・Jにはわからない。

あるひとりのホーボが持っていたハーモニカで、そのホーボは、オークランドからバーストウまで、カリフォルニアの中央を南北に貨物列車で走るそのリズムや音をハーモニカでそっくりに真似することができたし、大さわぎが進行している酒場の喧噪を、やはりこのハーモニカで吹く自分のつくったブルースの数曲で、しずめることができたと聞かされたとき、P・Jは、そのホーボが、大地から一生をかけて自分の体をとおしてくみあげた自分だけの言葉を持っていたのだと、直感した。

自分もまた自分の言葉を持つために、大地とつながった鉄道で、P・Jは働いている。いまは四月のはじめ。これから、カリフォルニアの果物のシーズンだから、貨物列車の仕事はまた忙しくなる。

西テキサスの小さな町

総人口が六七名のその小さな町のまんなかを、ステート・ハイウエイが、まっすぐに走りぬけている。正確に東西へのびているそのハイウエイを、西へいこうが東へむかおうが、結果はまったくおなじで、どこにもたどりつけはしないのではないかという印象が、いつでもつきまとう。

自動車でこのハイウエイを走るとき、人口六七名の小さな町の存在に気づくことなく走り去ってしまうことは、やはり、できない。完全な闇夜のなかを、なかば眠りながら自動車をあやつっているときでも、あるとき路肩の未舗装部分がわきへ広がっていきはじめるのに気づく。

ある種のショックをともなって、人はそのことに気づく。平坦な広がりのなかをまっすぐにのびているハイウエイのまんなかに、白線が一本、ひいてある。西へむかうときには右側に、東にむかって走るときには左側に、電柱がならんで立っている。

ただそれだけの退屈な光景のなかに、たとえば路肩の未舗装部分がすこし広がるというようなささいな変化がもたらされただけで、それは充分すぎるほどのショックになりうる。このハイウエイのさきの、さほど遠くないところに、町があるのだという事実を、そのささいな変化は語ってくれている。西部テキサスのこんなところのまんなかに、いかに小さいものにせよとにかく町があるというその事実に、人はおどろくのだ。なぜここに町がなければならないのか。と考えはじめたころ、二車線のハイウエイの中央にひかれた一本の白線は、追越し禁止の破線に変っている。すでに町のなかなのだ。

昼間なら、その小さな町の名を告げる標識を見のがさなかったはずだ。どのような町があらわれるのか心待ちにしていると、ハイウエイの両側の路肩が広くなって簡素なパーキング・エリアのような光景があり、その光景のなかに、やはりおなじように簡素な建物が五軒か六軒、おたがいにかなり離れて建っているだけの町であることが、やがてわかる。

どちらの方向に目をむけても、樹と人の姿が見あたらない。土地は無愛想にまったいらで、その町のどこに立っても、地平線が見える。ところどころ、砂丘や岩の丘があるのだが、太陽が真上にあるときには、その目のくらむ鮮烈な輝きのなかですべてのものが影を失い、ことさらに平坦に見える。そして、陽がすこしでもかたむくと、それにあわせて広大な地は隆起や凹凸をとりもどし、生えている草は、太陽の光りを受けとめる角度の変化にしたがい、色をかえていく。

夏の太陽が、巨大な蒼空の支配者として、すべてのものを圧して倒す熱さとまぶしさとを、ほしいままにしている。なんの物音も聞えてきそうにないその小さな町は、太陽の熱気のなかで急速に乾燥しながらひび割れていくみたいだ。

路肩に自動車を乗り入れ、サイド・ブレーキを踏みつけエンジンを切ると、とたんに、その小さな町のなかへ強引にひきずりこまれてしまった自分を感じる。広さと熱さのなかで、ただひたすら耐えるしかないのだ。

冷房のエア・コンディショナーの音が、オレンジ色の熱い蒸気のような陽射しのむこうから、聞えてくる。広がった路肩のなかに建っている何軒かの建物のうち、いちばん大きな、平屋建ての四角い建物の西の壁に、大きなエア・コンディショナーが頑丈な木製の台にのせて、とりつけてある。

四角なその建物は、ハイウエイに面した正面の中央にドアがひとつあり、そのドアをはさんで左右の壁に、大きさのちがう窓がひとつずつある。むかって左側の窓には、色あせた花模様のカーテンが半分ほどひいてあり、「営業中。どうぞ入っていらっしゃい」と、黒地にピンクで書いたプラスチックの大きなカードが、ガラスの内側に、斜めにかしいではさんである。右側の窓にもカーテンがひいてあり、このカーテンは、もうこれ以上には色の変りようのないコットン地だった。

建物の横幅いっぱいに、二メートルほどの長さで、地面から一段だけ高くなったコンクリートのテラスがある。やはり建物の横幅いっぱいに壁から直角にひさしが張り出していて、そのひさしの影が、コンクリートのテラスのうえに黒く落ちている。

ひさしのうえには、看板をかねた飾り壁が垂直に立っている。なにかペンキで書いてあったらしいのだが、とっくにはげ落ち、下塗りの色さえいまではさだかではない。

建物の正面、右はじに鉄のポールが一本、立っている。そのポールのいちばんうえに、コカコーラの丸い看板がとりつけてあり、その下に、四角い看板がある。プラスチックの切り抜き文字で「スリー・リング・カフェ」と、店の名が読めた。東側の壁には、「ビーア」という四文字が大書してあり、この店でビールが飲めるのだということがわかるのだった。

「スリー・リング・カフェ」のなかに入ると、ジューク・ボックスが鳴っている。ジューク・ボックスは、正面のドアを入って突きあたりの低いカウンターの右側、カーテンをひいた窓によせて、置いてある。

ウオーキング・ベースの低音が板張りのフロアを這い、そのフロアに立っている人の両脚からのぼってくる。マーティンの生ギターがひびき、ドラムスが単純なリズムをきざみ、間奏でスティール・ギターが泣いてみせる。男と女の歌手が、交互に、愛というもののなんらかのかたちによる破滅を、つきることのないくりかえしのなかで、うたっていくのだ。

カフェのフロアには、フォーミカ・トップのテーブルが五つに、十数人分の簡単なアルミ・パイプの椅子が置いてある。どのテーブルにも、ナプキンの箱とトマト・ケチャップのガラス瓶、塩と胡椒のシェイカー、それにソースの瓶が、出してある。この店では簡単な料理も食べられる。トマト・ケチャップの瓶のたたずまいから、この店は女主人がとりしきっていて、彼女の得意な料理はフライド・チキンにちがいないということが、わかるのだ。

ドアを入ってフロアをまっすぐに横切った突きあたりに、低いカウンターがあり、その手前には、赤いビニール・レザーでクッションをおおった丸いスツールが六つ、置いてある。カウンターぜんたいはアルミの板張りで、よくみがかれたそのアルミのカウンターには、さまざまな凹凸が無数にちかくある。

カウンターのむこうには、人が立てるスペースがあり、そこに立つ人がなかば腰をおろして楽ができるよう、階段のような段差をもうけた壁があり、その壁には大きな鏡がはまっている。鏡の枠には、上下左右いろんなところに、伝票やメモ、なにかのカード、絵葉書、スナップ写真、新聞の切り抜きなどが、はさみこんである。

鏡の右側の壁には、あきらかにテキサスの石油坑の油井やぐらを描いたと思われる油絵が、木製の簡素な額にはめて、かけてある。その絵を、左右へななめに横切って、電気のコードがのびている。カウンターの右はじにある窓のうえの電灯に、そのコードは、つながっている。

カウンターのスツールにすわって待つと、やがて、女主人が出てくる。大きな鏡のある壁のむこうが、調理場になっていて、彼女はそこでなにか料理をつくっていたのだ。

「南北に道路はないけれど、東西にはどちらへいっても片道で八〇マイル走らないと、冷えたビールにはありつけないわよ」

と、彼女は言う。そして、瓶詰めのビールを冷やしてある冷水桶のなかに右手を突っこみ、ビールを一本、つかみ出した。この桶のなかの水は、常に一定の冷たい温度に保たれるよう、電気じかけになっている。

「大事な水なのよ。一〇〇マイルもさきからタンクで運んでくるのだから。ワン・バレルが六〇セントするのよ」

彼女は、着ふるしたワーク・ジーンズの太腿に、濡れた両手をこすりつけ、ビールのキャップを開ける。大きなグラスをひとつそえてそのビール瓶をカウンターに置きなおす。

ジューク・ボックスが、黙ってしまう。かかっていたスキーター・デイヴィスの『あなたの心には誰かほかの人が』というレコードが、何枚も半円を描いてならんでいるシングル盤の列のなかにしまいこまれたのだ。

「音楽は嫌いじゃないでしょう。クオーターを一枚、入れてくださいな。好きな曲が三曲、聞けるわ」

と、彼女は言い、鏡の下の、一段低くなったところに尻をのせかけ、両腕を組んだ。そして、

「このあたりは、はじめてなのね」

と、訊く。

「だったら、二曲はあなたのお好みを選んでもらって、のこる一曲は、Aの15にしてちょうだいよ。この町の出身で、ミス・テキサスになった女のこがうたってるの。彼女は、歌もうたうのよ」

立ちあがってジューク・ボックスまで歩き、Aの15のボタンを最初に押し、のこる二曲を適当に選んで、またカウンターにひきかえしてくる。

店に入ってきたときからたてつづけにかかっていたいくつかの歌とまるでおなじようなリズムと楽器編成で、Aの15番の歌が、はじまった。腹の底にあるものいっさいを投げ出すように、思いきりのよい小気味の良さで、ミス・テキサスは田舎町の日常をうたっていった。都会の名をいくつかあげていき、そのような都会ではおなじ年ごろの女性たちが華やかな毎日を送っているのに、この自分は、だだっ広い西テキサスのノーホエアのまんなかで、ポンコツ自動車の墓場が遠くに見える自宅の台所

で、パイにたかろうとしている肥ったハエを片手で追い払っているところだ。そして、もういっぽうの腕には赤ん坊をかかえていて、お腹にはもうひとり入っている。というような歌だった。

「都会で聞けば、なんということもない、おかしな歌でしょうけれど、ほんとうに西テキサスのまんなかで聞くと、ありとあらゆる種類の偉大なる真実のカタログに聞こえるわ」

と、「スリー・リング・カフェ」の女主人は言うのだ。

「私のとこにも、肥ったハエがいるわよ。奥の調理場に一匹や二匹は、いつもいるわ」

西テキサスのノーホエア（どことといって名前すらないところ）と、ミス・テキサスはうたったけれど、「スリー・リング・カフェ」の女主人は、

「この小さな町にも、名前はあるのよ」

と、その名前を教えてくれる。

町というよりも、ハイウエイをはさんで両側の路肩がすこし広くなったところに、五、六軒の建物があつまっている場所にしかすぎない。公共の水道はないから、運送会社のタンク車ではこんできた水を、おかねを出して買うのだ。ガスもない。ボンベに詰めたプロパン・ガスを誰もが使っている。

広さが六三八平方マイルの郡があり、その郡庁所在地になっているのが、この町なのだ。郡ぜんたいの人口が一五八名だから、郡も町も、ともに存在しないに等しいほどに小さい。だが、すくなければすくないなりに、一五八人の人間がそこにいることは、ぜったいにたしかなのだ。

この町でなにかものを売っている店は、「スリー・リング・カフェ」と、ラッセル・ジェンキンズのガソリン・ステーションだけだ。給油ポンプが一台しかないそのガソリン・ステーションは、「ス

リー・リング・カフェ」から道路をへだてたむかい側に、横にむいて建っている。

このガソリン・ステーションでは、ごく日常的に必要な自動車部品も、買うことができる。そのとなりには、八百屋をかねてかつては雑貨屋もあったのだが、いまではその建物は、ガソリン・ステーションの物置きになっている。

映画館、内科・小児科・産婦人科の開業医、それに銀行は、ステート・ハイウエイを西にむかってひた走り、往復八〇マイルのところにある。葬儀屋、墓地、美容院、八百屋、雑貨屋へいくには、ステート・ハイウエイを東にむかって往復で九〇マイルちかくの距離を走らなくてはいけない。週一度だけ発行されている一八ページの新聞は、西のほうでなければ、買えない。「スリー・リング・カフェ」のある町をこえてさらに東のほうにまでは、卸されてはいないのだ。

東から走ってきて「スリー・リング・カフェ」のすこし手前で自動車を降り、ハイウエイに立って周囲を見わたすと、この小さな町のほとんどすべてが、見わたせてしまう。

郡庁と保安官のオフィスが同居している、二階建てのま四角な箱のような建物は、裁判所だ。「スリー・リング・カフェ」からハイウエイを西にむかって数百メートルのところに、ハイウエイからかなりひっこんで、この裁判所の建物が建っている。

「スリー・リング・カフェ」の裏にあるウォーター・タンクのずっとむこうに教会が見える。切妻の単純な板張りの白く塗られた建物だ。東側の屋根に、赤く塗られた鐘楼が、まるでおもちゃのように、のっている。鐘が、青い空に黒いシルエットになって、遠くからでも見える。雨の量がすくないから、草と見まちがえるほどに丈の低い、地べたにはりついたような灌木のひろがりのむこうに、すぐに地平線があり、その地平線のうえに、教会の建物が青い空をうしろにしてくっきりとうかんで動かない。

学校の建物も見える。運動場と体育館、それに図書館がべつな建物になっている。図書館は、この郡のパブリック・ライブラリーもかねている。郡の住民たちが死ぬと、その人のあとにのこされた公式の書類やスナップ写真などが、このパブリック・ライブラリーの一室におさめられる。郡史をつくるための下準備なのだが、郡史編纂のすすみぐあいは、いまのところ文字どおり下準備の段階だ。

この町の学校には、生徒が一七人しかいない。一年生から五年生までにかぎられていて、六年生からうえの子供たちは、往復で七〇マイルもあるほかの町の学校へ、スクール・バスで通学している。一七人の生徒たちも、学校にいちばんちかいところに住んでいる生徒の自宅ですら、学校から一〇マイルは離れている。濃いオリーヴ色とオレンジ色とに塗りわけられた一台のスクール・バスが、毎日、その一七名の生徒たちをひろってまわり、学校がひけるとまたそれぞれ自宅まで送りとどける。

裁判所と学校と教会、それに「スリー・リング・カフェ」の建物のほかは、どれもみな民家だ。それぞれの民家が、意地になってわざとそうしたかのように、おたがいに遠く離れて、建っている。ひとつところにかたまるよりも、こうしてかなりの距離を置いて離れていたほうが、いつも頭上いっぱいにひろがっている大空に対する地上からの抵抗の密度が増しでもするかのように、視界のなかで常に建物が一軒だけ、地平線と大空との接点に四角なかたちで乱入していた。

「スリー・リング・カフェ」のカウンターのまえのスツールに腰をおろし、ビールを飲み、ホーム・フライド・チキンにたっぷりとトマト・ケチャップをまぶしつけて食べる。冷房装置がつくりだしてくれる冷たい空気のなかにひたり、屋根や壁ごしに伝わってくる熱い太陽の香りをいつも鼻のさきにただよわせて、ジューク・ボックスのカントリー・ソングをかたっぱしから聞いていく。

　ハイウエイに面した正面のガラス窓のカーテンのすきまから、ハイウエイのむこうの、ラッセル・ジェンキンズのガソリン・ステーションが見える。カウンターのスツールにすわって、うしろをふりかえるようにしてそのカーテンのすきまから外をながめていても、そこに見える光景に一日じゅうなんの変化もない。自動車がせいぜい数台、西から東へ、あるいは東から西へ、走りぬけていくだけで、人の姿は一度も見えることはない。その数台のうちの一台が、ガソリン・ステーションに入っていって、給油する。ガソリンの看板や標識はどこにも出ていないから、この町にガソリン・ステーションがあるということを知っている人たち、それに、注意深くガソリン・ステーションをさがしていた人たちのほかは、みな走り過ぎてしまう。

「あそこにある、あの看板ねえ」

　と、「スリー・リング・カフェ」の女主人が、指さして言う。

　ジューク・ボックスのむこうに長方形の看板がひとつ、壁にたてかけてフロアに置いてある。BEERという四文字が、ブロック・レターで高さ一〇インチほどに濃いグリーンのペイントで書いてある。四枚の板をつなぎあわせ、裏に木枠をあてて釘どめした、頑丈にできた看板だった。

「三日まえに、シェリフが無線装置つきのパトロール・カーでやってきて、この看板をおろせと言うのよ。BEERという言葉の入った看板は、一軒のカフェにつき一枚しか許可されていないのですって。一九二〇年代に、この郡の教会の人たちがつくった条令なのよ」

　その条令の無意味さに関して彼女は真剣に怒ってみせたあと、ゆかいそうに笑って、つけ加えた。

「看板や標識が多すぎて煩雑になるのを避けるためですって。あるものといえば広さしかないこんなところで」

カウンターのむこうの大きな鏡の左側に、奥の調理室に入っていくドアがあった。そのドアのうえの電気時計が一二時をさすと同時に、彼女は、その時計をふりあおいだ。

「ロン・ハーパーがやってくる時間だわ。コヨーテ・ハンターのロン・ハーパーが、ラッセル・ジェンキンズのガソリン・ステーションにやってきて、二時間ちかく、チェスをやるのよ」

しばらくして、フォードのピックアップ・トラックが、西からステート・ハイウエイを走ってきてラッセル・ジェンキンズのガソリン・ステーションに入っていった。

「昼休みの時間になると、毎日、欠かさずにやってきて、チェスをするの。チェスが終ったら、こんどはここへきて、ビールなのよ。ラッセルに喋った冗談や法螺を、もういちど、私に語って聞かせるのだわ」

ジューク・ボックスの歌が途切れると、歌が去ったあとの空間へ、静けさをいっぱいにはらんだ空気が、いっせいに押しよせ、なだれこんでくる。その静かさをはねのけるのはとてもたいへんだから、つづけていくつも二五セント硬貨をスロットに落とし、歌を聞いていくことになる。そして、その歌のつらなりにうながされて、「スリー・リング・カフェ」のなかでの会話は、すすんでいくのだ。

女主人は、「スリー・リング・カフェ」の由来を語りはじめた。注文したホーム・フライド・チキンの用意をととのえに奥の調理室に入り、何度か出たり入ったりをくりかえしながら、この店の名前はサーカスの言葉からきているのだというところから、喋りはじめるのだった。

「サーカスの言葉といったって、誰でも知っているわよね。三種類のショーを同時におこなえるほどの規模のテントを持ったサーカスのことを、スリー・リング・サーカスというでしょう。この町の前身は、マルコム・アンド・サザーランド・ブラザーズという、スリー・リング・サーカスなのよ」

彼女は、また調理室に入っていった。ほどよくフライされたチキンの香りが、ただよってくる。

「三〇年以上も昔の話なのよ」

と、彼女は、調理室から大声をはりあげて言った。

「アメリカじゅうのサーカスが、ばたばたとつぶれていった時期があったのね。そのころに、マルコム・アンド・サザーランド・ブラザーズも、つぶれたの」

ホーム・フライド・チキンを大きな分厚い皿に山盛りにして持ち、彼女は調理室から出てきた。そして、その皿をアルミ張りのカウンターに置き、うしろにさがって鏡の前に体をもたせかけ、白い半袖のセーターの胸に両腕を組んだ。

「鉄道を使っていたこともあったのだけど、トラックを買いこんだほうが安くつくし、動きまわるのに便利だから、トラックを使っていたの。大きなトレーラー・トラックが二〇台あって、それに、大テントから三匹の象まで、サーカスに必要なものいっさいをつみこんで、春のシーズンになると、毎年、サーカス隊を組んで、キャラヴァンに出かけていくの。三月か四月にはじまって、シーズンはだいたい七か月、つづくのよ。一〇月の終りには、その年の興行は、おしまいになるの。七か月間、二〇台のトレーラー・トラック隊が、サーカスの旅に出っぱなしになるの。一日だけの興行がほとんどだから、その七か月のあいだに、二〇〇回のワン・デイ・スタンドをこなすのよ。七か月に二〇〇回というと、ほとんど休みなしの毎日なのね。私は、そのサーカスで生まれたのよ。私が六つのときにそのサーカスはつぶれてしまい、それ以来、この町にいついて三〇年になるわ」

ジューク・ボックスが、腹に二五セント硬貨をたらふくためこんで、鳴りつづけている。アーネスト・タブとロレッタ・リンのデュエットだった。おまえを泣かせるまえに一、二、三と、三つまで数えて思いとどまればよかった、とアーネストがうたい、四つ五つと私も二つくらい数えて、もういちど気をとりなおしてやってみたなら、とロレッタがうたう。六、七の八で私たちふたりが力をあわせてもういちどはじめからやりなおしていたなら、九の一〇、私たちは別れなくてもよかったのかもしれない、というような歌だった。その歌が、一から一〇まで、何度か数をかぞえなおして終ると、レコードがかわり、ロードハウス・ピアノが軽くはねまわるように鳴り、やはりアーネストとロレッタのデュエットが、私はいま自分の指の爪を嚙みながらあなたのことを思っている、という歌がはじまるのだった。エア・コンディショナーの音が、始終、ジューク・ボックスの歌にかさなっている。

「ハウス・トレーラーや乗用車がぜんぶで三〇台ほどもあったのかしら。二〇台のトレーラー・トラックの前後をかためて、町から町へ興行の旅をつづけるの。だいたい、一三から一五の州をめぐったわね。私の父は、サーカスの楽隊の隊長だったのよ。トランペットを吹いてたわ。サーカスの楽隊は、サーカスのショーがいざはじまるという段になると、とても大事なのよ。楽隊がいっせいに吹きまくると、気分の乗らないショーでも、とたんに盛りあがるし、小さな子供から老人まで、観客をおなじ気分にさせたうえで、自由にみちびいていくことも、できるのだから」

下働きの渡り者の男たちもふくめて、そのマルコム・アンド・サザーランド・ブラザーズというサーカスには、いつも八〇人から九〇人の人間が、ひとかたまりになって働いていたという。何代にもわたって、家族の全員が道化師をやってきていたイタリーの由緒ある家族もいたし、メキシコでやはり何代もつづいたアクロバット・チームの家族もいた。

いちばん大きなテント、ビッグ・トップは、全長が二四〇フィートあり、そのなかに二、六〇〇名の観客を収容できるのだった。このサーカスが巡業に出ていたとき、ジョージア州のまんなかで、この「スリー・リング・カフェ」の女主人は、生まれた。サーカスのシーズンが終ると、その年のグループが次の年のシーズンまでとりあえず解散したその町に住みつき、冬のあいだ、そこですごす。その町が、冬とても寒い北のほうの町であれば、フロリダの南までくだっていき、そこに居すわることも多かった。そのサーカスの所有者は、ブッキング・エージェントと共同して、冬のあいだずっと、あくる年のシーズンの興行予約をとりつけていく。

東部なら東部、中西部なら中西部と、おおまかに地域を限定したうえで、その地方ぜんたいにわたって予約をとる。そして、ワン・デイ・スタンドの予約が二〇〇件ほどとれたところで、詳細な興行日程表と旅のルートづくりをおこなっていくのだ。

そのアイテネラリーができあがり、シーズンがちかくなると、大テントからトレーラー・トラック、小道具にいたるまで、備品や器材の総点検がはじまる。と同時に、さまざまなところに散っている人人を、電報で、電話で、再び呼びあつめ、サーカスはすこしずつまたもとの姿をとりもどしていく。そして、すべてがととのい終ったところで、サーカスは旅に出るのだ。

「渡り者の男や女が、たくさんいるの。サーカスは、ひっきりなしに移動していて、しかもその内部に加わってしまうと、寝る場所と食べるものが確保できるわけだから、移動中の渡り者にとっては、いい足休めなのよ。楽隊にも、そんなミュージシャンが多かったわ。ジャズをやろうとしている黒人のテナー・マンやアルト・マンが多かったわね」

彼女の父は、サーカス・バンドのリーダーであると同時に、トラック隊の先導役でもあった。自分専用のキャデラックを持っていて、ショーが終るとすぐに、トランペットを持ち自分だけさきにキャデラックに乗って出発する。板から切り抜いた、長さ二フィートの紫色に塗った矢印を二〇枚と、かなづちと釘の箱をキャデラックに積んでいて、次の町にむかうルートの要所にあたる部分、あるいはどの道を進めばいいのかわかりにくくなる部分に、その紫色の矢印を釘で打ちつけては、さきへ走っていく。そうやって次の町にたどりつき、あとからみんながやってくるのを待つ。妻はトレーラー・ハウスであとからくる。娘の彼女を父はキャデラックに乗せていっしょにつれていってくれることもあったという。

「サーカスには、カントリー・バンドもあったの。ゲーリー・クーパーのスタンド・インを三〇年ももやっていた男が色どりになっていて、べつにもうひとり、リーダーがいた、ウエスタン・スイングのバンドなの。そのリーダーはもう死んでしまったけれど、リーダーの奥さんは、まだこの町にいるわ。裁判所で働いていて、結婚許可証を発行するのが、彼女の仕事なのよ。さっき、ジューク・ボックスでいちばんはじめに聞いた歌をうたってたこの町の出身のミス・テキサスね、あのこがその奥さんの娘だわ」

その娘は、小さいときから歌がうまかったという。一四歳のとき、この町をとおりかかった巡業中のカントリー・アンド・ウエスタンのバンドの連中に「スリー・リング・カフェ」で歌を聞かせた。一四歳の彼女が、ギターをかかえてうたったムーン・マリカンの『グラスの底の真実』を聞いて、そのバンドのリーダーは泣きだしてしまった。あまりに迫真のうたいぶりに、彼は仰天のあまり泣いたのだ。一八歳になったらどうかうちのバンドの歌手になってくれと、そのリーダーは彼女に頼んだ。そして、四年後に、彼がまたバンドをひきつれて彼女をむかえにきたときには、彼女はもう、ミス・西部テキサスだったのだ。さらにミス・テキサスになり、彼のバンドで売りだし、ボブ・ホープのトループに加わって、戦地のGIを慰問した。ケネディ大統領との対話を曲のあいだにはさんで『リパブリック讃歌』『進め、クリスチャン・ソルジャーズ』『美しきアメリカ』などをうたって吹きこんだ彼女のLPが根強い人気を保っている。

「娘が有名なカントリー歌手になってご自慢だけど、その奥さんがいまでも自分の人生で最大の失策だったと言いつづけている面白いことがひとつあるのよ。まだサーカスが健在で、奥さんがバンドのタレントのマネジメントをやっていたとき、メンフィスのエージェントから、電報が届いたの。若い男のこで、とても観客をわかせるカントリー歌手がひとりいるけど、そちらのサーカスで使ってみる気はないかって。メンバーがいっぱいだったので、断ったのよ。おかねになるカントリー歌手はたくさんいるけれど、とりにがしたことが人生最大の失策になるような歌手といえば、ひとりしかいないわ。エルヴィス・プレスリーよ。デビューしたばかりで、まだ鼻が曲がっていたころの。裁判所の仕事が終ると、奥さんはここへチキンを食べにくるから、その話を詳しく聞いてみるといいわ」

マルコム・アンド・サザーランド・ブラザーズというそのサーカスは、三〇年前、この西テキサスの、存在しないに等しい小さな町で解散し、それっきりになってしまった。もうほとんどゴースト・タウンで、住人は七人しかいなかったところへ、人数は減っていたけれども五〇人ちかくの人間がいちどにひとまず住みついた。サーカスのための動物は動物園に売り、テントやトレーラー・トラック、その他の道具や備品のいっさいは、カリフォルニアにあるサーカス博物館にひきとられていった。

一人去り、二人が去りして、結局、三〇年をへたいま、そのサーカスに直接つながっていた人たちのうちわずかに二人しか、この町にのこっていない。「スリー・リング・カフェ」の女主人と、裁判所の建物のなかで働いている、六〇歳にちかい女性のふたりだ。

「この土地が、人をふるいにかけるのよ」と、女主人は言った。「いちどサーカスの世界にとりつかれたら、ひとつところにとどまっていることなんか、できないわ。私は、とりつかれる以前に、この町に居ついてしまったから」

そこまで彼女が語りおえたとき、コヨーテ・ハンターのロン・ハーパーが、「スリー・リング・カフェ」に入ってきた。

「チェスはどうだったの?」

「昨日の借りをかえして、明日の貸しをつくったよ」

笑いながら、ハーパーは帽子をぬいだ。風や雨、太陽にさらされつくしたこの西テキサスの大地のような体を、彼は、カウンターの前のスツールに乗せた。

この時間から夕方にかけて、そして、夕方から終業時間の一一時まで、「スリー・リング・カフェ」に、町の人が、郡の人が、ひとり、ふたりと、やってくる。

冷たいビールをグラスに注いで、ロン・ハーパーが言った。

「音楽だよ。音楽がないじゃないか。ジューク・ボックスでFの17を押してくれ」

ハーパーは、二五セント玉をひとつ、ほうってよこした。

縛り首の木（ハンギング・ツリー）

アスファルト舗装の二車線のハイウエイは、ひび割れの連続だ。ひびは深く割れていて、角は丸くなっている。路肩にちかいところでは、ひびのなかから草が生えている。中央にひかれた白い破線は、すっかりはげ落ちてしまい、どうにか識別できる淡い名残りでしかない。ロード・マップのうえではステート・ハイウエイだが、実際には、ステート・ハイウエイよりも重要度はずっと低い、二義的な意味をしか持たないカントリー・ロードだ。

オクラホマ州とテキサス州が南北に接するその西端から、二本のUSハイウエイが出ている。一本はオクラホマから、そしてもう一本はテキサスからだ。この二本のハイウエイがすぐにクレイトンの町で交差する。クレイトンから南へまっすぐにステート・ハイウエイが出ている。このハイウエイを一〇マイルほど走って、ロード・マップにも出ていないわき道にそれると、このひび割れたアスファルト舗装の道路になる。

空が青い。なにかにだまされているような青さだ。青い底なしの天蓋のこちら側に、白い薄い雲が、冗談のように浮んでいる。起伏のほとんどない平原が、太陽の光りを浴びている。人の住む家は一軒も見えない。対向車はいないし、うしろから走ってくる自動車も、見あたらない。

赤味をおびた褐色の地面がひろがるなかを、道路はかなりの頻度でカーヴを持っている。昔からある道路は、まっすぐに道をつけてもなんら不都合のないところでさえ、なぜか曲がりくねっている。グレイマ・グラスと呼ばれている牧草の生えている部分が緑色に輝いている。小さな灌木になっているセイジブラッシュが、ところどころ目につく。北にある人口三、〇〇〇名のクレイトンの町が、南西部での牧畜産業の中心地のひとつであることを知らなくても、道路の両側にさえぎるものなくひろがっているこの土地が、痩せた荒地であるとは思えない。荒地とそうではない土地とでは、大地の香りをはらんでいる空気の味が、まるでちがうのだ。

乗っている自動車の速度を、風切り音のしない速度までに落として走ると、まわりにひろがっている土地に多少ともなじめるような気がしてくる。そして、ただ走りつづける。

地平線の手前に、大地の起伏が見えはじめる。丘がいくつも波を打つようにつらなっているのだ。丘やそのふもとには、木が生えている。大きくひろげた枝に葉がたくさんついている、高い木だ。楠の大木が二〇メートルをこえているし、楢や栗の木もある。道路はその丘のつらなりに向かって、わけもなく曲がりながら、のびている。

道路の両側を、いくつも連続している丘がおさえ、丘と丘のあいだの低いところを、道路は縫っていく。ふと目を向けた丘の北側の斜面に、かしいだ墓石がひとつ見える。墓石のまわりの草が、風にゆれている。

見わたすかぎりの平原から、丘のつらなるなかに入ってくると、そこもやはり平原であることには変りない。だが、海抜の増した高地か山のなかに入りこんだ錯覚があった。

ひとかかえもある岩のころがった、丘のゆるやかな斜面には、セイジブラッシュがまだらに生え、そのむこうに、こんどはいくつかつらなって墓石が見える。墓は、こちらを向いてならんでいる。フランク・キャラガー、ジャック・ヘルムなどという名前が墓石のおもてに読める。一八六五年、というような数字も、走っていく自動車の窓から読みとれる。墓石のむこうは、ごくゆるやかに起伏する褐色の斜面になっている。そのさらに遠くに、丘が盛りあがり、地平線は見えない。丘の頂上から白い雲のある青い空に目を向けると、陽光がまぶしい。丘と丘とのつなぎ目に、ポプラの樹がかたまって生えている小さな林がある。枝の先端や葉が、太陽の光りをうけてきらめいている。

道路から丘のほうへ、馬車のわだちで幅広く草や地面が踏まれた跡が残っている。しばらくいくと、丘のふもとの平坦な場所に、かつては家が建っていたらしい跡が見える。ポプラの樹がその平坦な場所を半円にとりかこみ、強い陽ざしのなかに樹影をつくっている。その樹影のまんなかに、手動のポンプ井戸がひとつ、残っている。セメントで四角にかためた土台のうえに、まっ赤にさびた古風なポンプが、かつてそこに営まれた生活の唯一のあかしとして、立っている。

ポンプの彎曲した柄が、水くみの途中でとめられてそのままになったかのように、空中にはねあがっている。

いくつもの丘のあいだをぬけていくと、やがて道路は下り坂になる。そして、下りきったところに、川が流れている。川は道路と直角に交わっていて、道路はその川でさえぎられている。自動車をとめ、その川の深さを見る。きれいな水が速度を持って流れている。それほど深くはない。道路の中央にあたる部分にいくつも石を敷きならべて浅くした形跡がある。そこを渡れば、問題はないだろう。

川を渡り、道路のすぐそばまでせまっている大きな丘のふもとをまわると、小さな田舎町の片隅が見えてくる。木造の古い建物が、散らばったように建っている町のなかへ入っていく手前、道路の左側の草の生えた空き地に、大きな樹が一本、立っている。春の黄色い花の落ちたあとのパロ・ヴァーデの樹だ。大人の腕でふたかかえちかくある太い幹の途中から、枝が上にむかって大きく何本もひろがっている。涼しそうな葉が枝いっぱいについていて、道路に影を落としている。何本かの枝のうちの一本が、道路の向う側にまで届くほどの長さで、地上から一〇数フィートのところを、まっすぐ太くのびている。この枝の下をくぐってすこしいくと、町のなかだ。

地形にあわせてゆるやかに西へ曲がっているその道路を中心に、建物がいくつかある。物音はなにも聞えない。人の姿も、見あたらない。なんという町なのか、ロード・マップを見ても名前は出ていない。ここに小さな田舎町があるという印さえ出ていない。陽のもとに、町は静まりかえっている。

パロ・ヴァーデの大木の枝をくぐりぬけてから最初に目の前にあらわれたのは、〈よろず鍛冶〉と看板を出している鍛冶屋の建物だった。主人の名前が看板に書いてある。天井の高いその建物の正面のドアは、半開きになっている。ドアのなかは、暗い。ガラス窓のガラスが、みな割れている。その建物のわきには、昔、人々が大陸を横断するときに使った馬車、コネストーガ・ワゴンがとまっている。風化されつくした馬車の木材や、さびの出た鉄製の部分が、あたりを支配している静けさのなかに完璧に溶けこんでいる。

板を細く切ってならべ、横木を釘で打ちつけてとめた柵が、右に左にかしぎつつ、かろうじて立っている。風化したその柵の木の木目が、陽を受けて光っている。その柵に囲まれたなかにポプラの樹が一本、立っている。中庭のむこうには、ポーチの突き出た板張りの家がある。ドアは開け放たれ、窓ガラスは割れている。薄く削った小さな板をすこしずつずらせては釘で打ちつけた屋根が、中央で大きくくぼみ、建物のなかに落ちこんでいる。

その建物のとなりは、酒場なのだ。切妻屋根の簡素な平屋建てに、おもてだけは看板のスペースをかねて二階建てに見えなくもないような高さに、正面飾りがつくりつけてある。<酒場>とだけ看板が出ている。ビールの広告がおもての壁に打ちつけてある。建物の前には板張りの歩道があり、ところどころ板が落ちこんだりなくなったりしていて、そこから草がのびてきている。

酒場の壁によせて板張りの歩道のうえに椅子がひとつ置いてある。椅子には、土ぼこりがつもっている。腰をおろし、酒場の壁に背をもたせかけると、この小さなゴースト・タウンの静けさをとおりこして昔日のにぎわいのなかにひきずりこまれていくようだ。

ドアを押して酒場のなかに入ってみる。ドアがきしむ。なかは薄暗い。空気はひんやりとしていて、ながいあいだ閉じこめられたままの室内のにおいが、ゴースト・タウンになって以来の時間の経過を伝えてくれる。

カウンターやそのむこうの酒棚、大きな鏡、裸婦の油絵などが、そのままに残っている。酒はない。空き瓶が一本、棚の隅に転がっている。酒場の片隅に、ポケット・ビリヤードの台がひとつある。玉が台のうえに散らばっている。深くひび割れた玉や、ふたつに割れた玉もある。キューを立てておく台には、何本かのキューが残っている。そのうちの一本を手に取ると、ほこりが両手につく。でために手近かな玉を突いてクッションに送ってやると、緑色のフェルトが波を打っている台のうえを玉は音をたてて転がり、クッションに当たってそこにとまる。クッションは、とっくに弾力を失い、玉は跳ねかえってこないのだ。台のうえをドアのほうにすかして見ると、薄暗いなかにほこりが舞いあがっているのが見える。

外に出て、小さな町のなかを歩いてみる。道路からひっこんだところには、樹影に住宅がならび、おもての道路に面しては、雑貨屋や生地屋、ダンスホールなどの建物がある。クモの巣が張り、ほこりのたまった窓ガラスが、太陽の光りを静かに反射させている。どの建物も、なかは暗い。

風や雨にさらされつづけた建物が、きれいにきらめいている太陽光線のなかで、静かにすべての動きをとめて、モッキング・バードの鳴き声を聞いている。

自動車に乗ってエンジンをかけると、レンタル会社からの借り物のポンティアック・ファイアバードが、車体のぜんたいをきしませるような音をたてて、エンジンが動きはじめる。その音が、ゴースト・タウンのなかにひろがっていって消える。見物しながら三〇マイルほどの速度で走っても、町のなかは数分でとおりすぎてしまう。建物がまばらになり、桃の樹が何本かかたまって生えているところが見えた。昔は果樹園だったのだろう。春の花はすでに終っていて、夏の葉のさかりがはじまっている。

草のなかに横だおしになっている馬車の車輪がひとつはずれていて、道路のすぐちかくに転がっている。このわきをとおりすぎると、町はもう終りなのだ。丘の斜面にまたいくつか墓石が見え、それが見えなくなると、二〇マイルほどで丘のつらなりが減りはじめ、さらに走ると、また平らな平原のなかに出ていくのだった。いくつもかさなりあった丘のなかを流れる小さな川と、そのほとりの昔の町は、夏の陽のなかの幻のようだった。


パイプの煙草に火をつけるためマッチをすろうとして、ふと右手をとめたウィルバー・ベリンガムは、目をあげてパイプごしにこちらを見た。すくなからぬ驚きに、彼の緑色のふたつの目が輝いていた。もう七八歳にもなるのだが、その両目の輝きからは年齢が消えていた。

「そうかい」

と、ウィルバーは、言った。

「あの町を見て来たのかい。自動車でとおってきたのだね。あそこにあんな町の名残りがいまでもあることをどうして知ったのだい。偶然にとおりかかったのかい。ふうん」

微笑のうかびはじめた唇にパイプをはさみなおし、入れ歯でパイプの吸口を噛み、ウィルバーはマッチをすった。火をパイプのうえにかざし、つめてある煙草に近づけたりはなしたりしながら、火をパイプのなかに吸いこんでいった。

煙草にまんべんなく火がつき、豊かな香りをはらんだ煙が口のなかいっぱいに吸いこめるようになると、ウィルバーは顔をあげた。手を振ってマッチの火を消した。軸を大きな瀬戸物の灰皿にすて、煙を顔の前に吐き出した。

「私は、昔、あの町に月に一度は出かけていたよ。ちかくに住んでいてね。まだ一七かそこいらだった。羊をやっていたのさ。町へは、北から入っていったのだね。うん、そうすると、まず小さな川をこえて、それからすぐに、パロ・ヴァーデの大木があったろう。昔から、あの木は、あのとおりさ。夏には、心地の良い樹影をつくってくれていたよ。太い枝が一本、道路のうえを向う側までのびていたろう。便利な枝でね。子供のためのブランコをさげることもできたし、人を吊ることもできたよ」

パイプを構えて、ウィルバー・ベリンガムは、楽しそうに笑った。

「縛り首の木が、あんなにおあつらえむきに生えている町も、珍らしいのではないかな。ずっとあとになって私が住んでいたところでは、大きな木が一本もなかったから、人を吊るすときには、馬に乗って半日もかけて、松の木が一本だけ生えているところまでいかなくてはならなかったよ。そうさ、あのパロ・ヴァーデの大木は、縛り首の木だよ。馬泥棒は必ずあの木のあの枝に吊るされたし、酒場で人を射ち殺した男も、ただちにあの木の下まで、つれていかれたものさ。人は、道路のまんなかにぶらさがるように吊るされていたよ。幹にちかいほうにはブランコがあり、人が二人も三人も吊るされているそばで、子供がブランコに乗って遊んでいたね。私も、もうすこし幼ければ、あの木のブランコで遊んだだろうよ。でも、もう子供ではなかったから、ブランコには乗らなかった。ブランコには乗らなかったかわりに、吊るされかけたよ。ここのとこを、こんなふうにね」

ウィルバーは、パイプを口にくわえ、自分の大きな両手で首をしめるしぐさをし、うなじから一本のロープがまっすぐにのびているありさまをジェスチュアでやってみせた。

「冗談ではなくて、ほんとうだよ。太い麻のロープで、人を吊るす輪がつくってあってね。その輪が、この首にかけられたのさ。あのときのロープの感触は、いまだに忘れられないな。あと数秒で、あの枝にぶらさがるところまでいったのさ」

自分の太い首を、ウィルバーは指さした。年齢のせいで、陽焼けしたその首には、しわが何本もよっていた。小さなしわは別として、大きなしわは、しわではなくて皮膚のたるみだった。陽焼けは赤銅色だった。

「私は、悪いことをしたわけではないのだよ。悪いことを企む人間たちに、その企みのために縛り首になりかけたのだ。あのパロ・ヴァーデの樹の、人を吊るす枝には、ロープで傷をつけられた跡がいまでも残っているはずだ。幸いなことに、この首はロープの感触を記憶してはいるけれど、枝に自分自身の重みをきざむことだけは、まぬがれたよ」

そこまで語って、ウィルバー・ベリンガムは、椅子の背に体をもたせかけ、高い鼻の峰の両側に左右の目の視線を沿わせ、こちらを見た。たてつづけに吐き出すパイプ煙草の白い煙の向うに、ウィルバーの笑顔が見えた。目がキラキラと輝き、唇が笑いの弧を描き、喉仏がうれしそうにせわしなく上下していた。ひとくさりの昔語りをはじめるまえの老人の、楽しさに満ちた顔がそこにあった。

ウィルバーは、語りはじめた。残りすくなくなった白髪を、粘りのすくないヘア・クリームでうしろにとかしつけていた。顔には無数のしわが寄っていた。入歯がしっかりしていて、しかも顎とその周辺の骨組がしっかりしているせいか、老人に特有の口の周囲が落ちくぼんですぼんだ感じは、まだない。だが、頬の肉は、かなり垂れさがっている。

濃紺と白の格子じまの、西部男ふうなシャツを着ていた。パール・グリップが袖口にも三つならんでいた。ポリエステルのスラックスをはき、腹が出ている。はきやすそうなインディアン・モカシンを素足につっかけていた。自分で木を切って作ったという椅子の下には、鮮かな色のとりあわせでつくられた模様の、ナヴァホ・インディアンの手造りの敷物があった。チーク材を多くつかった、居心地の良いこの自宅は、スペインふうにまとめてあった。ニューメキシコ州にスペイン人たちがやって来たころに実際に使用されていた家具や調度が、素朴なかたちでうまく配されていた。ウィルバー・ベリンガムが、夫人のミセス・ローナ・ベリンガムといっしょに住んでいるこの自宅は、サンタフェの郊外にある。

ウィルバーが言うには、あのパロ・ヴァーデの大木のある小さな町は、厳密には町ではなく、個人の家の一部分だったという。

「自動車で横切った川を南へ一マイルもくだっていくと、邸宅がいまでも建っている。カーター・ルーカスという男の、個人所有の町だった。あの一端で、ルーカスは大規模に牛を飼っていた。最寄りの鉄道駅はコロラド州のトリニダッドだから、すぐちかくだ。川は多いし、土地は牧畜に適している。大きな角の生えたテキサス・ロングホーンの時代はとっくに終っていて、ショート・ホーンが全盛だった。カーター・ルーカスが、すべてを治めていてね。私が羊をやっていた頃には、ルーカスたちは自分の領域をどんどんひろげているときだった」

川のそばに建てたカーター・ルーカスの自宅は、最後には二七もの部屋があった。牛を飼う商売の中心地点のような役をはたしていた。常にいろんな人がルーカスの自宅には泊まっていた。牛に関係のない人たちでも、とおりがかりにルーカスの家で食事を世話になったり一泊したり、あるいは、生活に必要なものを買うことができた。礼儀さえわきまえていれば、無頼の渡り者でもルーカスの家では歓迎された。流れる川を含む広大な敷地をルーカスは所有していた。

商売に関係して自分のところをたずねてくる人たちだけをさばくにも、自宅だけでは手ぜまになった。日用の雑貨や、牛を飼って育てる商売に必要なものを売る雑貨屋を、いまはゴースト・タウンになっているあの場所にルーカスは、つくった。ホテルもほぼ同時にできた。酒場と鍛冶屋とが、そのすぐあとにつづいた。

牛を飼う商売の拠点になる土地だからということで、アチスン・トピーカ・アンド・サンタフェ鉄道とカンザス・パシフィック鉄道のいずれかが、この生まれたばかりの小さな町に支線を引きこんでくるという話がひろまった。

「実際にそのような話があったのかもしれない。あるいは、人をその町に呼び集めるためにカーター・ルーカスたちがひろめた単なる噂話なのかもしれない。どちらだか、そのときにもはっきりしなかったし、いまとなっては、もうとうていわからない。しかし、人を集める力になったことはたしかだ」

と、ウィルバーは言う。その町に住みつく人たち、ルーカスの息のかかった牛飼いの人たち、そしてその町で商売をしようという人たちが、その町へやって来た。一時は、人口が一、〇〇〇人をこえたりもした。

　ウィルバーは、羊を飼っていた。その町よりもずっと遠く、いまインタステート・ハイウェイ25が走っているすこし手前あたりの放牧に適した土地を自営農地法によって自分たちのものにし、そこで羊を飼っていた。四〇名をこえるグループがその土地に入植していて、着実に根をおろしつつあった。

　羊を飼うウィルバーたちと、牛を放牧しているカーター・ルーカスたちが対立しあうようになったのは、その小さな町が出来てから間もなくだった。ルーカスたちは領域をひろげていた。西に向かって自分たちの放牧地を拡大してきて、ウィルバーたちにぶつかったのだった。


「まだ二〇歳にもならない私が、たたかうということを知ったのは、カーター・ルーカスたちとの対立がはじまってからだったよ」

　と、ウィルバーは、語りつづけていく。パイプのなかで灰になった煙草を瀬戸物の灰皿のなかに、時間をかけて入念に彼は叩き落とした。そして、あらたに煙草をつめなおしながら、話をつづけていった。

「対立がはじまるまでは私たちに対してもルーカスは好意的だったのだが、対立しはじめると、掌をかえしたように、まるでいただけない男になってしまった。ルーカスの息のかかった、用心棒みたいな喧嘩役の牧童が、私たちに対してさんざんにいやがらせをした。羊を蹴散らしたり、ピストルで面白半分に射殺したり、川のそばに野営して待ちかまえていて私たちの羊に水を飲ませなかったり。いろんなことがあった。土地を手放さないかという、脅迫じみた話がルーカスの側から定期的に私たちのところへ持ちこまれていた。私たちは、その都度、それを無視した。夜闇にまぎれて私の家に火を放ったこともあった。そして、ついに決定的な日が来たよ。私たちの放牧地のほぼ三分の二にあたるところに、ルーカスのところの牧童たちが有刺鉄線を張りめぐらせていたのだ。羊の病気が牛に伝染するから、囲いをつくって羊と牛とを別々にしておく必要がある、などと連中は馬鹿なことを言う。言い争いがおさまりつかないまま、私たちはいったんその場をひきあげ、帰っていった。すると、私たちの帰り道の途中に、ルーカスの側の喧嘩屋たちが六人も待ち伏せしていた。ちょっとした難ぐせをつけるなり、いきなり彼らは私たちに射ってよこした。私たちも応戦した。四人いた私たちのうち三人までがその場で命を落とした。相手のほうも、四人、死んだ。残った二人は、逃げていった。私は、無事だった。なぜ私にだけ弾丸が当たらなかったのか、不思議でならない。かすり傷ひとつ負ってはいなかった。若かった私は、逃げていく二人の牧童を追った。追いながら銃を射ったのだが、一発も当たらなかった。町まで追っていき、カーター・ルーカスと対決しようかとさえ思ったのだがそれは思いとどまった。もしあのとき町へ乗りこんでいたら、私はそのとき、連中にしとめられてしまったはずだよ。私は、射たれた仲間が倒れているところまで、ひきかえした。残っている馬に死体をつみ、私は、私たちの小屋がならんで建っているところまで、帰っていった。その日のうちに三人を埋葬し、夜おそくまで、これからどうすればよいかを、男たちは話しあった。あくる日の昼ちかくに、私たちのところへ保安官がやってきた。任命したばかりの保安官補を五人も連れていた。なにをしに来たのかというと、この私を逮捕しに来たのだという。逃げ帰った二人が、まるっきりでたらめの話を保安官やルーカスたちに喋っていたのだ。有刺鉄線の見まわりをしていたら、いきなり私たちに襲われ、理由もなく射たれ、有刺鉄線を駄目にされてしまった、とその二人は、まっ赤な嘘を語ったのだ。そして、二人とも、保安官補に任命され、保安官のうしろにまわってにやにやしていた。逮捕しようとする保安官たちに抵抗すれば殺されかねない。おとなしく逮捕されて町へ連れていかれても、ろくなことはない。血気さかんだった私は、どうすべきか大いに迷った。だが、結局、逮捕されて町へいくことにした。何人かの男たちが、すこしあとからついてきてくれた。町へつれていかれる途中で私が射殺されてしまうおそれがあったからだ。町へいくと、すでに暴徒の群れができあがっていた。私を私刑にしろ、と言うのだ。暴徒たちは、口々になにか叫びながら私をとりかこみ、私刑だ、私刑だ、と言っていた。保安官は、もちろん、カーター・ルーカスの側だったから、私を暴徒たちの手にひき渡す手ぎわは、なめらかなものだった。私は、あの、パロ・ヴァーデの大木の下まで、つれていかれた。春の黄色い花が枝いっぱいに咲いていたよ。午後の陽がまだ高くて、空をふりあおぐと、花のかたまりが太陽の光線のせいで透きとおって見えた。太い麻なわが枝に結ばれ、私の首にかける丸い輪になった部分が、手早くこしらえられていった。両手をうしろでしばられた私は、その手に帽子を持たされ、あぶみから両足をはずされた。馬にまたがったままの状態でロープの輪を首にかけてゆるくしめておき、馬の尻を鞭で力いっぱいに叩くと、馬は走り出す。ロープで首をひっぱられる私は、体が馬から離れて宙に浮く。そして、自分自身の重みで自分の首をしめていくというしかけだ。保安官補のうちのひとりが、私の馬の尻を鞭で叩く役を、野次馬たちにせり売りしていた。いくらまで値段があがっていったのか、不思議に私は覚えていない。もうじき枝にロープでぶらさがるというときなのだから、そんなことは記憶していなくて当然だろうね」

そこまで喋って、ウィルバーは、パイプを口にくわえ、両手で自分の首を軽くもんだ。パイプに煙草をつめなおす準備をしながら、ウィルバーは話をつづけていった。

「保安官補が私の縛り首をせり売りしているあいだに、どこからかカーター・ルーカスが馬に乗ってやって来て、野次馬の輪をかきわけ、私のそばにならんだ。そして、これにサインすれば助けてやるよ、と言って一枚の紙きれを私の顔の前に突きつけたのさ。土地の売却書だった。私たちが羊を放牧している土地すべてを、カーター・ルーカスに売却します、という内容だった。売却の代金のところは空白になっていて、数字は書きこんではいなかった。私は、もちろん、首を横に振った。そんなものに誰がサインするものか、と言ってやった」

パイプに煙草をつめ終り、ウィルバーは、話を中断させてその煙草に火をつけにかかった。吸口を力強く吸ってマッチの火をボウルのなかにひきこむようにして火をつけたウィルバーは、

「しかしね、結局、私は、その紙きれにサインしたのだよ」

と、微笑して言った。

「両手をうしろにしばられたまま、そこにルーカスが書類をあてがい、右手にペンを持たせてくれた。そのペンで、私は、サインしたのだ。サインを終ったとき、競売も終った。鞭を持った野次馬のひとりが、うれしそうに進み出てきて、私の馬のうしろにまわった。ルーカスは、縛り首のロープを、私の首からはずした。と同時に、馬のうしろにまわっていた野次馬が、鞭で馬の尻を力まかせに叩いた。私は、あぶみから足を出したままでいたから、いきなり走り出した馬からその場へ振り落とされてしまった。野次馬がとおり道をあけておいたところを、馬は疾走していった。私は、野次馬たちに蹴りとばされ、唾を吐きかけられた。だが、生きのびたのだ。なぜその紙きれにサインする気になったの

かというと、ルーカスが私の耳に、ひと言、囁いたからだ。ほんとうに生きるためには死の尻をなめてこなければいけない、とルーカスは言ったのだよ。聞き終った私は、うなずいていた。死の尻はなめた、さあ生きよう、という気になったのだね。だけど、そのあとの敗北感たるや、たいへんなものだった。いっしょについてきてくれた男たちと小屋に帰り、自分の命とひきかえに土地の売却証明にサインしたことをみんなの前で語るのは、勇気のいることだった。そして、死の尻をほんとうに私がなめたのは、このときだったね。みんなは、それから数日のうちに、荷物をまとめて馬車隊を組み、羊を追って土地を離れていった。私は、ついにいたたまれなくて、途中でわざとみんなからはぐれてしまった。あるとき、ふと気がつくと、馬に乗った人間がひとり、私のずっとうしろからついてくる。女性だった。いまのミセス・ローナ・ベリンガムだよ」

信じられない、しかしほんとうの昔話の大要は、そこで終りだった。終ったところへ、ミセス・ローナ・ベリンガムが居間に入ってきた。夫とたいしてちがわない年齢なのだが、明かるい生気をたたえて、かくしゃくとしている。しかし、顔や首、それに腕などは、しわだらけだ。そのしわだらけの顔に微笑をひろげて彼女は言った。

「西部劇がいま終ったところなのね」

そして、夫に向かって、

「主演女優として、私は脚本にすこし注文をつけますわ。私の役には、モーリン・オハラかヴァージニア・メイオみたいなのを希望しているのですけれどねえ」

年老いた二人は、とても面白そうに心から笑いあうのだった。

「アップル・パイが焼けたわ。さあ、映画が終ったら、パイとコーヒーにしましょう」

ミセス・ローナ・ベリンガムは、パイとコーヒーが用意してあるダイニング・ルームへ先に立って歩いていった。

ゆっくりと椅子を立ったウィルバーは、火の消えたパイプを片手に持ち、居間から食堂のほうに歩きはじめた。居間の大きなガラス窓の外には、きれいに手入れされたスパニッシュ・ガーデンがひろがっていた。そして、そのずっと向うは、サンタフェの壮麗な落日の光景だった。

「売却書に私がサインしたあとで、カーター・ルーカスがその書類に書きこんだ金額は、いくらだったと思うかね」

と、ウィルバーは、きいてよこした。

居間からダイニング・ルームにつながっている廊下みたいなところに立ちどまったウィルバーは、ガラスのはまった美しい木彫りの額のなかに入っているものを指さしてみせた。

「ルーカスが私に払ってよこした代金だよ。記念に、それ以来ずっと持ち歩いている」

と、ウィルバーは、言った。

額縁のなかには、手あかにくすんだ緑色の一ドル紙幣がおさめてあった。

ブラドレーのグランプリ

「用意ができましたよ」

と、特別なアクション・シークエンスを担当する監督のジェリー・ウォーカーが、この映画ぜんたいの監督、ラッセル・ジェイコブズに告げに来た。

「よしきた」

ジェイコブズはこたえ、うしろをふりかえった。彼のすぐうしろには、この映画の主演男優、ピーター・バチェラーが、自分の名の入った椅子にすわっていた。

「ピーター、準備ができたそうだ。三分とかからないシーンだから、一発ですっきりとすませてしまおう」

ジェイコブズにそう言われて、ピーターは、うなずいた。そして、これから撮影がはじまる現場を、目を細めてしかめ面をつくり、見わたした。

カンザス州のウイチタから二〇〇マイルほど離れた、小さな田舎町の飛行場だった。

どこまでも平坦な平原がつづいているなかに、コンクリートの灰色の滑走路がある。飛行場の敷地ぜんたいが、広く六角形にコンクリートでかためてあり、その端に、木造二階建ての建物がある。この飛行場のメイン・オフィスだ。屋上には、小さなコントロール・タワーがある。

航空会社の旅客機は、不定期便が週にふたつあるだけだ。あとは、地元の農家の人たちや、フライング・クラブの人たちが、必要に応じて使っているだけという、いつも閑散とした飛行場だ。

メイン・オフィスからすこし離れたところに、給油の設備があり、そのさらにむこうに、木造の格納庫が、ふたつ、ならんで建っている。格納庫の裏は、松林になっていた。

『ワイルド・ビルと呼ばれている男』という名の映画の撮影が、このカンザス州の田舎の小さな飛行場でおこなわれていた。スーツケースにつまった五〇〇万ドルの現金をめぐって、ワイルド・ビルおよび彼と敵対する男たちや女たちが、入り乱れて追いかけごっこをするという筋立ての、アクション映画だ。そのワイルド・ビルを、ピーター・バチェラーが演じている。ワイルド・ビルという名から想像されるいかつい男とはまるでちがって、やさしい顔に金髪が長く垂れた、いまにも折れそうなほどに細い体をした男だった。

これから撮影するのは、篇中のハイライトのひとつである、危険なシーンだった。

カンザスの平原のかなたから、ワイルド・ビルがオリーヴ色のメルセデス２８０に乗って、この飛行場にやってくる。滑走路や、それ以外のコンクリートの部分に、航空機用のガソリンがたっぷりとまいてある。そうとは知らずに、ワイルド・ビルは、そこへメルセデス280で乗りあげる。排気管の熱でガソリンに引火し、瞬間的に燃えひろがった炎の海のなかを、ワイルド・ビルは必死で車をあやつり、逃げまどう、というシーンなのだ。

三台のパナビジョン・カメラが、すでに位置についていた。自分の専門分野の技術者たちが、過不足なく、要所をかためている。火炎を使う専門家が来ていて、宇宙服のような耐火服に身をかためた消防隊員を指揮していた。

これからガソリンがまかれるコンクリートのうえを、主演のピーター・バチェラーは、滑走路をへだてたむこうにとまっているメルセデス280にむかって、ひとりでゆっくり歩いていった。

オリーヴ色のメルセデス280のそばには、若い黒人の男がひとり、立っていた。スタント・ドライヴァーの、トリッシュ・ブラドレーだ。

ブラドレーは、白い歯を見せて、ピーター・バチェラーに笑顔をむけた。

「用意は完璧です。スーパー・マーケットに買い物にいくときとおなじような気分で、打ちあわせどおりこいつを運転すればいいのですよ」

ブラドレーは、メルセデスの屋根を、左手の掌で、ドンと叩いた。

「きみが白人なら、スタンド・インになってもらえたのになあ」

「白く塗ってくださいよ、私を」

笑顔のまま、ブラドレーが言った。

「そういう意味で言ったのではないのだよ、ブラドレー」

「わかってますよ、冗談です」

「そのたくましい体では、とてもぼくのスタンド・インにはなれない。ビルの屋上づたいに飛ぶシーンでは、若い女の軽技師がスタンド・インだったからな」

　ふたりは、笑った。

　滑走路に、注意深くガソリンがまかれていった。六、〇〇〇ガロンちかくのガソリンが、用意されていた。

　直線距離にして五〇〇メートルほどを、燃えさかるガソリンを踏みつけながら走りまわらなくてはいけない。火炎のエキスパートと共同して、ブラドレーは、メルセデス280を、可能なかぎり火炎に耐えるよう、改造した。

　特別製のガソリン・タンクをトランク・ルームのなかに設置し、アスベストなどの耐火材でおおいつくした。エア・インテークをふさぎ、圧縮空気入りのボンベをそこにつないだ。シャーシの下をシート・メタルですっぽりとおおいつくし、エンジン・ルームの内側にも、アスベストを厚く貼ったシート・メタルをかぶせた。シートは不燃性のものにとりかえ、リア・シートのフロアには、空気ボンベを置き、車内に空気が供給できるように工夫した。

「ガス・タンクのなかには、時速六〇マイルで走って五分ぶんのガソリンが入ってますからね」

　ブラドレーは、キーをバチェラーに渡した。

　うなずいて受け取り、指さきでそのキーをもてあそびながら、バチェラーは、ガソリンがまかれていく作業を見守った。

やがてすべての準備がととのった。

「OK、撮影をはじめる」

と、ジェイコブズ監督の指示が、PAシステムをとおして、ひびき渡った。

「あらゆる危険に関して、万全の対策が講じてある。安心して、しかし注意をおこたらずに、仕事をしよう。よし、ピーター、車に入ってエンジンをかけてくれ」

ピーターは、メルセデス280のなかに入り、ドアを閉めた。トリッシュ・ブラドレーは、火炎のなかにも入っていける特殊消防車が二台待機しているそばまで、さがっていた。火炎を扱う専門家のひとりが、ガソリンへの自動点火装置を、定められた位置に置いた。クラッカーを三枚かさねたくらいの、小さな装置だった。この装置をピーター・バチェラーが車輪でまたいで走っていくと、メルセデスがその装置のうえを走りこえた瞬間に、ガソリンに火がつくことになっている。

車のなかでステアリングを握っているピーター・バチェラーを、三台のカメラのうち一台がウインド・シールドごしに望遠レンズでとらえるので、スタント・ドライヴァーは使用できない。

メルセデス280は、走りはじめた。そして、すぐにスピードをあげ、ガソリンのまいてあるところへむかって走っていき、自動点火装置をまたぎ、さらにガソリンの海へむかった。ボーン、と鈍く重く音がひびいて、ガソリンに火がついた。火は、一瞬のうちに、滑走路ぜんたいにひろがった。

トリッシュ・ブラドレーの、細心の注意を払った入念なプランニングのおかげで、火の海のなかをワイルド・ビルのメルセデス280が逃げまどうシーンは、無事に撮影することができた。

その小さな飛行場での撮影が終ると、こんどはカンザス・シティに移動して、やはり自動車によるアクション・シーンの撮影がおこなわれる予定になった。各種の自動車で隊列を組んでいるそのロケーション撮影隊は、予定どおりに行動した。

ミズリー州がわのカンザス・シティの、町はずれの倉庫街でおこなわれる自動車のアクション・シーンには、主演のやさ男は、関係しなかった。彼だけは、次の撮影場所であるロサンゼルスに、さきに帰っていった。

こんどは、トリッシュ・ブラドレーとその仲間のスタント・ドライヴァーたち五人だけでこなせるシークエンスだった。ブラドレーがリーダー格となり、監督のラッセル・ジェイコブズと打ち合わせをかさね、自動車の動きに関して、プランニングをおこなった。

ロケーションの現場へでむいていったブラドレーは、シナリオに書かれているのと自分たちスタント・ドライヴァーにとってもっとも動きやすい場所とを比較しながら、ひとつの場所を最終的に選んだ。

一二〇メートル四方の大きな倉庫が二列に八棟ならんでいるところが選ばれた。まっすぐに二列にならんでいて、あいだの道路は、三台の自動車がならんで疾走するに充分なほどの幅を持っていた。倉庫は、古風で妙に陰気くさい、煉瓦づくりのものだった。

現場を大きなベニア板に正確な縮尺で描きうつし、小さな模型の自動車を使って、まず机上のリハーサルをおこなった。

それで納得がいくと、陽が落ちて暗くなるまで、ブラドレーたち五人のスタント・ドライヴァーが、五台の自動車に乗って何度もリハーサルをおこなった。屋根にカメラを固定した撮影用の自動車も、スタント・ドライヴァーが運転する。どの車も、ショック・アブソーバーとスタビライザーが、ストック・モデルのそれよりもはるかに強いものにとりかえられていた。

撮影の当日には、倉庫の平たい屋根のうえに、見物の子供たちが鈴なりになった。屋根は、撮影カーのカメラには入らないのだ。倉庫の屋根からも、何台かのカメラが、スタント・ワークをフィルムにおさめる。

周辺の交通をすべて遮断して、撮影は開始された。逃げる一台の車を、二台の車が追う。途中で、一台の車と、あやうく衝突しそうになりつつ、すれちがう。このすれちがう車も、ドライヴァーはプロのスタント・ワーカーだ。だんごになって倉庫街を疾走するこの三台の車を、撮影カーが追う。

逃げる車とそれを追う二台が、それぞれポジションをきめると、映画仲間のあいだでは「ブラドレーのグランプリ」と呼ばれている、自動車によるサーカスのような、追跡シーンの撮影が開始された。

三台とも、ジェネラル・モーターズ系のディーラーから盗んできた新車という設定だった。

まっ白な、シヴォレー・シェヴェル・ラグーナ・タイプS―3が、先頭にたって逃げる車。それを追うのが、目もさめるようなスカイ・ブルーのビュイック・センチュリー・グラン・スポルトと、燃えたつような真紅のオールズモービル・トロナード。ブラドレーは、ビュイックに乗っている。

アクションがスタートした。三台の自動車のタイアが、急激な加速で鋭い悲鳴をあげた。

ノーズを持ちあげた白いシェヴェルS―3が、突進していく。それに、テールを右に左にわざと振りながら、ブラドレーの青いグラン・スポルトが追いすがる。

シェヴェルに対して、正面からの衝突も辞さぬいきおいで、赤いオールズモービル・トロナードが、突っ走ってくる。まっすぐ走っていこうとしていた白くきらめくシェヴェルS―3は、四棟の倉庫が二列にならんでいるその中央の道路へ、テールをスライドさせつつ、曲がりこんでいく。赤、白、青の車がこうしてひとつにあつまったところは、とてもきれいだった。晴天の陽光をうけて、どの車も、光っていた。

右側へいっぱいにはらみ、ボディを倉庫の壁にこすりつけんばかりにして道路の中央へはねかえってきたシェヴェルS―3に、追いすがるブラドレーのグラン・スポルトが、左からからみそうになる。ブレーキの音が、空気を切り裂く。倉庫を両側にはさんだ道路の入口で完全にひとまわりスピンしたオールズモービル・トロナードが、路面を蹴りたぐって猛然とダッシュしていく。

一二〇メートルをあっと言うまに突っ走ったシェヴェルS―3とグラン・スポルトは、横腹を何度かぶつけあいながら、左へ直角に曲がっていった。撮影カーが、それを追う。

真紅のオールズモービル・トロナードは、曲がらずにまっすぐ、突き進んだ。ここで彼は、再びあらわれる他の二台とのタイミングを調節するために、ブレーキをかけてスローダウンした。

左へ曲がっていった二台は、その倉庫を時計の針とおなじ方向へまいていき、直角のコーナーをさらに二度曲がり、もとの道路へ出てきた。

ブラドレーが鳴らしたホーンを合図に、オールズモービル・トロナードが、またスロットル全開で飛び出していく。

やってきたシェヴェルS—3とグラン・スポルトは、まっすぐに進む道をトロナードにふさがれたかたちになり、白いシェヴェルがさきに、ステアリングを左へ切った。一秒か二秒おくれて、ブラドレーのグラン・スポルトも、左へ曲がる。二台の車が、限度いっぱいにロールし、スキッドを誘発させながら、タイアを鳴らして、やっとのことで左へ曲がりきる。

その直前、一台の対向車があらわれ、左へ曲がりこんでくるシェヴェルとグラン・スポルトのあいだをすりぬけて、おなじコーナーを右へ逃げていった。

コーナリングのために右のアウトにはらんでくるシェヴェルに押されるようにして、オールズモービル・トロナードは、横腹を倉庫の壁にぶつける。

はねかえるようにして道路の中央へもどってくるのにあわせて、逃げる白いシェヴェルの左にまわったブラドレーのグラン・スポルトが、やはり道路のまん中へ寄ってくる。

ここで、三台の車は、ノーズをほぼそろえる。鈍い音をたてて、三台の車が触れあう。

左右をグラン・スポルトとオールズモービル・トロナードにはさまれたシェヴェルは、強引に蛇行し、自分の両側をおさえている車を、ふりはなそうとする。

両側の二台の車は、さらにシェヴェルをはさみこむ。トロナードとシェヴェルに乗っている白人青年のスタント・ドライヴァーたちは、必死の形相でステアリングをおさえているのだが、ブラドレーは、にやにやと笑っている。

三台がひとかたまりになったまま、次の四つ角を突っ走る。九〇メートルほどさきに、道路のやや左に寄せて、大きなトラックが一台、うしろをこちらにむけて、とまっている。まんなかにはさまれている白いシェヴェルS―3は、このトラックにむかって突っ走る。

トラックは、貨車のように軽合金の板で屋根や両サイドを覆った巨大なトレーラーだった。うしろのドアが両側へ観音開きに大きく開かれていて、なにかをころがして積みこむかあるいは降ろすためだろう、テールゲートから路面に、トラクション用のでこぼこをきざんだ鉄板が、斜めに渡してある。

二台の車にはさまれた白いシェヴェルは、ついに逃げ場がなく、この鉄板のうえを走りあがり、トラックのなかに入りこんでしまう。ドスーンと、荷台の奥にノーズをぶつける大きな音が聞え、そのシェヴェルをはさんでいたグラン・スポルトとオールズモービル・トロナードは、トラックの両側をすりぬけていく。

なんの事故もへまもない、見事なスタント・ワークだった。トラックのわきをすりぬけた二台の車がとまり、トラックのなかから白いシェヴェルがバック・ギアで鉄板のうえを降りてくると、倉庫の屋上にむらがっていた子供たちが、スタント・ドライヴァーたちにむかっていっせいに大歓声を送った。やがて、屋上から階段をかけ降りてきた子供たちが、スタント・ドライヴァーをとりかこみ、彼らがスタント・ワークに使ったピカピカの三台の新車に手を触れてみたりするのだった。

「どこにでもある、ごくありきたりのアメリカの自動車ですよ。ほんとうに、誰もが見飽きてしまっている、ごく日常的な、つまらない交通手段でしかない車ですよ。いまでは、大きな車は、アメリカ的な生活の罪悪と結びつけて考えられたりしていますからね。

「この、ごく普通のアメリカン・カーに、新しい命を吹きこみたいのですよ。車そのものが意志と命とを持ち、自由に動きまわっているようなアクションをつくりだしたいのです。

「車のからむアクション・シーンでは、観客が主人公あるいはそのほかの登場人物に自分を同化させて考える以上に、アメリカン・カーそのものに同化できてしまえるようにしたいですね。

「とにかく、私は、アメリカの馬鹿大きな自動車が好きなのです。好きというよりも、こうなると一種の恋愛関係ですね。映画の世界に入ったのも、アメリカの自動車をスクリーンのうえで生き生きと動かしてみたかったからですよ。

「ガソリンの火の海のなかを走りまわるというようなシーンでは、メルセデスみたいなヨーロッパの自動車を使いますけれど、今日みたいな追跡シーンでは、ぜったいに、大きなアメリカン・カーでなければ。

「撮影カーが、ひととおりフィルムにおさめてくれたので、あとは、今日の追跡シーンを部分的に再現して、積みかさね用のカットにしようと思ってます。

「こんどのこの映画で、ようやく私は、ひとまず自分の思いどおりに、アメリカン・カーを動かすことができたのです。自動車が、まるで、生き物みたいでしょう。ブラドレーのおかげですよ。

「ブラドレーがいなかったら、私は、自分の好きな映画を自分の思いどおりに撮るということが、おそらくできないでしょうね。ブラドレーは、単なる鉄の工作品でしかない自動車に、生命を吹きこんでくれます。世界一の、すばらしいスタント・ドライヴァーですね。

「いまのこの映画が出来あがったら、私は、ブラドレーを主役に、自動車の映画を一本、つくります。ストーリイ・ハンティングをいまおこなっているところです。いいストーリイさえみつかれば、あとはもう完成したも同然ですね。タイトルですか。タイトルはね、単刀直入に、『カー・ムーヴィ』(自動車映画)というのですよ」

と、『ワイルド・ビルと呼ばれている男』の監督、ラッセル・ジェイコブズは、取材のレポーターに語った。

「ふうん、ジェイコブズは、そんなことを言っていたかい」

トリッシュ・ブラドレーは、静かに首を振って笑った。取材のレポーターも、つられて微笑した。

「自動車は、やはり、どこまでいったって、ただの自動車だよ。自動車に命を吹きこむだって? ふうん。ジェイコブズは、大学では修辞学でも専攻したのかな」

「あなたがスタント・ワークにあたると、自動車そのものが生命を持ち、観客は、その自動車に同化するのだ、とおっしゃってましたが」

「不思議なことだね。自動車が命を持つなんて。そう見えるだけだよ。注意深く、いろんな要素を考えあわせて、ていねいにスタント・ワークのプランをつくる。それにあわせてリハーサルをやってみる。うまくいかないところは、修正をする。脚本そのものを、スタント・ワークにあわせて書きなおしてもらうことだってあるし、私たちのようなスタント・ドライヴァーが、体を張ってスタント・ワークをフィルムにのこしても、映画館の椅子にすわってスクリーンを見ている人たちは、どうせこれはトリック撮影なのだと思いながら見ているのさ。自動車と同化するなんて、とんでもないね」

「では、なぜ、スタント・ドライヴァーをやっているのですか」

と、レポーターが訊いた。

「なぜかというとね」

と、ブラドレーは、レポーターが差し出しているテープレコーダーの小さなマイクを指先につまんで自分の唇の前へ持っていき、こう囁いた。

「人間と関係を持ちたくなかったからだよ」

ブラドレーは微笑して、マイクをレポーターにかえした。

いまから五年まえに、ブラドレーは、ヴェトナムの戦争から帰ってきた。帰ってきたというよりも、送りかえされてきたと言ったほうが正しい。陸軍の従軍牧師としてブラドレーは役に立たなくなってしまったのだ。

「神学校を卒業し、ワシントン特別区のパンテコスト派の教会で仕事をしていたのさ。ゴスペル・ヘヴンという名の、黒人用の教会だった。そのとき、ヴェトナムに徴兵されてしまった。ニグロの多い部隊をまわって歩く従軍牧師さ。私は、全力を自分の仕事に注ぎこんだ。自分の使命を信じ、私の存在によってすくなくとも何人かのアメリカ陸軍兵士の心が救えるのだと、私は思った」

しかし、それは、とんでもないことだった、とブラドレーは言う。

ブラドレーと共にささげた祈りもむなしく、かたっぱしから兵士たちは死に、重傷を負った。死して天にのぼった魂のためにも、ブラドレーは、必死で祈った。

「祈るのをやめなければならないときが、やがて、やってきた。激戦がおこなわれた地点から、ヘリコプターで兵士たちの遺体を基地へ収容する作業に同行したときのことだ。ヘリコプターの両側のランディング・バーのうえに、遺体をひとつずつくくりつけては、基地へ飛んでいく。遺体には布をかぶせるのだけれど、空を飛んでいると、風圧でその布がめくれてくることがある。自分の乗ったヘリコプターのすぐ横を飛んでいるヘリコプターにくくりつけてある遺体から布がはがれ、顔がごろんと力なく横だおしになって、こちらを向いていた。目を開いていて、まっすぐにこの私のほうを見ていた。私は、そばにいた兵士から、双眼鏡をかりて、その遺体の顔を見た。双眼鏡のなかで、生命のないふたつの目が、じっと私を見ていた」

ブラドレーの神経のほとんどが崩れてしまったのは、このときだった。人間とのかかわりを従軍牧師として実行していたブラドレーは、そのかかわりのいっさいが無益であったと悟った。

それまで懸命になってつくりあげた自分を、ブラドレーは、我が手で粉々に打ち砕いた。自ら進んでノイローゼの底に沈んでいったブラドレーは、死か、さもなくば、と考えつづけた。

はじめは「死」のほうが大きく彼の心をふさいでいたのだが、やがて、かなたに、「さもなくば」のほうが、おぼろげながら見えはじめてきた。

ようやく退院できたのは、本国に送還されて一年たってからだった。

直接に人間とかかわらなくてもすむ職業の一例として、ブラドレーは、自動車レースのメカニックという職業をみつけた。もちろん、その職業でも人との接触はあるのだが、自分の努力のすべては、競争用の一台の自動車という機械に集約されていく。人間関係に関しては、ロボットに徹することができる。

自動車修理に関するコースをハイスクール時代に修了していた彼は、南カリフォルニア・ハイ・パフォーマンス・ドライヴィング・スクールで学び、地方を巡業するスタント・ライディングのグループに、メカニックとして加わった。旅の多い人生の、これがはじまりだった。

　白人女性のドラグ・レーサー専属のメカニック、サーカスの8の字レースのドライヴァーなどをへて、三年まえ、映画のためのスタント・ドライヴァーとなり、いまではその技能が映画関係者のあいだでは広く認められている、自動車によるスタント・ワークの専門家だ。

「かなりいい生活ができるよ。ただし、立派な生活というわけにはいかない。だけど、自動車を操っていればそれでいいのだから、牧師よりはずっと楽だ。身の危険だって、牧師をやっていたときよりすくないくらいだよ」

　取材レポーターの質問に正直にこたえているうちに、午後の撮影がはじまった。

「またあとで話をしよう」

　と言ってレポーターをさがらせたブラドレーのところに、アクション監督のジェリー・ウォーカーがやってきた。

「準備はいいかな?」

「ととのってますよ」

「むずかしいぜ」

「むずかしいのは、カメラのほうですよ」

　と、ジェリー・ウォーカーに言われて、ブラドレーは、静かに笑った。

「うまくいくように祈っているよ」

　ダーク・ブルーのマーキュリー・モンテゴに乗って、ブラドレーがひとりでおこなうスタント・シーンの撮影だった。

　ロサンゼルスの丘陵地帯の中腹にある邸宅の庭へ、道路から灌木をへし折りながら、ブラドレーがモンテゴで突っこんでくる。

　プールにむかって下り坂になっている庭を走り降りたマーキュリー・モンテゴは、プールをとびこえ、むこう側に着地し、テラスに乗りあげる。

　テラスと居間とのさかい目にある、フロアから天井までガラス張りの窓を突き破り、居間に飛びこむ。広い居間のなかで方向をかえたそのマーキュリー・モンテゴは、ホーム・バーを粉砕し、グランド・ピアノにぶちあたり、となりの部屋につながっている廊下へ突っこんでとまる、というスタント・ワークだった。

　まずはじめに、プールを飛びこえるところまでをおこなう。プールには、ビキニ姿の若い女性がひとり、ゴム製の空気マットレスをうかべてそのうえにあおむけに寝そべっている。

　水中での各種の演技や行動になれているスタント・ガールが、定められた位置にマットレスをうかべ、あおむけに体を横たえた。

　庭のずっと上の道路では、ブラドレーがマーキュリー・モンテゴに乗りこんでいた。ノーズ・ダイヴしないよう、車体の前と後の重量のバランスをほぼおなじにするため、トランク・ルームに砂袋をいくつも積んである。それ以外には、特別の工夫はしていない。プールを飛びこえて、むこう側に平たくパンケーキ・ランディングが出来さえすればいいのだ。

　すべての用意が、ととのった。監督の合図で、アクションがはじまった。

4スピード・マニュアル・シフトの、モンテゴMXブローガム・4ドア・ピラード・ハードトップが、うなりをあげて道路をかけのぼってきた。

リハーサルでここと定めた位置でブラドレーは大きくステアリングを左に送りこむようにまわした。ノーズから道路をはずれたモンテゴは、木製の華奢なフェンスを踏み倒し、丈の高い草や灌木の生えているスロープをバウンドして車体を左右にゆすりながら、まるで生き物のように、走り降りてきた。プールのふちまでフル・スロットルでくだってきたモンテゴは、助走路的なジャンプ台になるようにと、あらかじめ傾斜をつけてある幅の広いふちに飛び乗ると、次の瞬間、プールのうえにその四角くて重い車体をおどらせた。マットレスのうえにあおむけになっている女性は、目を開いていた。モンテゴが腹を見せて自分のうえを飛びこえていくのを、彼女は冷静に見守った。

プールを飛びこえたマーキュリー・モンテゴは、むこう側へ計画どおりパンケーキ・ランディングをした。着地と同時に、ゆるめていたアクセルを、ブラドレーはフロアいっぱいに踏みこんだ。テラスにはねあがり、後輪を空転させつつ、モンテゴは、大きなガラス窓にノーズを突き入れた。盛大にガラスのこわれる音がし、ブレーキを踏みつけたブラドレーによって、マーキュリーは、空走しながらつんのめるようにとまった。ガラスの破片が、モンテゴのうえや周囲に降り注いだ。ガラスの破片が落ちてこなくなってから、ドアを開けてブラドレーが出てきた。

その場にいあわせた全員がブラドレーに歓声を送り、拍手した。プールのなかでマットレスのうえに横たわっていた女性がテラスにあがってきた。走りよって彼女はブラドレーに抱きつき、プールまで彼をひっぱっていき、抱きついたまま彼といっしょに水しぶきをあげてプールのなかに落ちこんだ。

ジョージア州では桃が熟れるころ

自分が泊まっているモーテルの部屋から彼は大きな微笑をうかべて外に出てきた。その微笑は顔だけではなく、全身にくまなくおよんでいるようだった。やせた、愛嬌のある体つきをした青年だった。淡い栗色の髪をヘアクリームでうしろへなでつけ、オレンジ色のカウボーイ・シャツを着ていた。パール・グリップのボタンが白く光っていた。オリーヴ・グリーンのテイパード・スラックスをはいていた。ベルト・ループがあるのだが、ベルトはしていなかった。ポリエステルとファレル・レーヨンの混紡の、濃いオリーヴ・グリーンのディッキーズだ。ヒールのそれほど高くない、バックスキンの丈夫そうなハーフ・ブーツをはいていた。

どのような建物のなかにいるときでも、そこから外へ出ていくとき、彼は、かならず、うれしそうな微笑を顔にうかべる。建物のなかから外へ出ていくのが、楽しくてたまらないような微笑なのだ。事実、彼は、部屋から外へ出ていくのが大好きだった。特に、いまのように、朝の早い時間に、この広い北アメリカ大陸の片隅のモーテルの部屋から外へ出ていくのは、彼にとってはうれしいことだった。

ごく普通の背丈に比較して、明らかに長すぎる両腕をふりながら、彼は自分の部屋から外へ出て来た。外の光景に、まんべんなく、彼は微笑をむけた。

部屋の前のカー・ポートには、彼がいま乗っている自動車、一九五七年モデルのシヴォレー・ベル・エアのハード・トップがとめてあった。何重にもかさねて塗った黒いラッカー・ペイントが、朝の空気のなかできわだって涼しげだった。このモーテルの部屋の入口は、西側になっている。昇ってくる朝日の反対側だから、涼しい空気がまだいくぶんかは、残っていた。

右どなりの部屋に泊まっている男が、自分の車の向きをかえているところだった。チョコレート・フレーヴァーのアイスクリームの色をした、一九七三年モデルのマーキュリー・モンテゴMXピラード４ドア・ハードトップだった。荷物をトランクに積みこみたいのだろう、自分の部屋のドアのほうに車の尻をむけなおしていた。

位置を変えおわったそのモンテゴから、男がひとり、降りてきた。髪の薄くなった四六歳くらいの男で、車のボディ・カラーをさらに濃くしたような色のスラックスに、白い普通のワイシャツを着ていた。両袖を二の腕のなかばあたりまでまくりあげ、タイはまだしていなかった。男は、暑そうに顔をしかめていた。四角くて平べったい大きな金属製の箱のようなマーキュリー・モンテゴも、見るからに暑そうだった。

車から降りて自分の部屋のほうに歩いてきたその男は、となりの部屋の青年がにこにこと笑いながら立っているのに気づいた。その笑顔に思わずつりこまれた男は、自分も微笑をうかべ、

「おはよう」

と、あいさつした。

「グッドモーニング、サー」

青年も、あいさつをかえした。

「暑いねえ。朝からこうだ。陽がのぼったら、どんなことになるのか」

男は、空を見上げた。

「すぐ東のティヴィ・マウンテンやベア・マウンテンから、このフレズノのほうをながめますとね、サン・オーキン平野いっぱいに熱気がたちこめてます。かげろうが何重にもかさなりあっていますから、まるで海の底に沈んでいるみたいにゆらいで見えますよ」

「そうかい」

「なにしろこの平野は柑橘類の産地なのですから、暑いときにはほんとうに暑いのです」

熱気が蒼空から分厚い幕になって垂れこめてくるさきがけのような暑い息苦しさが、まだ朝の早い時間なのに、すでにあたりに漂いはじめていた。その空をふりあおいで、男は、

「もう汗でシャツが濡れてしまった」

と、不服そうに言った。

「流れている河の水でシャツを洗って着たことがおありですか」

青年が、微笑しながら、言った。

話題が飛躍したので、中年の男は、青年の顔に視線をもどした。

「ないね」

「ニューイングランドあたりを走っているときには、しょっちゅうありますよ」

「ふうん」

「ボーイ・スカウトで山のなかのキャンプに生活したことはありませんか」

「ある」

「そのとき、シャツを河で洗ったでしょう」

「洗濯物は洗濯部屋のウオッシング・マシーンでやっていた」

男は、そこで言葉を区切った。そして、首を左右に振った。

「考えてみると、生まれてから一度も、流れている河の水でシャツを洗って着たことはないよ」

「そうですか」

と、こたえた青年の顔を、男はまた見なおした。そして、不思議そうにきいた。

「どういう仕事をしているのだい」

「自動車で走っています」

「私だって車に乗るさ。年間のマイレージのトータルは、万単位だよ。自動車で走ってなにをするのだい」

「自動車で走って、ひとつの場所に到達したら、そこからまた自動車で、ほかの場所へいくのです」

青年にそう言われて、中年の男は、笑ったのだ。自分が自動車で走りまわるときの状態にかさねあわせて解釈したのだろう、男は、

「私と同じではないか」

と、ゆかいそうに言った。青年は、ただ笑っていた。

「走りまわるにしては、ずいぶんと古い車だね」

と、男は、青年の車のほうに顎をしゃくってみせた。

「二〇年ほどまえにティーン・エージャーが金曜日の夜に乗っていたような車だ。シヴォレーだね」

「ドライヴ・トレインは454インチのLS16で、マロイのディストリビューター、ヘッダーはフッカーです。BアンドMのターボハイドロに、リア・エンドは4・11ポジトラクションです」

「自動車には詳しいのだね」

「あなたのは、なんですか」

「マーキュリーだよ」

「429キュービック・インチの4バレル・カービュレーションV8で、セレクト・シフトのオートマティックですね。4400回転で205馬力、最大トルクは2600回転です。七三年モデルの圧縮比は、エイト・トゥ・ワンに落としてあるのです」

男は、再び笑った。

「自分の車をそんなふうに考えてみたことはこれまでに一度もないよ」

「荷物をつむのでしたら、手伝いますよ」

と、青年は、マーキュリー・モンテゴのトランクを指さした。

「うん、頼むよ」

そうこたえて、男は、自分の部屋へむかって歩いていった。青年は、そのあとにしたがった。両腕をふってゆっくりと歩き、あたりを見まわしながら、うれしそうな楽しそうな笑いを顔にうかべていた。

玉砂利を敷きつめたカー・ポートから赤い煉瓦のフロント・ポーチにあがり、ふたりはモーテルの部屋のなかに入っていった。

「これだけの荷物をトランクのなかにつみこめばいいのだ」

と言って、男は自分の荷物を指さした。

スーツケースがふたつにポータブルのタイプライター、そして、これがこの男の商売道具なのだろう、スーツケースよりもひとまわり大きな、取手のついた四角い無愛想なケースが四つ、部屋の出口のところにならべてあった。ふたりは、その荷物を外にはこび出し、マーキュリーのトランク・ルームにおさめた。

男は、運転席のドアを開け、自動車のエンジンをかけた。そして、エア・コンディショナーのスイッチも、オンにした。ドアを閉め、青年のところまでひきかえしてきた男は、

「なかに入って手を洗ったらいい」

と、言った。

男のあとにくっついて、青年はまた男の部屋に入った。男は、ベッドに腰かけ、尻のポケットからラッキー・ストライクとマッチを取り出した。一本ぬいて唇にはさみ、火をつけてから、

「喫うかい？」

と、青年にタバコとマッチをさし出した。うけとって、青年もタバコに火をつけた。男は、長距離電話をかけはじめた。つながると、男はいきなりとめどなく喋りはじめた。部屋の壁や、大きなピクチャー・ウインドーにかけてあるカーテンなどを、ながめるともなくながめつつ、暗記しておいた長い文章を抑揚をつけずに朗読するみたいに、男は象牙色の送話器のなかに喋りつづけた。

なんの話なのか、青年にはひと言も理解できなかった。英語にはちがいないのだが、男の商売につながった話らしいということがわかるだけで、あとはなにひとつ理解できなかった。

青年は、なかばほどまで喫い終ったラッキー・ストライクを灰皿にもみ消し、浴室へいった。手と顔を洗い、すこし水を飲み、鏡にむかって滑稽なしかめ面をし、その表情を点検した。それから、彼は、浴室のなかを見わたした。洗面台のうえとか、ドラグ・キャビネットのなかをあらため、ゴミ箱を足のさきでひっぱり出し、なかをあらため、もとの位置に押しかえした。時間をかけて細部までこまかく観察してから、彼は寝室へひきかえしてきた。男は、まだ電話にむかって喋りつづけていた。

青年は、居間のようなつくりになっているラウンジ・エリアへいってそこを観察し、それが終ると、外へ出ていき、マーキュリー・モンテゴのまわりを歩きながら、その車を観察した。カリフォルニアのライセンス・プレートがついていて、ステアリング・コラムにくくりつけてある登録証には、持主の住所はサンディエゴになっていた。

部屋のなかにひきかえしてみると、男は電話を終り、交換手と話をしていた。料金が判明したら、サンディエゴのこの番号にチャージしてくれと、男は言い、番号を言った。そして、電話を切った。

「オフィスの録音機を相手に、毎日、二回か三回、こうして喋るのさ。秘書が、あとでそれを聞き、処理してくれる」

と、男は言い、青年に訊いた。

「外は暑いかい」

「このカリフォルニアのサン・オーキン平野では、樹に実ったブドウが、実って大きくなっていきながら同時に干しブドウみたいになるのです。それほど、かわいていて暑いのです」

「ひどいことだ」

男は、腕時計を見た。

「九時ちょうどに人に会う約束がある。出発しなければならない」

「話ができて楽しかったですよ」

「それはこちらもだ」

男はタイをしめて上衣を着た。ふたりは部屋の外へ出ていった。

「モーテルの部屋を使うことに関して、エキスパートなのですね」

「なんだって？」

「あなたが泊まっていたという痕跡がなにひとつありませんね」

「生活の場ではないのだから、そんなものが残るはずないじゃないか」

男は、笑った。ふたりは、マーキュリー・モンテゴのそばに立ちどまった。

「ひどい目にあいますね」

「なんだって？」

「つまり、この車のエンジン・オイルです。オートマティック・トランスミッションだと、油温が一五パーセントは高くなります。パワー・ステアリングで一二パーセント、エア・コンディショナーでやはり一二パーセントちかく、油温が上昇します。エンジン・オイルは華氏の三〇〇度以上で煮えたぎるのです。一〇年ほど昔の車にくらべると、油温は倍ちかくにあがってますよ」

「詳しいのだね」

青年は、楽しそうに笑った。男は、ドアを開けて運転席に乗りこんだ。そして、と、ふと思いついたように訊いた。

「きみはこれからどこへむかうのだい」

「どこへもむかいません」

「だって、きみは自動車で走るのではなかったかな」

「走りますけど、どこにもむかいません」

「どういう意味だい」

男は、なにごとかを真剣につきとめるときのような表情の顔で、マーキュリー・モンテゴの運転席から青年をふりあおいだ。

「つまり、ぼくはこれから、どこへいってもいいのです」

「なにものにも意志を左右されることなく、自分自身の決定にしたがって、どこへでも旅立てるということかね」

「そうです」

青年は笑った。男は、なんとも言いようのないうらやましさと、やはりおなじような敵意とを、同時に顔に出した。そして、それを打ち消すように照れかくしをかねてみじかく笑い、

「それは、今日だけかい」

と言った。

「今日だけではなく、ずっとです」

「それはいったい、どういう生活なのだい」

「ぼく自身の生活です」

「楽しめる生活だといいね——名前をまだ訊いてなかったけど」

「ビリー・バックです」

「楽しめる生活だといいね、ビリー・バック」

「楽しめますよ」

男は、ドアを閉めた。セレクターをドライヴに入れ、S字型にゆるやかにカーヴしているドライヴ・ウエイをゆっくりと走り、道路へ出ていった。

その車を見送って、青年は、自分の部屋へひきかえしていった。昨夜はどの部屋も客でふさがっていたのだが、まだ朝の八時まえだというのに、客はみな出発してしまい、車が残っているのは青年の

部屋ともうひとつ、西の端の部屋だけだった。

ロード・マップは狂人が入念さをきわめて描きあげた抽象画のようだったことを、ビリー・バックは記憶している。かつては、彼自身、ロード・マップをたくさん持っていた。石油会社や旅行会社からは、無料のロード・マップをもらえるだけもらっていたし、自動車で走るときには、自分が走っている地域のセクショナル・マップをダッシュ・ボードにガム・テープで貼りつけたりしていたものだ。

しかし、いまはもう、いっさいの道路地図と縁を切ってしまった。自分の車につみこんであったロード・マップ類を、すべてくずかごにほうりこんだのは、モンタナ州で大陸分水嶺をこえたときだったろうか。USハイウエイ12でインタステート15と交差するヘリーナにむかって西から東へ抜けたときだった。あの当時の記憶の底には、まだロード・マップがある。ステート・ハイウエイやインタステートの番号と、どこからどこまでと区切られたハイウエイの両端の町が、密接につながりあっている。

生まれてはじめて越える大陸分水嶺だった。急な勾配の山道をあえぎながら登っていって頂上をきわめたそこが分水嶺なのだ、というような想像を彼はしていたのだが、現実には、標識が目にとまらなければやりすごしてしまったほどに平坦な場所だった。海抜で六千数百フィートはあるのだが、広大なスペースのなかで徐々に高くなってくるせいか、自動車のエンジンの調子や、ごく軽い頭痛のほかには、その場所が持っているそれだけの高度を察知する手がかりは、なにもない。

「大陸分水嶺」とだけ書かれた標識が目にとまらなかったら、彼は、そこをそのまま走りすぎてしまっていただろう。広い路肩に自動車をとめた彼は、南北にむかって建ててあるその標識まで歩いた。標識の建っている平坦な、なんの目立った特徴もない地面が、分水嶺の頂上だった。

そこに両脚をひらいて彼は立った。北に背をむけ、右脚は分水嶺の西に、左脚は東に入れて立った。自分の自動車までひきかえし、彼は缶詰のビールをひとつ持ってきた。カリフォルニアのシエラ・ネヴァダ山脈の北端からオレゴン州に入り、カスケード山脈の東側をUSハイウエイ97で北上していたとき、追い越しをかけてきた純白のサンダーバードのドライヴァーが、彼とならんで時速六五マイルで走りながら、窓ごしにくれたシュリッツだ。もらったときには、指が吸いつけられて貼りついてしまいそうなほどに冷えていた。その缶ビールを持って、さきほどとおなじように彼は立った。缶を頭上にささげ持った彼は、リングをひっぱって缶をあけ、ビールを自分の頭に注いだ。彼は、ひとりで声をあげて笑った。

彼の頭に注がれたビールは、顔やうなじを流れくだり、胸と背中とをへて、左右の脚に分かれた。分水嶺の西に出ている右脚から地面へ落ちたビールは、もっと量が多ければ、かならず西へ流れていくはずだった。東に出ている左脚からは、かならず東へ流れ落ちるはずだった。空から降る雨は、この分水嶺で東西へふりわけられるのだ。

ロード・マップは、いっこうになんの役にも立たない精神病棟のようなものだと、このとき、彼は知った。所有していたいっさいの道路地図を、くずかごのなかに投げこんですてた。

すてるまえに、そのうちの一冊を開き、いま自分がいる場所の地図を見てみた。自分の全身の感覚で体験しているさなかの場所とはまるでかかわりあうことのない、奇妙な記号や文字が、その地図には記してあった。ロッキー山脈は、淡い緑色をした曖昧な図形と、そのそばにならべられたROCKY MTNSというアルファベットの九文字だけだった。これには、彼は、新鮮な驚きを覚えた。驚きというよりも、恐怖に近い感情だった。

緑色の図形と九文字のアルファベットでは、たとえば、コロラドでロッキーを越え、カンザスを東へ突っきってミズリーに入っていく道路を走っているとき、いったいどのあたりまで走ればリア・ヴュー・ミラーからロッキーの山なみが消えるのかというようなことすら、わからないではないか。

はじめての大陸分水嶺でロード・マップをみんなすててしまってから八か月ほどのあいだ、ロッキーを越える道路や、その山脈の東西をうねっている道路ばかり走ってすごした。ロッキーに関する彼自身の、そして彼だけのロード・マップが、彼の五感のなかにすこしずつできあがっていた。

ロッキーを離れた彼は、アリゾナとニューメキシコのふたつの州を一年かけて走りまわった。国境を南へ越えてメキシコに入っている期間が、通算して三か月はあっただろうか。

アリゾナとニューメキシコでは、砂漠と岩山が彼を魅了した。砂漠や岩山などとの対比のうえで、アリゾナのフィーニックスのような町の奇怪さがよく理解できた。大昔、インディアンたちが河の水をひっぱってくる灌漑用水路を張りめぐらせていたその遺跡からヒントを得て、白人たちが開拓期につくった町だ。遠くの山なみにかこまれて、まっ平らな広大な場所にフィーニックスの町はつくられている。灼熱の太陽を照りかえしているアスファルト舗装の道路が碁盤の目に町ぜんたいを区切っている。区切られた四角や長方形のブロックのなかから、大小さまざまのしかしおなじように四角い建物が、ガン細胞のように屹立している。

夜、この町に入ってくると、暗い地平線のかなたに、地平線からわき出しているかのように、明かりがぼうっと夜空ににじんでいる。町の明かりなのだ。ラスヴェガスにむかって夜中に走るときにも、このような気味の悪い明かりが、フィーニックスとは比較にならない大きさで、遠くからでも見ることができる。

雨や風、それに、雲や雷鳴などの、相関的な力学を、彼はアリゾナやニューメキシコで学んだ。こんなことも、ロード・マップには出ていない。

北半球の嵐は西から東へ吹いている。太平洋を渡ってきた雨は、北アメリカ大陸西端を南北にのびているカスケード山脈とシエラ・ネヴァダとによってそこにひきとめられ、年間の降雨量が一〇〇インチをこえる降雨地帯をつくり出している。

このふたつの山脈は、西に寄りすぎている。西に寄りすぎていることが大陸にとっての明らかな不幸である事実は、ロード・マップをながめているだけでは、わからない。海から来る雨を西端でとめられてしまったため、この大陸の西半分は、雨雲をひっかけてとめたその山脈の「レイン・シャドー」のなかに入ってしまっていて、乾燥地帯にちかい性質を持たされた土地として、ひろがっている。年間降雨量が二〇インチをこえる地帯を区切る南北の境界線まで、ひろがっている。テキサス、オクラホマ、カンザス、ネブラスカ、南ダコタ、北ダコタの諸州をつらぬく線だ。

風の吹きよう、空気の香り、量感、体に触れるときの触感。雲の色や厚み。空をおおっている雲の高低。行手の空に見えはじめている暗雲。太陽の光線のかげり具合。遠い山なみのかすみ加減。そういったことがらを頼りに、やがて雨が降るか降らないかに関して、彼は正確に言い当てたりすることが出来るようになった。

アリゾナ州プレスコットに入る手前の、カークランド・ジャンクションという小さな町でのことが思い出される。

町を出はずれたところに、ガス・ステーションがあった。白いペンキを塗った木造の建物だった。旧式な給油ポンプがひとつだけ立っていた。その建物のとなりには、果物を売るスタンドが店を出していて、年齢を正確に見当をつけて知ることのできないメキシコ人の婦人が黙って店番をしていた。

ガス・ステーションの建物は、建てられたときに一度だけ白く塗られたきりで、あとは、あたりの風景のなかへ老化しつつ溶けこむにまかせているような雰囲気だった。彼の自動車へ給油しに出てきた一二歳くらいの少年は、自分が生まれるずっと以前からこのガス・ステーションはここにあるのだと言っていた。

「これからどこへ行くの?」

着古したオーヴァー・オールを肩から吊るしたその少年は、彼に訊いた。

「どこということはないのだよ」

「どこということはないのだとは?」

「どこへいってもいいのさ」

そうこたえた彼の顔を、少年は、じっと見上げていた。そして、彼のこたえた言葉の具体的な内容が納得いくと、一歩うしろへさがり、ぴょんと両脚でとびあがるなり、一九二〇年代の鳥打帽を頭からむしりとるようにぬぎ、地面に叩きつけた。

「ああ、ぼくもそんなふうに、どこへでもいけたらなあ！」

少年は、じだんだを踏んでいた。

「どうすれば、どこへでもいけるようになるのですか」

「自分の自動車を手に入れたらいいのさ」

「ぼくは、おじいさんのこの店で六つのときから働いている。そのあいだに、ありとあらゆる自動車を見た。一六歳になるまでに、そのうちの一台をかならず手に入れるんだ。でも、いまあそこにやってくるような自動車は、最初はまず無理だろうなあ」

少年の視線のほうに、ビリー・バックつまりウイリアム・バックレー・ジュニアは、目をむけた。一九七四年型の、淡いピンクのリンカン・コンティネンタルが、町のなかからこちらへ走ってくるのだった。アリゾナの田舎町の風情のなかで、そのコンティネンタルは、自分はこの町をただ走りぬけるだけなのだぞと、あからさまに語っていた。

コンティネンタルは、ガス・ステーションに入ってきた。建物の前にとまり、おもむろにドアが開き、男がひとり降りてきた。白いカウボーイ・ブーツに、エメラルド・グリーンのポリエステルのスラックス、そして、古い複葉機の空中戦を鮮かな色彩で白地にプリントした半袖のスポーツ・シャツを、その男は着ていた。ヘア・オイルをつけた頭には、パナマ・ハットをかぶっていた。

フルーツ・スタンドまで歩いていきながら、男は、

「ここには洗車の機械はないのかい」

と、大きな声で言った。スタンドからリンゴをひとつとり、両手でもむようにしてほこりを落とす

と、男はそのリンゴをかじった。リンゴをさらにかじりながら、男は、コンティネンタルのそばまでひきかえした。

「田舎道を走ったら、すっかりほこりまみれになっちまって」

男は、左手の人さし指で、コンティネンタルのフードから、まみれているとは言いがたいほこりを、ぬぐった。

「洗車はありません。ガスを入れましょうか」

と、一二歳の少年が、さきほど地面に叩きつけた鳥打帽子のほこりをはらいながら、言った。男は返事をしなかった。

「車は洗う必要ないですよ」

ウイリアム・バックレー・ジュニアは、その男に言った。

「あと三〇分も走れば、大雨に打たれますから。雨に打たれたほうがほこりはよく落ちるのです」

「雨だって？」

男は、空をふりあおいだ。

「そうです」

「あと何分だって？」

男は、バックレーを見た。

「三〇分です」

「三〇分といやあ、かなりながいぜ。ほこりを落としたくてむずむずしているのだ。そんなには待てねえや」

「二〇分」

「ふん。賭けるかい」

「いくらですか」

「二〇ドル」

「いいですよ」

「小僧」

と、男は少年をふりかえり、

「ガスを五ドル入れてくれ。急げよ」

と言って右手をさし出した。その手の指のあいだには、すでに五ドル札が一枚、はさまれていた。大股にフルーツ・スタンドまで歩き、メキシコ人のおばさんにリンゴの代金を払った。

ウイリアム・バックレー・ジュニアは、自分の自動車に乗ってエンジンをかけた。このときには、彼は、455のエンジンをつんだハースト・オールズモービルに乗っていた。

給油を終ったコンティネンタルに、白いカウボーイ・ブーツの男が乗りこんだ。

「いまから二〇分後だ」

と、男は怒鳴り、ドアを閉めた。同時に、後輪が地面を連続して蹴りとばし、ノーズを持ちあげてそのコンティネンタルは、東にむかってとび出していった。ハースト・オールズモービルが、そのあとを追った。いたたまれないほどの羨望の感情を全身ににじませて、一二歳の少年が古い給油ポンプのそばに立ち、どこへとも知れず走り去る二台の自動車を、ぼうぜんとながめていた。その姿が、ハースト・オールズモービルのリア・ヴュー・ミラーに、数秒、映っていた。

ガス・ステーションから東へ一直線に一五分ほど走ってから、ウインド・シールドに大粒の雨滴が当たりはじめた。当たってひしゃげると、ぱっと飛び散るのだ。フードのうえに沿って吹きあげてきた風で、飛び散った雨滴は、ガラスの面を上のほうへあがっていった。

それから二分とたたないうちに、どしゃ降りになった。ワイパーが作動できなくなるほどに雨の量は多く、叩きつけてくる勢いは強烈だった。視界は完全に雨でふさがってしまった。

二〇マイルほどにスピードを落としたコンティネンタルに、ハースト・オールズモービルが追いついた。コンティネンタルに寄っていったハースト・オールズモービルは、ホーンを何度か鳴らした。猛然と、コンティネンタルは、雨の海のなかへ加速していった。後輪がトラクションを失い、ボディは左右に尻をふっていた。たちなおり、雨をかきわけ、コンティネンタルは突き進んだ。ハースト・オールズモービルがすぐに追いつき、左にまわりこんで接触せんばかりに幅寄せをした。そして、たてつづけにホーンを鳴らした。

ならんだまま、二台の自動車は、しばらく走った。やがて、コンティネンタルの運転席のドア・ガラスが降ろされた。それを見とどけたウイリアム・バックレー・ジュニアは、右側のドアに腕をのばし、ガラスを降ろした。風といっしょに、すさまじい音をたてて吹きこんでくる雨のなかへ右腕を出した彼は、コンティネンタルの男の手から、二〇ドル紙幣を一枚、うけとった。男は、なにか怒鳴っていた。雨と風の音で、さっぱり聞えなかった。二〇ドル紙幣をうけとって腕をひっこめると、ガラスをあげながらウイリアム・バックレー・ジュニアはアクセル・ペダルを浮かせた。ハースト・オールズモービルは速度を落とした。疾走していくコンティネンタルとのあいだに距離ができ、やがてコンティネンタルは雨のなかに見えなくなった。

二〇ドル紙幣は、ずぶ濡れになっていた。ほんのわずかのあいだ雨のなかに出ていただけなのだが、もう何年も水につかったままだったかのように、重く濡れていた。彼は、その二〇ドル札を、ウインド・シールドの隅に貼りつけた。

それから一時間も走ると、二〇ドル札は乾き、ダッシュボードに落ちた。雨は、とっくにやんでいた。行手には、広い大陸が横たわっていた。その広さのなかへ自動車で入りこんでいくとき、その気絶しそうなほどの広さがうれしくてたまらず、彼はにこにことひとりで笑ってしまうのだ。

胸に輝く星

町はずれは、黄褐色に乾いている平坦な広がりだった。そのむこうに、プラタナスの林が、緑色の奇妙なかたちをしたかたまりのように、暑い陽を受けて鈍く輝いていた。林を西へ大きく巻いて、アスファルト舗装の二車線の道路が、町にむかって、まっすぐにのびていた。

郡保安官オフィスのパトロール・カーが一台、プラタナスの林のむこうから、姿を見せた。くすんだオリーヴ・グリーンに塗られた一九七四年モデルのクライスラー・ニューポートの4ドアセダンだった。頭上にある正午ちかくの太陽を受けとめて、パトロール・カーの車体のさまざまな部分が、なにか険しくて危険をはらんだもののように、残酷にきらめいた。屋根のうえの回転灯は、とまっていた。

時速四五マイルをぴたりと守って、クライスラー・ニューポートのパトロール・カーは、町のなかへまっすぐに走りこんでいった。ボディのシート・メタルには、直線や直角にちかい感じの部分が多く、そのためだろうか、課せられた責任を完璧に遂行していく有能そうな雰囲気が、その自動車にはあった。直線の広い道路の両側の、索漠たる町なみに、ぜい肉のさほどついていない、四角ばって平たいそのパトロール・カーは、よく似合った。

町のほぼ中央で、もう一本、おなじような道路が、直角に交叉していた。交叉点の四隅に建てた鉄パイプの電柱からワイアーを張り、点滅式の信号灯がひとつ、交叉点の中央の頭上に、吊り下げられていた。いまパトロール・カーが走っていく道路、つまり、町を東西に突っきる道路を走る車が優先であり、それに交叉している道路を走る車は、いったん停止しなければならない。

速度を落としたパトロール・カーは、交叉点を右に曲がった。曲がりきるとほとんど同時に、黄色いダッジ・クラブ・キャブのピックアップ・トラックとすれちがった。いきなりあらわれたパトロール・カーにおどろいたその黄色いピックアップは、急ブレーキをかけてタイアを鳴かせ、交叉点のすぐ手前でとまった。

すれちがって走り去ろうとしたオリーヴ色のクライスラー・ニューポートは、角から数えて四軒目の、レクソールのドラグストアの前でとまった。ラウド・スピーカーから、

「ダッジのピックアップ、そこにいろ」

と、太くて張りのある明晰な声が、ほどよい音量でひびいた。道路の両側の歩道に人の姿はなく、陽に照らされてかげろうの立っている道路にも、ほかに自動車は走っていなかった。

とまったパトロール・カーは、バック・ギアで交叉点まで走ってきた。黄色いピックアップ・トラックとならぶと、パトロール・カーの運転席の窓ガラスがさがり、保安官が顔を出した。

「その運転のしかたは、なんという種類の運転なのだ」

と、保安官は、言った。世にも不思議な生き物を、いささかの同情をこめてながめるときのような目つきだった。

ピックアップ・トラックのドライヴァーは、鼻の下に栗色のひげをたくわえた若い男だった。濃いブルーとマスタード・イエロー、それに淡いオレンジ色でたてじまになっている、半袖のコットン・サッカーのシャツを着ていた。ステアリングを握った両手の指を、曲げたりのばしたりしながら、保安官のほうに顔をむけて無言でいた。

「おまえさんが走ってきたこの道路は、ここで一時停止することになっているのだよ」と、保安官は、言った。「だのに、おまえさんは、停止せずに突っきろうとしたね。いまのタイアの音では、スピードも出しすぎだ。さあ、どうしよう」

「交通違反ですね」

「そのとおりだ」

「キップですか」

「そうだ。オフィスは、すぐそこだ。Uターンして、ついてくるといい」

「ありがたいことです」

ピックアップ・トラックのドライヴァーはそう言い、パトロール・カーが走り出すのを待った。そして、大きくUターンし、パトロール・カーのうしろにしたがって、走った。

交叉点の角から数えて四軒目の、レクソールのドラグストアのなかから、この光景をはじめから終りまで、三人の男が、見守っていた。ドラグストアの店主と、六〇いくつかの老人がふたりだ。

「あの男前の保安官は、あれでなかなかの働き者だな」

老人のひとりが言った。ソーダ・ファウンテンのカウンターのストゥールに、そのふたりの老人は、腰かけていた。ドラグストアの正面の、透明ガラスのはまったウインドーごしに、ふたりは、交叉点のほうをながめるともなくながめていた。

「まるで西部劇の伊達男だよ。働き者はたしかに働き者だろうけれど、あのお洒落な服も、市民の税金でまかなわれているのかね」

もうひとりの老人が、言った。彼は、もうすっかり気が抜けて生あたたかくなってしまったジャックスのビールをグラスに注いで飲んでいた。

「あの服はみんな自前ですよ」と、店主が、店の奥から、ふたりに声をかけた。ふたりの老人のほうにやって来ながら、店主は、こうつづけた。「自宅へいくと、あんなふうな衣裳やらブーツやら帽子やらが、ぎっしりといっぱいにつまっている大きな部屋があるんですよ。ハリウッドで西部劇に出演してたのですからね」

「出演作品とやらを、観たことないね」

「かなり以前の話ですよ」と、店主は、こたえた。「ウエスタン・ショーや、ロディオに加わって、巡回公演する仕事などもやっていたんです」

「とにかく伊達男には、ちがいない。働き者だから、いまもそこでスピード違反をひとり、しょっぴいていったよ」

「やるべきですよ、びしびしと」店主は、人も自動車もまるで見当たらない外に目をむけた。「ちかごろは、みんな運転がひどすぎるもの。あの保安官が交通違反のとりしまりをきちんとやってくれているかぎり、私は何度でもあの男が保安官になれるよう、票を投じますよ」

ふたりの老人は、それぞれ、喉の奥でうなるような声を出し、ドラグストアの店主に賛成の意を表明した。店主は、また店の奥へひっこんだ。

「パトロール・カーのうしろに、男をひとり乗せていたね」

老人のひとりが、言った。

「よくは見えなかったが、うしろの席に男をひとり乗せていた」

「となりの町の、クランパーという男のようだった。新しいパトロール・カーは、乗り心地が良さそうだ。それに、とても役に立ちそうに見える」

「一九七四年のクライスラー・ニューポートだね」

ふたりは、その自動車のことに話題を変えていった。

「クライスラーは、このところ、なかなかいい自動車を作っているよ。七四年のモデルではニューポート・ローヤルがなくなったから、いまのニューポートがベース・モデルさ。ニューポート・カスタムと共に、ビューイックのル・サブルや、オールズモービルのデルタ88、デルタ88ローヤル、それに、マーキュリーのモンタレーなんかと、真正面から競合するんだ」

「それだけたくさんの競争相手があるなら、このところだけではなく、ずっと以前から、いい自動車でないと駄目だよ」

「そのとおりさ。どんどん良くなりつつあるんだよ。足まわりなんか、完全に変わってしまったね。急激なステアリングにも、理にかなった反応をするよ。ビッグ・カーの特性として、かなりのアンダー・ステアだけど、これはわざとこうなっているわけでね。ごく普通のドライヴァーが、自分の手に負えないような走行状態に落ちこまないように、アンダー・ステアにしてあるのさ」

「アンダー・ステアだと、なかなか車が曲がらなくってね」

「曲がるまで、ステアリングをまわしつづければいいのだよ、簡単なことさ。パワーのブースターが、たっぷり利いていることだし」

「ブースターが利きすぎてると、車輪からの路面のフィードバックが悪いよ」

「問題は、タイヤが路面をしっかりとつかんでいてくれることだよ」と、老人は、気の抜けたジャックスのビールを飲んだ。そして、話をつづけた。「七三年のにくらべると、トラックが2インチも広がっている。安定性は増すし、サスペンションはフロントもリアも、まったく新しく設計されなおされたもので、ショック・アブソーバーのヴァルヴィングからなにから、みんな良く出来てるんだね」

「そういう優秀な自動車を自分のところのパトロール・カーに選んだのだから、あの伊達男は、いろんなところに目が利くのだね」

「まあ、そういうことになるだろう」

と、今年の新車に関する情報をコンシューマー・ガイドで読んで暗記したまま喋っていた老人が、うれしそうに笑った。

「ところで」もうひとりの老人が、言った。「あの保安官の名前は、なんといったっけな。おぼえにくい名前だったようだが」

「ガーランド・デューセンベリーというのさ」

「まるで山のなかで密造酒でもつくっている男みたいな名前だねえ」

と言い、こんどはその老人が笑った。もうひとりの老人は、笑わなかった。パトロール・カーと黄色いピックアップ・トラック以来、老人たちが話をしていたあいだずっと、外の道を人はひとりもとおらなかったし、自動車は一台も走っていなかった。


ユニオン郡の郡保安官、ガーランド・デューセンベリーは、保安官事務所の建物の横あいから、中庭の駐車場にパトロール・カーを乗り入れた。黄色いダッジのピックアップ・トラックが、そのうしろにしたがっていた。適当なところに車をとめたデューセンベリーは、エンジンと無線のスイッチを切り、ドアを開けて外に出た。交通違反者を連行していることは、すでに無線で知らせてある。

うしろのドアを、デューセンベリーは、外から開けた。そして、

「おやじさん、出てきなよ」

と、気さくな声で言った。やせた細い体でもがきながら、初老の男がひとり、外に出てきて、陽のさす赤煉瓦舗装の駐車場に、ふらつく足で立った。色あせたオーヴァーオールに赤い半袖のシャツを着ていた。白髪のまじった頭髪が乱れていた。顔の表情は酒に酔いすぎたときのように、ゆるんでい

た。

「煉瓦敷きの駐車場とは、なんと美しい」

と、その男は、あたりを見わたしながら言った。

「このユニオン郡の自慢のひとつさ」

保安官のデューセンベリーは言い、その初老の男と、黄色いピックアップ・トラックから降りてきた男とを、オフィスの建物のなかにみちびいた。

建物のなかは、エア・コンディショナーが利いていた。ウォーター・クーラーの前で水を飲んでいた保安官補に交通違反の若い男をひき渡したデューセンベリーは、

「キップを発行してやってくれ。一時停止違反とスピーディングの二項目に関する違反の証人は、交叉点のちかくの、レクソールのドラグストアにいるはずだ」

と言い、

「クランパー、おまえさんは、こっちへ来い」

と、酒に酔っているような初老の男を、二階へ連れていった。「コ」の字型になっている建物の二階の、東のほうは留置所になっていた。一か月と二九日間、留置される連中や、もっと短期間の男たちが、手前の鉄格子のはまった部屋にいた。そのむこうが、酔いのさめるまで酔っ払いを入れておく部屋になっていた。その、酔っ払い用の部屋にクランパーを入れたデューセンベリーは、

「ベッドに寝てなさい。医者のところへ連れていってあげるから」

と言い残し、留置所の前を歩いて、階下へ降りていった。留置所に入っている男たちが、デューセ

ンベリーに目をむけた。

「真昼の決闘にでも出かけるつもりかね」

と、男たちのひとりが、からかった。

一階へ降りてきたデューセンベリーは、保安官補のひとりに、クランパーの一件をひきついだ。

クランパーは、この半年間に七回も、自宅の予備寝室の板張りの壁に、ペイントを塗りかえたのだ。寝室をしめきってとじこもり、ペイントを塗っていると、ペイントの香りを存分に胸のなかに吸いこむことができ、やがて、酒に酔ったようななじつにいい気分になるという。

今日、七回目の塗りかえを朝からおこなったクランパーは、昼ちかくになって、寝室から出てきた。体じゅう、ペイントだらけだった。両方の目が溶けてしまいそうになっていて、口からよだれを垂らし、脈絡のないことを彼は喋っていた。おどろいた妻が保安官のオフィスに電話した。パトロール・カーで近くを走っていたデューセンベリーは、無線で通報を受け、クランパーの自宅へいった。ペイントだらけの服を着替えさせ、パトロール・カーに乗せてオフィスまで連れてきた。

「面会人がひとり、一時間ほど前から待ってますよ、ボス」

と、べつの保安官補が、デューセンベリーに言った。保安官補は、誰もが、制服を着ていた。濃紺のスラックスに、フラップのついたパッチポケットのグレーの長袖シャツ。スラックスとおなじ色のタイをしめ、ユニオン郡のマーク入りの銀製のタイ・バーで、そのタイをシャツにとめている。

「女か、男か」

「女です。ちょいとこの感じですね」と、自分の頭を人さし指で示し、うず巻きを描いてみせた。

「手前のオフィスにいます。半熟卵の事件現場へは、これからですか」

「そうだ、これからだ」

「昼めしは？」

「まだ」

「コーヒーをお持ちしましょうか」

「ありがたい」

デューセンベリーは、手前のオフィスに入っていった。ビニール・レザー張りの待合室用のベンチに腰をおろしていた女性が、立ちあがった。目の位置がデューセンベリーとほぼ一致するほどの背丈の高い女だった。赤いホルター・トップに白いショーツ、そして、ブルーのハイヒール・サンダルを彼女は、はいていた。

「アメリカ国旗のようですね」

と、デューセンベリーは、つばの広いステトスンの帽子を脱ぎ、微笑みながらそう言った。帽子をマホガニーのデスクのうえに置き、黒い髪を両手でなでつけつつ、

「なにかお役に立てましたら」

と、彼は微笑した。

「もちろんですわ」

女は、デスクに近づいてきながら、囁くような声で言った。

「夫が浮気しているのです。私がこれまで見たこともない金髪の女性を自分の自動車に乗せ、町を走

っています。すぐに逮捕してください」

そこへ、保安官補が、紙コップに熱いコーヒーを入れて持ってきた。なにか書きつけてある小さなメモ用紙を、保安官補は紙コップといっしょにデューセンベリーに渡した。

「あなたにもコーヒーをさしあげましょうか」

と、デューセンベリーは、女に言った。女は、首を振った。

「すぐに夫を逮捕してください」

デューセンベリーは、うなずいた。そして、メモ用紙に書きつけてあることを読んだ。《未婚。タリア・ミルドレッド・プローヴァー》と、書いてあり、その下に、彼女の住所がそえてあった。

「では、ご主人が乗っている自動車のライセンス・ナンバーを教えてください」

デューセンベリーがそう言うと、それを待ちかまえていたかのように、女は、番号を伝えた。

いまこの瞬間、ユニオン郡のなかの道路を走っているすべてのパトロール・カーと通話のできる無線機のスイッチを、デューセンベリーは、ONにした。そして、いま彼女が言った番号をオウムがえしにマイクにむかって言い、みつけしだい逮捕して連行せよと、実際には不可能なことを、デューセンベリーはパトロール・カーに命じた。あとで、念のため、取り消しておかなくてはならない。

「さあ、これでいいでしょう、ミス・プローヴァー」

「ほんとうに、ありがとうございます」

「時間がかかるかもしれません。自宅へお帰りになって、お待ちになったら。逮捕できたなら、すぐにお知らせします」

「ええ。でも、これでとっても安心しましたので、ここでしばらく休んでいきます」

「そうなさい」

コーヒーを飲み終ったデューセンベリーは、紙コップをくずかごにすて、帽子をかぶり彼女に軽く会釈し、部屋を出ていった。

事務所のなかを抜け、駐車場への出口にむかって大股に歩いていくガーランド・デューセンベリーを、保安官補たちが見守っていた。デューセンベリーの服装は、いかにも洒落者だった。田舎の洒落者ではなく、都会ふうに洗練されていた。

濃い、くすんだ、深みのあるグリーンのコーデュロイの、ブーツ・カットのウエスタン・スラックスに、浮き彫りのある幅広のベルトをしめ、シャツは、イタリアン・カラーを水平に横に広げたような、パフ・スリーヴの、ドレープの利いた薄いウール地。鮮やかさを押えたオレンジ色だった。トニー・ラマの、飾りステッチのあるカウボーイ・ブーツと、カーフ・スキンのヴェスト、それに帽子が、趣味のいいブラウンだった。燃え立つような真紅の絹のバンダナには、ごく淡いグリーンの直線模様が、にくらしいほどほんのすこし、入っていた。ガン・ベルトとホルスターが漆黒だ。ホルスターにさしているハンド・ガンは、45口径のコルト・ニューフロンティアSAだった。ぜんたいに銀メッキがほどこされていて、グリップは黒檀だった。ネヴァダ州ユニオン郡保安官、と彫られた14金の星形のバッジは、ヴェストの下の、シャツの左胸にとめている。

歩いていくデューセンベリーを、保安官補たちは、畏敬の念に打たれたような顔で、見守った。

ホルスターからニューフロンティアをひきぬいたデューセンベリーは、人さし指を引金おおいにひっかけ、あざやかな手つきで何度もくるくると前後にまわし、最後に、高くほうりあげた。生き物のように回転しながら落ちてきたその拳銃は、なにくわぬ顔で歩いていくデューセンベリーのホルスターに、きれいにおさまった。

彼の姿が見えなくなってから、保安官補のひとりが、

「いつかは、かならず、ホルスターをはずれてフロアに落ちる日が来るんだよ」

と、言った。

「待とうじゃないか、その日を」

ほかの男が、こたえた。デューセンベリーは、仕事で出かけるときにはかならず、ホルスターからコルト・ニューフロンティアをぬいて見事なスピン・ワークをやってみせる。フロアに落とすか落とさないかを、保安官補たちは、ひそかに賭けの対象にしている。

煉瓦敷きの駐車場に出てきたデューセンベリーは、さきほどのクライスラー・ニューポートのパトロール・カーに乗りこんだ。半熟卵をいつまでたっても自分の注文どおりにうまく作ることが出来ないからという理由で、自分の妻を散弾銃で夫が射ち倒したという事件が、しばらくまえに発生した。検死官たちがすでに到着している現場へ、これからデューセンベリーもいくのだ。

四〇歳をこえたばかりのガーランド・デューセンベリーは、ワイオミング州のララミーのはずれの牧場で生まれた。ハイスクールを出るまで、そこで育った。ハイスクールに入るまえから、牧場では一人前の大人として、牧場主だった父を助けて働いていた。物心ついて以来、トレーラーやトラクタ

ー、それに各種のトラックのタイアの修理ばかりおこなっていたような記憶がある。牧場では、トレーラーやトラックのタイアが、次々にかたっぱしからパンクするのだ。

ハイスクールを出てしばらくしてから、彼はアメリカ陸軍の兵役に志願し、朝鮮戦争にいった。そこで実戦を体験し、帰国除隊したあと、ガーランド・デューセンベリーの、不思議といえばたいそう不思議な人生が、はじまったのだ。

除隊した彼は、カリフォルニアに落着いた。はじめはサンフランシスコにいたのだが、やがてロサンゼルスに出てきた。一時的な、さまざまな仕事を転々としながら、無為であるが故に非常に気楽で楽しい生活をつづけていた。

ハリウッドには、はんぱな仕事でよければ、仕事はいつでもたくさんあった。それに、誰がどこから見ても、いい男の一語につきるデューセンベリーは、若い日の生活に必要なもののほとんどに、事欠かなかった。たとえば、女性だ。

彼がありついた映画関係のはんぱな仕事とは、たとえばいろんな映画のエキストラとか、道具方の助手の助手、というような仕事だ。ごく下積みの部分でハリウッド映画界とつきあっているうちに、デューセンベリーは、その頃の誰もがそうだったように、自分もスターになってみたい、と思いはじめるようになった。

スターへの道は、さほど険しくはないように思えた。デューセンベリーは、若かったし、ほかに気をとられているものはなにひとつなく、責任を負わなければならないことも、なにもなかった。仕事に全力を注ぎこめる状態だった。

それに、デューセンベリーは、なにしろいい男なのだ。エキストラのひとりとして、スタジオ内に組まれたセットのなかで西部劇に出演しているときなど、西部男のいでたちで撮影所内を歩いていると、彼とすれちがう誰もが、ふりかえって彼を見た。申し分のない背丈と肩幅。ぜい肉のない、力強い体格。歩き方や身のこなしには、はじめからスターとしての風格がそなわっているようだった。観光旅行の一端として撮影所を見学しにきている田舎の人たちなどは、デューセンベリーを見かけるとかならずそばに寄ってきて、サインを求めた。このような意味では、デューセンベリーは、スターになるまえから、充分にスターだった。

デューセンベリーは、西部劇のスターになろうと思った。西部劇では、主役にせよ傍役にせよ、感情表現のパターンがいつもほぼおなじであるように思えた。このほうが、複雑そうな現代劇よりも、やりやすい。それに、デューセンベリーには、西部男のいでたちがほかのなににもまして、よく似合った。彼自身、そのことはよく承知していた。

スクリーン・テストを受け、合格して専属契約を結び、週給二〇〇ドルをもらうところまでは早くこぎつけたのだが、以後、おなじ状態が長くつづくことになった。

カラー・フィルムに撮影され、スクリーンに映写されたデューセンベリーは、現実の彼とはまるでちがう人になってしまうのだ。現実の彼は、目ばたきしただけでも人の目を集めることのできるスターなのだが、スクリーンに映されると、整いすぎて端正なだけが取柄の、いてもいなくてもたいして変わりのないお人形のようになってしまい、現実の役の存在感のようなものが、さっぱりにじみ出てこないのだ。

西部劇を専門とするプロフェッショナルな俳優としてデューセンベリーが最も注目をあつめたのは、ある現代ふうな西部劇で牧場における牧童たちの生活を写実的にとらえるシーンに、傍役で登場したときだけだった。逃げる牛を馬で追い、投げなわでつかまえ、地面にひき倒すシーンを、彼は、牧場育ちの体験を生かし、見事にこなした。ラッシュ・プリントを映写してみると、いかにもハンサムなエキストラでございという風情の彼が、必死に演技しているように見えた。

小学生用の実録ふうな教育映画『牧場における牧童の生活』に主演したほか、主演西部劇は一本あるだけだ。イタリー製の西部劇がさかんになる以前に、ベルギーで、一時間五分の西部劇に主演した。

映画ではまったく芽が出なかった。だが、そのかわりに、映画を離れても、西部につながった仕事が、おかねにとにもかくにも不自由しないだけ、いつも手に入った。ウイスキーの宣伝用写真モデル。反共産主義グループの巡回アジ公演の前座。カーニバルのカウボーイ。サーカスのピストル曲射ち女性の助手。観光用のゴースト・タウンで観光客のために演じてみせる真昼の決闘の、善玉のほう。ウエスタン・ショーのパフォーマー。西部ふう、あるいはカウボーイふうな服のモデル。西部小説の表紙写真モデル。テレビのシリーズ西部劇の主役のスタンド・イン。昔の西部開拓じたての幌馬車旅行のガイド。それに、金持ちの中年女の男めかけをやっていたこともある。この女は、西部男をことのほか好んだ。彼女といっしょにいるとき、デューセンベリーは、いつも西部劇から抜け出してきたような格好をしていなければならなかった。保安官をやっているいまの服装よりもっと派手な西部づくりで、彼女と共に世界じゅうを旅行し、倦怠の日々を送った。

ハリウッド時代には、ミス・オクラホマ・コンテストで次点になった女性と結婚していたこともあったのだが、一年足らずで別れた。

「あなたには、進歩や向上がない」

と、彼女は言い、彼と別れて実業家と結婚した。

進歩や向上など、なくたって結構だ、と思うことにより、デューセンベリーは、自らが拠って立つ実践上の哲学を、はじめて手に入れたような気がした。

ユニオン郡の保安官になるすぐまえには、ニューヨークで食いつめていた。西部劇を撮影中の主演男優のようないでたちで、馬の鞍を彼はひとつ持っていた。なぜそのとき自分が鞍などを持っていたのか、デューセンベリーは、もう忘れてしまっている。

セントラル・パークの芝生のうえにその鞍を置き、鞍に背をもたせかけて、デューセンベリーは昼寝していた。日曜日だった。フルーツ・スタンドのイタリー人の男にもらってきた段ボールの箱の横っ腹に、

『カウボーイが資金を必要としています。西部フロンティアを支持してください』

と、マーカーで書き、足もとに置いていたのだ。

昼寝からさめてその箱のなかをみると、一〇セント玉をひとつくるんだ小さな紙きれが入っていた。その紙きれには、ニューヨークの電話番号がひとつ、書いてあり、

「この一〇セント玉で、ここへ電話せよ」

と、走り書きが、そえてあった。

デューセンベリーは、電話した。そして、そのことがきっかけとなって、結局、彼は、このネヴァ

ダ州ユニオン郡の保安官になったのだ。なるまでのプロセスは、世にも奇怪な物語であり、この物語を彼はまだ誰にも語っていない。

ユニオン郡には、全長三、二八五マイルの道路がある。保安官オフィスは、まずなによりもさきに、これだけの長さの道路を常にパトロールしていなくてはならない。田舎だが、いろんな問題が、絶えることなくある。郡のはずれにある昔の大邸宅で営業中の売春宿をカリフォルニアのテレビ局が取材したがっている。なんとか知恵をしぼって、取材を断らなくてはいけない。

半熟卵を注文どおりにつくれない妻を散弾銃で射ち殺した男の自宅へむかって走りながら、デューセンベリーは、取材を断るための複雑なやり口をひとつ、考えつづけた。もう何日もまえから、ずっと考えていることだ。取材されてテレビで放映でもされたら、売春宿に対して非難があつまり、宿は廃止されてしまうだろう。この郡にとっての貴重な財源であるあのキャット・ハウスを失うわけにはいかない。

クライスラー・ニューポートは、未舗装の道へ入った。太陽に熱せられた砂利が、スノー・タイアの下から草むらのなかに、はじけとんだ。このような山道を走ることが多いので、ユニオン郡のパトロール・カーは、冬でなくてもスノー・タイアをはいている。

半熟卵を自分の注文どおりにつくることがいつまでたってもできない妻を、夫が散弾銃で射ち殺したのは木曜日だった。

射殺されたその四五歳の人妻は、キッチンの戸口に立って発砲した夫の散弾をキッチンのテーブルを背にして、主として上半身に受けた。テーブルのうえのエッグ・スタンドのなかには、半分ほど血がたまっていた。散弾のいくつかは、冷蔵庫のドアを突き破り、紙の容器に入れてフリーザーのなかに置いてあった「上機嫌」印のアイスクリームのなかにまで入りこんでいた。検死をおえた係官が、口なおしにそのアイスクリームを食べたら、丸い小さな鉛の弾がでてきたのだ。検死官は、その弾を、ぺっ！ とフロアに吐き出した。

町の主婦たちの週末の買物では、半熟卵が理想的にできあがるという、小さな砂時計を組みこんだタイマーが、すこし売れた。

金曜日が、やって来た。これから、長くて退屈な週末がはじまるのだ。町には、催し物の予定はこれといってなにもなく、周辺の町でも、気分のまぎれる楽しそうなことは、なにひとつなかった。

昔は、こんなときには必ず、達者な詐欺師が、どこからともなくふらりとやって来たものだがと、ドラグストアを溜り場にしている老人たちは、語りあった。

小さな田舎町の、長い退屈な週末のなかで、町の人たちは、退屈をもてあましている。なにか面白そうなことはないかと、人々はひそかに待ちかまえている。町はずれで酔っ払いのドライヴァーが対向車と自分の車とを正面衝突させたというような事件だっていい。こんなとき、昔は、詐欺師が来たのだという。弁舌たくみに町の人々を説得して自分の思いどおりに商売をし、日曜の朝にはもう雲をかすみと、となりの州へ逃げていってしまっている。

どこの誰がその詐欺師にいかにだまされたかを、順番に語りあったりしていれば、日曜を楽にやりすごすことができる。日曜にはついになにもすることがなくなってしまい、一家総出で教会へいったりしなくてもすむ。

ガーランド・デューセンベリーが郡保安官をやっているこのような町では、週末になるとことさら、事件など起こしたくても起きないのだった。

人々は、用事がないので、出歩かない。道路を走っている自動車の数が、ただでさえ減るから、衝突事故だって起きはしないのだ。

人々の家のカー・ポートやガレージで、自動車は静かに眠っていた。どの自動車も、月曜日の朝までは、走る予定を持っていなかった。走りまわっているのは、保安官オフィスのパトロール・カーだけだった。

いまは走っていないけれども、やがて走ることになっているのだと断言できる自動車は、一台しかなかった。夜になったら走るのだ。

その自動車は、自動車の墓場のなかにあった。町を西に出はずれて、さらにハイウエイから細いわき道にそれた突き当たりの、荒野のはじまりのようなところに、自動車の墓場がある。

事故で使いものにならなくなったり、古くなって捨て去られたりした、いろんな種類の自動車が、自動車としての名残りをとどめつつ、たくさん置いてある。

何台もつみかさねてあるところもあれば、水のない池のようになった窪地のなかにどんどんほうりこんで捨てたところもある。ここに捨ててある自動車は、その一台一台が、このユニオン郡の郡庁のある小さな町の歴史でもあった。

夜になったら走ることになっている問題の自動車は、トラックやトレーラーなど、車体の大きなものがかたまって捨ててある陰に、とまっていた。

よく熟れたカボチャの色を、すこしくすませた、奇妙なさびしいオレンジ色に塗装してあるバスだ。それほど大きくはない。なにしろ、ソヴィエトがスプートニクの第1号を打ちあげた一九五〇年代につくられたものだから。

宇宙ロケットでソヴィエトに対して明らかに遅れをとったアメリカは、教育、特に初等教育に、にわかに力を入れはじめた。カリキュラムが検討されなおされ、学校の設備が新しいものにあらためられた。

そのとき、ネヴァダ州が一括して発注した何百台かのスクール・バスのうちの一台が、これだ。

メーカーのイニシアル、GMCの三文字が、フロント・グリルのうえに大きく浮き出ている。機能至上主義のぶこつなバンパーに、おなじように負けず劣らず頑丈そうで単純なグリルが、四角に乗っている。

フードやフェンダーは、すでに忘れ去った遠い昔の、なつかしいふくらみをいまだに保っている。

正面のウインド・シールドは、中央にピラーがあり、左右の窓は、下がり目になっている。なんとなく悲しげな表情をうかべた、人の顔のようだ。おでこには、SCHOOL BUSと濃紺のペイントでステンシルしてある。

車体は、ずんぐりしている。両開きの昇降ドアは、自動開閉式だったのだが、これはこわれてしまっていて、いまでは手で開け閉めをおこなう。窓が小さく、胴体はのっぺらぼうなので、遠い昔の感がひときわ強い。

よみがえらせようと思った数人の若者たちの努力がなかったら、この古いスクール・バスは、時の経過と共に、この墓場のなかで単なるくず鉄になってしまったにちがいない。

自動車の墓場のなかにありながら、このスクール・バスだけは、立派に走れるのだ。ホイールは赤さびがいちめんに出ているが、タイアはトレッドのあるのをはいていて、空気圧も適正のようだ。窓ガラスは、一枚も割れていない。ヘッドライトやランプ類は、いつだって点灯可能だ。

このスクール・バスをよみがえらせたのは、ハイスクールの男子生徒のうちの、数人のグループだ。とりかえた部品は、すべて盗品だ。自動車修理工になろうとしている自動車に詳しい青年がエンジンその他をオーヴァーホールして、走行可能にした。ただ単に走るだけではなく、かなりタフな走行ができるようになった。週末の、手のずいた時間にすこしずつ修理していったので、時間はかかった。だが、時間をかけたかいがあった。いまでは、週末が来るたびに、このスクール・バスは、たいそう役に立っている。

夜が来て、すっかり暗くなると、この自動車の墓場へ、ハイスクールの仲良しグループの男たちが、自分の車で、一台、二台と、やってくる。車をポンコツ車の陰にとめ、スクール・バスに乗りこむ。氷をつめたアイス・ボックスが持ちこまれる。缶詰めのビールが、いっぱい入っているのだ。マリワナと巻き紙とをスーパーマーケットの紙袋につめて持ってくる青年が、もっともよろこばれる。

員数がそろうと、スクール・バスは、ハイウエイに出ていく。州境まで、ほとんどカーヴのないハイウエイをひた走りながら、そのスクール・バスのなかでは、ビールとマリワナのパーティがおこなわれる。もちろん、室内灯は消している。州境までいくと、そこでUターンし、おなじようにふっとばしてひきかえしてくる。

いつ、どのあたりでパトロール・カーとすれちがうかは、調べあげてよくわかっている。すれちがう場所では、わき道に逃げこみ、バスのなかの連中はフロアに横たわってマリワナのまわし喫みをし、静かにしている。走り去るパトロール・カーのライトが見えなくなってから、スクール・バスはヘッドライトをつけて再びハイウエイに出ていく。

金曜日の夜、九時一五分過ぎに、このスクール・バスが、町を遠くはずれたハイウエイで、ひっくりかえった。乗っていた連中の全員が怪我をした。ぜんぶで九名いた。ひとりは死んだ。三人が重傷だった。

とおりかかったパトロール・カーに発見された。パトロール・カーからの通報で救急車が町から出ていき、何台かのパトロール・カーが、さらにそれにつづいた。

デューセンベリーも、現場へ出ていった。スクール・バスに乗っていた青年たちの親が、夜の暗い現場へ、車でつめかけた。

「なにかひとこと、言ってやってくれないか」

と、死んだ青年の父親が、救急車のベッドのわきで、デューセンベリーに言った。青年の遺体には、白い布がかけてあった。カウボーイ・ブーツをはいた両足が、白い布の下から突き出ていた。

デューセンベリーは、そのブーツの底でマッチをすって細い葉巻きに火をつけ、

「なにも言うことはないよ、ただの犬死だ」

と、静かに言った。

デューセンベリーは、マリワナと巻き紙の入った紙袋を、保安官補のひとりから受け取った。現場からすこし離れたところに投げすててあったのだ。

この現場に、保安官オフィスからまたひとつ、事件が無線で通報されてきた。その事件とは、最終上映がはねて観客が外へ出てきつつあった映画館の車寄せに67年型のサンダーバードが入ってきて、助手席のドアを開けてむき出しの尻を外へ突き出した男が、人々の目の前で大便を垂れてそのまま逃げた、というのだ。運転していた男と二人でそのサンダーバードに乗っていたそうで、糞をしたほうの男は、ドアを大きく開け放ち、両手でドア枠につかまって尻を突き出し、ゆっくりと車寄せを走りぬけながら、垂れ落としていったのだ。その糞をとりまいて人々が騒いでいるという通報を受け、パトロール・カーが一台、町のほうへひきかえしていった。

時計が一〇時半をまわると、デューセンベリーには、仕事がひとつ増える。町にある『ローカル・ゴシップ』という名の酒場に客が増え、その客たちの体のなかにアルコールがたっぷりとまわっていくからだ。なにかあればすぐに出かけていけるようにしていなくてはいけない。

「今夜は、金曜日の夜だというのに、早いうちからいろいろと事件がおこりやがる」

と、保安官オフィスのなかで、夜勤の保安官補のひとりが、言った。

「連鎖反応というやつだよ」べつの保安官補が、こたえた。

「昨日の半熟卵から、尾をひいてるのさ」

「そんなことがあるもんですかねえ、チーフ」

と、保安官補は、デューセンベリーに語りかけた。

「あるかもしれんさ」

デューセンベリーは、皮張りの椅子に体を投げ出したように腰をおろし、両脚をデスクのうえにほうり出して乗せていた。

電話室のドアが半開きになっていた。外からこの保安官オフィスにかかってくる電話に対する応答が、静かな大部屋のほうに聞えてくる。

「よし、それでは、すぐにさしむけよう」

と、電話係の保安官補が言っていた。その男は、電話室から出てきてデューセンベリーに歩みより、

「酒場で、例のストリップがはじまったそうですが」

と、静かな声で言った。

「よし、俺がいこう」

デューセンベリーは帽子をかぶりなおし、デスクから両脚をおろした。そして、いつものように、ホルスターから銀メッキのコルト・ニューフロンティアをひき抜いて見事なスピン・ワークをやりながら、中庭の駐車場へ出ていった。大部屋を出るまえに、彼は保安官補たちに言った。

「今夜はもっとなにか起こりそうだよ。起こるか起こらないか、賭けをしたらどうだ」

高くほうりあげたニューフロンティアは、くるくると回転しながら落ちてきて、きれいにホルスターにおさまった。

酒場『ローカル・ゴシップ』は、十文字に交差した二本のおもて通りから一本だけはずれた通りの

なかほどにあった。なんの変哲もない、田舎町の酒場だ。道路のむかい側にパトロール・カーをとめたデューセンベリーはゆっくりと道を横切り、ドアを押して、なかに入った。

店のなかは「L」字型になっていた。角を曲がって奥に入ると、その突き当たりが再び直角に折れ曲がっている。壁にそって片方にカウンターがあり、店の奥はブースになっていた。

ジューク・ボックスは、店の奥にあった。ゆったりした重いテンポのリズム・アンド・ブルースが、かかっていた。客の男たちが、そのジューク・ボックスを遠まきにしていた。フロアや壁を這うようなサクソフォンの音が、期待をこめて見守る男たちの息づかいのようだった。

デューセンベリーは、男たちの肩ごしに、ジューク・ボックスのほうをのぞいて見た。モリー・ビー・ミッチェルという女が、金曜の夜にはいつもそうするように、ジューク・ボックスにまといつくようにして踊っていた。

肩まで垂らした金髪に、濃い化粧。古風な細くて高いスパイク・ヒールの黒いサンダル。マニキュアの色が、まっ赤だ。体は、二流以下の男性雑誌にかならず登場しているヌード写真のようだ。ブラウスとスカートを、彼女はすでに脱いでしまっていた。黒いレースふうなアンダウエアに、ガーターで吊ったストッキング。古典的なストリップ・ティーザーのいでたちで、彼女は、男たちの視線をうけながら、ジューク・ボックスを相手に性交の真似ごとのような踊りをおこなっていた。

モリー・ビー・ミッチェルは、この町から数年まえにカリフォルニアに出ていき、そこで結婚した。そして、結婚に失敗し、故郷へ出戻ってきた三〇歳すぎの女性だ。ガーランド・デューセンベリーがこの郡の保安官になったときには、金曜日の夜に彼女がこの酒場でストリップ・ティーズをおこなうことが、すでに習慣になっていた。「肉体各部の不品行なる露出」罪によってモリーを法的に責めることも可能なのだが、デューセンベリーはそれをしなかった。町の内部に自然発生した無害なものは、なるべくそのままにしておくのが、デューセンベリーの方針だった。

自分の一挙手や一投足、さらには髪のゆれぐあいから目のくばりようまで、ことさらに煽情的になるように心がけつつ、金髪のモリー・ビーは、黒い下着を脱いでいった。

ジューク・ボックスでかかっている曲が終ると、自分を見守っている男たちから硬貨をもらっては、スロットに落としこみ、ボタンを押す。

金曜日の夜にモリーはこの酒場『ローカル・ゴシップ』にやってきて、バーボンをあけていく。いいかげん酔いがまわったところで、ストリップをはじめる。

下着をぜんぶ取り払い、ガーターとストッキングだけになると、急に悪酔いする。目が四角にすわってきて、誰かれなしにからんでは、すさまじい悪態をつくのだ。

その様子をしばらくながめてから、デューセンベリーは、バーテンダーから毛布をいちまい、うけとった。そして、男たちのあいだに割って入った。

「さあ、モリー姐ちゃん、家へ帰ろう」

と、デューセンベリーが言い、裸のモリーを毛布でつつもうとした。見物の男たちが、抗議の声をあげた。だが、じつは、ここからが、みものなのだ。

モリー・ビーは、デューセンベリーに対して熾烈な抵抗をおこなうからだ。思いつくありとあらゆる手段でデューセンベリーを寄せつけずにいると同時に、きわめて卑わいな言葉を連発し、自分の肉体の、ここが彼女にとってはもっとも自慢の部分なのではないのかと思えるところを、男たちに見せる。

三〇分ほどそうやってモリー・ビーに暴れさせておくと、完全に酔いがまわり、立ってはいられなくなる。ふらふらになり、ろれつもすっかりまわらなくなった彼女をかかえあげてカウンターのうえに寝かせたデューセンベリーは、それでもまだ抵抗をやめないモリー・ビーを毛布につつみこむ。

毛布につつんだモリー・ビーを肩にかつぎあげたデューセンベリーは、その場にいあわせた男たちのうちからひとりを保安官補に臨時任命し、その男と共に、モリー・ビーをパトロール・カーに乗せて彼女の自宅まではこんでいく。モリー・ビーが脱ぎすてた服を、保安官補は、フロアからひろいあげて持っていく。

パトロール・カーのなかでもわめいたり悪態をついたりする彼女を、保安官補がうしろの席で押えつけている。一〇分ほど走ると、モリー・ビーは嘔吐感をうったえる。いつものことだ。「吐きたいのよ」と言いながら彼女が窓を手さぐりするよりもさきに、パトロール・カーはとまっている。

ひとり暮らしの自宅につれてかえり、うがいと小用をさせてやり、大の男がふたりがかりでモリー・ビーを寝室のベッドに寝かしつける。

いびきをたてて眠りに落ちた彼女を、デューセンベリーと臨時の保安官補は、ベッドのわきに立ってながめた。

「たいしたもんですねえ」

と言った保安官補にデューセンベリーがこたえようとしたとき、ベッド・テーブルのうえの電話器が鳴った。ベルの音は特別製のベルにとりかえてあるため、どこか壁のなかかフロアの下で、クーッ、クーッとなにかが鳴くような音だった。ことのほかさびしい音だとデューセンベリーは思いながら、電話に出た。

「チーフですか?」

「そうだ。なにごとだ」

「私は今夜はなにも起こらないほうに一ドル賭けたのですが、負けましたよ」

「なにが起こったのだ」

「たいへんです」

「おまえの職務は、たいへんかどうかを判定することではない」

「私の職務は、起こった出来事に対処することです」

「最善の対処だ」

「射ち合いが起こっているのです」

「どこだ」

「売春宿ですよ。客で入りこんだ三人の若い男が、女たちを人質に、たてこもってます。車で乗りつけた客に射ってかかり、面白がって応戦してる連中とのあいだに銃弾が飛びかっています」

「投光器とか救急車をさしむけろ。俺が現場にいくまでは、こちら側から射つのは止めさせておけ。保安官補たちを狩り集めろ。すぐに現場へいく」

電話を終ったデューセンベリーは、

「おまえさんはまだ保安官補だ。いっしょに来てくれ」

と、連れの男に言い、玄関にむかって走った。

クライスラー・ニューポートのパトロール・カーを、道路の条件が許すかぎり疾走させ、デューセンベリーたちは銃撃戦の現場に急いだ。

その売春宿は、ユニオン郡の北のはずれにちかいところにあった。近辺には民家もなにもないのだが、その宿の建物だけが、荒野のなかに一軒だけ、あたりとはなんの脈絡もなく、建っている。

一八九〇年代の終りちかくに、なにかのことで大金を手にした男が、その大金の一部を注ぎこんで建てた大邸宅だ。

建物は、一辺の長さが三〇メートルをこえる正方形だ。フロアは、大人の肩ほどの高さに高床式になっていて、正方形のどの一辺にもその中央に一一段の階段が地面からフロアにつながっている。東側と南側は、階段をあがったすぐのところがヴェランダになっていて、二階の軒を支える柱が等間隔に何本も立っている。

煉瓦づくりの外壁は二階までおなじだ。だが、二階になると外壁は斜めになっていて、窓のかたちもちがう。一階の窓は上部が半円型だが、二階の窓は四角で上部にひさしが突き出ている。かつては石炭をたいた炉の煙をにがす煙突が、正方形の建物の一辺につき二本ずつ建っている。三階建てになっている部分が塔のように南側に突き出ている。いつ見ても、異様な建物だった。建てた男が死んでから何年かあとになって、この大邸宅はユニオン郡の所有物となった。いまでは、部屋がいくつもあることを利用して、売春宿になっている。経営者の女将も女たちも、ここに住みこんでいるのだ。

その大邸宅が、すでに到着しているパトロール・カーのヘッドライトや投光器の明かりのなかに、黒く浮んでいた。ときたま、たてつづけに銃声が聞え、そのたびにパトロール・カーのヘッドライトが割られていった。

町の鉄砲自慢の男たちが、自動車の陰に陣取って、さかんに応戦していた。保安官補たちも、射ちまくっていた。宿のいくつかの窓に明かりがともっていた。

パトロール・カーでふっ飛んでやって来たデューセンベリーは、一般の市民たちを安全なところまでさがらせるよう、ほかのパトロール・カーの保安官補たちに無線で命令した。そして、ラウド・スピーカーを使って、自ら市民たちに命令をくだした。

「射つのを止めて、すぐにうしろへさがれ！　弾の届かない安全なところへ、さがるのだ！　私のこの命令が終ってから一発でも射った人は、建物のなかにいる男たちの共犯者として逮捕して投獄する」

つづいていた銃声が、ぴたりとやんだ。

「どの車も明かりを消せ！　そして、もうすこしさがるのだ！」

何台かのパトロール・カーや一般市民たちの車が、暗闇のなかで売春宿の建物からさまざまな方向へ遠のいていった。投光器の明かりを消すと、気味のわるい大邸宅は、青白い月明かりのなかにぼんやりとその輪郭を浮かびあがらせた。うしろへさがらずにそのまま残っている何台かの自動車は、宿の女たちのものなのだろうか。

暗闇のなかに、ラウド・スピーカーをとおしてデューセンベリーの声が響いた。さきほどよりも音量があがっていた。

「建物のなかにいる諸君！　いったい、なにをしたいというのだ」

返答は、なかった。

「きみたちの要求に応じて、こちらはどうにでも動くつもりだ。窓から怒鳴るなりなんなりして、考えを聞かせてほしい」

デューセンベリーがそう言ってからしばらくして、二階の東側の窓から、シーツのような白い布が垂らされた。その白い布には、なにで書いたのか、「豚公め！」と、大書してあった。やがて、その布は、二階の窓から地面に落ちてきた。

保安官補のひとりが、デューセンベリーのパトロール・カーのなかに転げこんできた。白いシャツを着た、あから顔の中年の男をひとり、連れていた。

「このひとが、最初に銃弾を浴びせられた人です」

と、保安官補が言った。中年の男は、そのときのありさまをデューセンベリーに説明した。

「22口径みたいな軽い音でしたけどね。車でここへ乗りつけて、エンジンを切ろうとしていたところへ、いきなりですよ。ほかに二台の車といっしょに来たのですけど、一台はグラヴ・コンパートメントにピストルを持っていて、応戦しはじめました。もう一台は、自宅へひきかえし、ハンティング仲間といっしょに銃を持って帰って来ました。二〇〇発くらい射ちましたかね」

「どちらがだ」

「こちらが、ですよ」

そのとき、建物の二階の窓から、声が聞えた。女たちが持っているオーディオ装置にマイクをつないでPAがわりに使っているらしかった。窓ぎわに置かれたらしいスピーカーから、若い男の声が、こう言った。

「俺たちは、やりたいのだよ」

「やるがいい」

と、デューセンベリーは、こたえた。

「ただで、いくつも、やりたいのだ」

「カネのつづくかぎり、やるといい」

「カネを払いたくないのだ」

「きみたちは、アメリカ人かね」

「そうだ」

「アメリカでは、あらゆることにおカネが必要なのだよ。バーで酒を飲むのとおなじだ。酒は、一杯飲むたびにカネを払え。××××は、やるたびに払え」

「うるせえや！」

「まだやるかい」

「女たちが、喉を鳴らせて、待っている」

「では、気のすむまで、やるがいい」

「言われるまでもないこった！」

「もう発砲するな。こちらからも、発砲しない。女たちに怪我でもさせたら、ただではおかないからな。いま、六人の女がいるはずだ。六人に、何人の男が、かかろうというのかね」

「三人だ」

「グッド・ラック！　料金は、のちほど、とりたてる」

宿のなかには、六人の若い娼婦と、彼女たちの女将、それに、雑役の初老の男の八名がいるはずだった。

「どうします」

と、保安官補が、デューセンベリーにきいた。

「どうするもこうするも、ありはしない」と、デューセンベリーは、こたえた。「馬鹿な西部劇ではあるまいし、チンピラを相手に射ち合いなんか、やってはいられない」

彼は、パトロール・カーの外に出た。そして、

「奴らがなにか言ってよこしたら、適当に話をあわせて時間をかせいでくれ」

と、保安官補に言いのこし、デューセンベリーは、闇のなかの大邸宅にむかって、上体をかがめて低くしながら、走った。右手でホルスターのコルト・ニューフロンティアを軽くおさえているところなど、西部劇そのままだった。

階段を音もなく軽やかにかけあがったデューセンベリーの姿は、建物のなかに吸いこまれるように見えなくなった。

どのくらい時間がたっただろう。いきなり、キューンという電気音が聞え、

「保安官はいるか！」

と、二階の窓のスピーカーから、男の声が言った。

「なんの用だ」

パトロール・カーに残った保安官補は、デューセンベリーの口ぶりをうまく真似ていた。デューセンベリーがオフィスにいないときには、いつも同僚たちといっしょに彼のもの真似をしているのだ。

「食いものが欲しくなった」

「美しい女たちに、つくってもらえ」

「ろくなものがねえんだよ」

「冷蔵庫のなかをあさってみろ」

「だから、ろくなものがないと言っているじゃないか」

「どうすればいいんだ」

「なにか差し入れてくれ」

「深夜営業のテイク・アウトが一軒あるけど、そこのものでいいかい」

「あまりまずいものを食わすと――あ、なんだ、この野郎っ！」

と、男の声の調子が急に変わり、彼の声にかわってなにか物音が聞えた。マイクがほうり出されてフロアに落ちたらしく、ひどい音がして、ギューンと電気音がまた鳴った。

やがて、窓のスピーカーから、デューセンベリーの声がした。

「よし、みんな、なかへ入ってこい。チンピラを生け捕った。キツネとネズミとモグラの三匹だ」

投光器の明かりがつき、売春宿に使用されている大きな建物が、光りの束のなかにとらえなおされた。パトロール・カーのヘッドライトが、いっせいについた。その光りのなかを、制服の保安官補たちが、ばらばらと建物にむかって走り、階段をのぼっていった。

次の仕事の現場へ移動中の季節労働者のような服装や雰囲気の、若い白人の男性が三人、二階の廊下にころがっていた。三人のうち二人は気を失って白目をむいていた。もうひとりは、体を「く」の字に折って、フロアにうつぶせになっていた。両手で股間をおさえ、痛さに耐えかね、彼は兎がはねるように、壁へむかって進んでいき、ごつんと頭のてっぺんを壁にぶつけた。

娼婦たちは、みな無事だった。古いスクール・バスの事件、映画館まえの脱糞事件、そしてこの売春宿の事件の三つで、町じゅうの人たちは月曜日まで話題にこと欠かなかった。

月曜の朝、売春宿の女たちが女将に連れられて郡保安官事務所にやって来た。「貴方様にはいつでもどこでも無料にて心をこめてやらせてさしあげます」とタイプされた紙に、女たち全員の署名がしてあった。立会人として、女将と雑役の男の署名がそえてあった。この紙を、ミニ・スカートやホットパンツの女性たちが、にこやかにデューセンベリーに手渡し、ひとりずつ熱い接吻をした。

この紙は、ガラスのはまった額縁におさめて、保安官オフィスのデューセンベリーの部屋の壁に飾ってある。

来客が目をとめると、西部の伊達男、ガーランド・デューセンベリーは、こう言う。

「人生は冗談の連続ですねえ。面白い冗談、あまり面白くない冗談、じつにいろいろですよ」

（注――ネヴァダ州にユニオンという名の郡は存在しない）

パッシング・スルー

雨が降っていてしかも夕暮れがちかい。あるいは、雨のせいで夕暮れの時間が早くにそのまえの時間にくいこんでいるのか。ウインド・シールドや三角窓の外の世界が、ぼうっと一様にかすんで見える。分離帯のない道路が一本、南にむかってのびている。道路には、わずかながら勾配がくりかえしついている。ゆるやかにまっすぐ行手に落ちこんでいく道路を走りつづけると、いつのまにかその下り勾配のいちばん底まで落ちこんだあとで、すでにのぼり坂にかかっている。のぼりきるとまた、道路はまっすぐに彼方へむかって落ちていく。

道路の両側は、林のつらなりだ。道路よりも起伏に満ちた地形らしい。濃い灰色とも淡い黒とも見分けのつかない色のシルエットになっているその連続した林は、道路の勾配とはまったく無関係のような盛りあがりや落ちこみを見せている。

空は灰色だ。どこが近く、どこからが遠いのか、まるでわからない。空だけを見ていると、距離感がほとんどつかめない。降っている雨は、走っていく自動車のウインド・シールドのすぐうえからだけ、落ちてくるみたいだ。フードのうえちかくまで落ちてきた雨は、そこでふわっとまきあげられたように身をひるがえし、下からウインド・シールドに当たってひろがる。

濡れているアスファルト舗装の道路も、濃い灰色だ。タイアからシートやステアリングをとおして感じられる路面の感触は、晴天の日よりもややわらかいようだ。タイアと路面とのあいだに、雨の膜が流しこまれているからだろうか。ルーフの前方のどこかで、風切り音が連続している。

彼方のかすかに左寄りに、小さな白い点がふたつ、横にならんで見える。このふたつの小さな白い点が遠くに見えはじめる瞬間を一度でいいから見とどけたいと思うのだが、ふと視線をそらせたときにその白いふたつの点は道路と空とが接するわずかなすき間にむこうから割りこんでいて、視線をもどしたときにはすでに確固たる存在として、下り勾配の底から、あるいは、ゆるやかなのぼり坂のうえから、こちらにむかって近づきつつある。

夕闇のはじまりの、ごく淡い影を受けはじめた雨滴の垂れ幕のなかの世界は、輪郭がぼやけ、おぼろにかすんでいる。小さな白いふたつの点も、明確なかたちを持っていない。外がぼうっとぼやけているから、自動車のなかが、必要以上にくっきりと鋭角的に浮き出して見える。ウインド・シールドの曲面が手にとるように鮮明にいつも目の前にあり、内側のよごれまで、はっきりと見える。右に左にと作動しているワイパーもよく見えるし、ダッシュ・ボード、メーター類、両手のうえに出ているステアリングの短い弧、リア・ヴュー・ミラー、両側の三角窓なども、ぼやけたりかすんだりせずに、常にはっきりと視界のなかをそれぞれに固有の線や量感で埋めている。

自動車の内部の、目に見えるものすべてがそんなふうにくっきりと鮮明で鋭角的だから、外のぼんやりとぼやけた世界と対照されたうえで、自動車の内部は奇妙な不愉快さをおびてくる。自動車の外の、ぼんやりと不鮮明な世界へ出ていきたくなるのだ。

すこし大きくなってきていた白いふたつの点が、あるときから急激に大きくなり、そうなったかと思うと、走っていく自動車の左側をたいへんな速さですりぬけていく。雨に濡れた路面を四つのタイアが踏みつける音が、すれちがう瞬間、急にたかまって車内に満ち、二台の自動車のあいだにある空気が圧せられた音がそれに追い打ちをかける。と思ったらもう、その音は両方ともなくなってしまっている。すれちがったふたつのヘッドライトのうしろに、フロント・グリルやフード、そしてウインド・シールドなどが、一瞬、ぼんやりと見えた。こちらの車も、いますれちがった相手には、あんなふうに見えたのかなとふと思い、リア・ヴュー・ミラーでいますれちがったばかりの自動車をさがす。雨と夕暮れにかすんでいるなかへその車はいままさに消えていこうとしているところだった。

慣れっこになっていたため、耳には入っていても聞えてはいなかったタイアの路面を踏む音が、すれちがった自動車の音のせいで、あらたによみがえってきて耳から体のなかを満たす。連続して聞えつづけるその音が、自分の自動車はいま走りつづけているのだという事実に気づかせてくれる。

そのまま走っていく。やがて、といってもすくなくとも一時間は経過しているのだが、雨がやむ。雨が降っていないところへ入りこんだのだ。

ウインド・シールドに当たる雨滴が次第にそして確実にすくなくなっていくのを目の前に見ているのだが、もはや雨は降っていないということに気づくのは、手をのばしてワイパーをとめるときだ。のばした腕の、どことは言えないのだが奇妙な中間のあたりが、もう雨はやんだのだなと悟る。ドライヴァーズ・シートの側のドア・ガラスをすこしさげると、冷たい空気が勢いよく流れこんでくる。自動車につくりつけてあるヴェンティレーションをくぐりぬけて車内に入ってくる空気と、窓から入りこんでくる空気とでは、まるでその香りがちがっている。

そのちがいを鋭く感じながら、わき道にそれていく。おなじ二車線でも道路の幅は急にせまくなっている。微妙なカーヴがたくさん連続しているし、路面の起伏も多い。さきほどまで走っていた道路は、平坦につづいているかあるいはまっすぐな下り勾配であるか登り勾配であるかのいずれかだったのだが、いま走っているこの道路は、遠くのほうまでをいちどに視界におさめると、まるで波を打っているかのようだ。それに、この道路はカーヴが多いから、あまり遠くまで見とおすことはできないのだ。

中央のかすれた白い破線のひいてある部分が道路の頂上になっていて、左右の車線は路肩にむかって低くなで肩になっている。路肩とのさかい目には白線がひいてある。その白線は、夏の太陽の熱さや大きなトラックの重さでアスファルトがすこしずつ移動するため、波状にひかれた線のようになっている。中央の白い破線の両側には、いまはもうやんだ雨の水が、複雑に折れ曲がった小さな川のように、とりのこされている。その水と道路の両端の白線、そして中央のやはり白い破線が、黒い道路のなかで白く光っている。

太陽の位置が、明らかに変ってきている。行手に広がっている地上からうえの空のいっさいが、くすんだ乳白色にけむっている。林が、濃淡さまざまなシルエットになって、何重にもその乳白色の不思議な奥行の空間のなかに、かさなりあっている。道路の右側に傾きながら立っている電柱が、遠くへいくにしたがって、くっきりとした白さを失って、淡くなる。太陽は、行手のぼんやりとした乳白色の空間のむこうにあるらしかった。

左側の林が次第にまばらになり、やがてなくなった。路肩からは草の生えた地面がなだらかにむこうへ落ちこみ、そのさきは、沼のような広い湖になっていた。湖は、どこまでつづいているのかわからない。ずっとさきのほうで、白いおぼろな空とまじりあってひとつになっているからだ。

古いピータービルトのトラックが一台、荷物を満載してやってきた。ディーゼルのエンジンをうならせつつ道路の起伏を律義にひとつひとつ越えてきて、すれちがった。

この道路に入りこんでから最初のガス・ステーションにたどりつくまで、すれちがった自動車はその古いトラック一台だけだった。ガス・ステーションは、道路からすこしひっこんだところにあった。アスファルト舗装のスペースが道路から車寄せのようにガス・ステーションまで、おだやかな角度で道路からはなれてつづいていた。

ガソリンの給油ポンプが一台だけあった。旧式のポンプだ。赤と白に塗りわけられていて、そのいずれの色も、すっかりあせてしまっている。ペイントは、いたるところはげ落ちている。黒くて太いホースが、そのポンプの胴体から出ていた。地面に垂れたホースは重く輪を描き、ノズルはポンプにさしこんである。

板張りの建物も、白いペイントで塗ってあった。板は、めくれあがり、ペイントは、ささくれだち、「野菜各種」とか「ビーア」とか、いろんな文字が、オレンジ色や濃い緑色で、板張りの壁にじかに書いてあった。そして、その字もまた、色あせている。長距離バスがとまるらしく、行先と時刻とが、正面のドアのわきにペイントで手書きしてあった。

建物の手前には物置きらしい小屋があり、反対側はガレージだった。自動車の故障に関して、簡単な修理ができるようになっている。ガレージの前には、からし色にペイントを手塗りした古いフォードのピックアップ・トラックが一台、とまっていた。ガス・ステーションの裏に、この給油所の持主の自宅があった。

道路に面した正面には、ガラスのはまった大きな窓が三つある。どの窓にも、ビールの名前が書いてあったり、スティッカーが貼ってあったりする。所番地の番号が書いてある正面のドアのわきに、鉄パイプ製の折りたたみ椅子がひとつ、出してある。ドアの分厚いガラスは、縦横無尽にひび割れしていた。ガラスはドアの上半分にはまっている。下半分には、ステンレスの板がネジどめしてあった。外へ出てきたごま塩頭の初老の男は、アルミニウムのフレームの眼鏡をかけ、ブルーデニムのオーヴァーオールを着ていた。このオーヴァーオールは、いったい何度、洗濯機のなかをくぐりぬけてきただろう。

その男は、ガソリンを自動車のタンクに注入し、オイルを調べ、ウインド・シールドを布できれいにぬぐってくれた。そして、四つのタイアを見てまわった。開いたままになっている正面のドアから、店のなかが見えた。テーブルのうえにチェス・ボードが乗っていて、店主とおなじくらいの年格好の男が、ボードのうえの駒を椅子にすわってじっとながめていた。

店のなかに入って大きな赤いリンゴをひとつ買った。外へ出て、冷たくて程よい温気のある空気のなかで、そのリンゴを食べた。店主は、自分のガス・ステーションのあるこの場所は、東のインタステート・ハイウエイと西の州ハイウエイ、そして湖とによって三方をかこまれてしまったなかにあるのだと説明した。インタステートができて以来、とおる自動車の数は、ぐんと減ってしまった。いつのだったか、まっ青なキャデラック・エルドラードがやってきて、ここでガソリンその他、一〇ドルの買物をしたときのことを店主は語った。

「キャデラックに乗っていたその男は、一ドルする葉巻きを吸っていたよ。まだ半分ちかくのこっているのに、その葉巻きの火を靴の底で消して、ぽいとすてたのさ。ちょうどそのあたりにすてたな」

と、店主は、給油ポンプのすこし手前の地面を指さした。

リンゴをもうひとつ買った。食べのこした芯は、店主が受け取ってすててくれた。大きなリンゴをダッシュボードに乗せて、そのガス・ステーションをあとにした。しばらくいくと、小さな町のはずれに出た。町の中心となる通りへ、町の裏から斜めに出てくる道路を走ってきたのだ。

雨あがりのぼんやりと薄暗い夕方の小さな町に、人の影は見あたらなかった。町のはずれにむかって走っていくと、道路の両側にならんでいる、多くは平屋建ての建物から歩道の頭上に突き出ている看板の文字が、「自動車」「家具」「文房具」「ギフト」「ドラグストア」「骨董」と、次々に読める。

雨に濡れてまだ乾ききっていない歩道に、鳩が一羽、おりていた。

町を出はずれると、道路のわきの草の生えた小さな丘のなかほどに、墓がひとつあった。小さな星条旗が、その墓に斜めに立ててあった。丘のうえの木立ちのむこうに、まん丸い月が見えていた。

道路の片側は、がれきの山の荒野だった。建ちならんでいた古い建物がとりこわされたあとなのだろう。もういっぽうの側には、新しいビルディングがいくつか工事中だった。なにかの工場みたいな建物の入口には、「安全には終業時なし」と書いてあるのが読めた。

このような様相を、その町の一端は呈していた。ここから、その町のほぼ中心にむかって、入っていった。ダッシュボードのうえのリンゴは、もうなくなっていた。三日まえに、グレイハウンドの長距離バスのディーポでテレビを見ながら食べた。

わき道から大通りの右のレーンに入った。左右のレーンがここでは上下に分かれていて、高さがちがう。右のレーンは低く、左だけは高いのだ。走っていくと、やがて、右のレーンが登り坂となり、左のレーンとおなじ高さになっていく。

登っていくと、左のレーンをならんで走ってくる数台の自動車を、その左のレーンの路面すれすれに下から見る瞬間があった。数台の自動車が、こちらへむかって走ってくる。その自動車の群れに、下からもぐりこむようにして衝突するのではないのかと、一瞬、思う。そして、その次の瞬間には、もう登り坂をあがりきっていた。

交差点の信号待ちで、十字に交差している道路の右から、バスが一台、曲がりこんできた。愛想のない、くすんだ銀色のボディは、なにかの意趣がえしのために故意にそうしたかのように、リベットだらけだった。小さなジュラルミンの板が、まるでパッチワークのように、次から次へとならべてリベット留めしてある。

ぜんたいに鈍感な雰囲気をただよわせながら、そのバスは右に曲がっていった。そして、次の信号で、そのバスに追いついた。信号が緑になって走りはじめるとき、バスは、後部のバンパーの下に見えかくれしている二本の排気管から、まっ黒な煙りを道路にむかっていっせいに吐き出した。黒煙はアスファルトの道路にかたまりとなって吹きあたり、舞いあがってきて、すぐうしろについている自分の自動車のフードのうえをすべってウインド・シールドにおおいかぶさり、ルーフのうえに逃げていった。

バスの後部には、ボディの横幅ほぼいっぱいに、広告看板がとりつけてある。ラークというタバコの広告だ。封を切ったあづき色のラークのパッケージからフィルターつきのタバコが二、三本出ている状態の写真がその広告看板のいっぽうに印刷してあり、のこったスペースを埋めつくすようにして、「ラークについているフィルターを、なぜ私にもつけてもらえないのでしょうか」と、文字が書いてあった。

「私」とは、この場合、テール・パイプから黒煙を噴出させているバスのことだ。ラークについているフィルターをバスの排気管にもつければよろしいのに、というラークの広告だ。バスがいつも黒煙を吐き出すことを利用した、フィルター・タバコの広告だ。

バスは、途中で左へ曲がっていった。薄日のさすメイン・ストリートをまっすぐにどこまでも走っていくと、町はずれに出るのだった。反対側の町はずれは、工場や倉庫地区であったらしい。区画整理されて新しいビルディングの群れに建てかえられているところだった。町のこちら側のはずれは、スラム街なのだ。道路の両側の建物が、目に見えて貧しくなっていった。

交差点の赤信号で車をとめ、右側の建物のほうを見ると、角の建物の一部分が、靴みがき店になっているのがわかった。「靴、みがきます」と、看板が出ている。ガラスのはまったドアを開けてなかに入ると、お客が腰をおろす椅子がいくつか、奥へむかって細長い店のいっぽうの壁沿いにならんでいる。反対側の壁は、靴をみがく人が腰をおろす木製のベンチだ。店主らしい男が、ドアのちかくのベンチにすわって新聞を読んでいた。男は、ふと、こちらを見た。ドアのガラスごしに、視線が合った。男は、無表情に、目を新聞にかえした。

スラムのなかで道路がどこかへなくなってしまった。古びた平屋建ての、窓の小さい建物がならんでいるなかを、右へいってみたり左へ曲がってみたりしなければならなかった。せまい道路を何度か曲がって、さらにもういちど曲がると、道路のむかい側の白い倉庫のような建物の壁いっぱいに広告板がとりつけてあった。水着を身につけた若い美人の絵が、写真のようなタッチで描いてあった。ステアリングをまわしているさいちゅうに、その水着美人のにこやかなまぶしい笑顔が、視界の中央にとびこんでくるのだった。

その美人は、プールのダイビング・ボードのうえに腹ばいになっていた。左手で軽く頬づえをついた笑顔をこちらにむけ、もういっぽうの手にはペプシコーラのビンを持ち、こちらへそれをさし出していた。背中から腰へ、赤いワンピースの水着をまとった彼女の体の線がまるで嘘のような定石的なカーヴを描き、ただ単に目ざわりではないというだけの独特な特徴を持ったお尻が盛りあがっていた。

片脚をひざから折ってうえにあげ、もういっぽうはまっすぐにのばしていた。彼女の体からうえは、空のつもりなのだろう、まっ青に塗ってあった。角を曲がったとたんに彼女の笑顔が見え、その建物の横を走りぬけるあいだ、背中、尻、太腿、足のさきと、順番に視界の端に見えつづける。

見えなくなってから、ふと気がついたように思い出されるのは、彼女の赤味をおびた髪が風に吹かれて頬にかかっていたという事実だ。

すぐにまた広告の看板が見えた。「黒は基本的な色ですから、なににでも似合います」と、文字がなにごとかを訴えている。絵がそえられていたらしいのだが、すっかり色あせてしまって見えない。

町はずれのなかでの、いちばんの目抜きの通りに、いつのまにか出ていた。「ワン・ダラー・カフェテリア」の看板が目についた。一回の食事が一ドルであげられるのだ。そのとなりは、安食堂だった。「朝食、昼食、夕食」と、いっぽうの窓ガラスにペイントで書きつけてあり、ドアの取手には、「はい、私どもは営業いたしております」という文句を印刷した大きなカードが、ひもで吊ってあった。フィッシャーのビールの広告が出ていた。

「ワン・ダラー・カフェテリア」で、リンゴをひとつ買った。大きな籠にリンゴが山積みになっていた。「一日にリンゴを一個あて召しあがれば、医者と近づきにならずにすみます」と、昔から言われている言葉を書きつけた小さなプラカードがリンゴの山にさしてあった。その文句の下には「医者代のなんと高いこと!」と、小さくそえてあった。第一線をしりぞいた、あまりおかねのない老人たちが好んで食事をしにくるカフェテリアのようだった。

ダッシュボードのうえにリンゴを置いて、町のさらに外へむかって走った。ぽつり、ぽつりと、なにかの作業場のような建物が、道路の両側にいつまでも見えていた。

松林をきりひらいて、小さな規模のトラック・ストップがあった。おなじかたちの、おなじ塗りわけをほどこしたトレーラー・トラックが対向車線からそのトラック・ストップに二台ならんで入ってきた。そして、給油ポンプの列をあいだにはさんで、同時にとまった。運転台のドライヴァーが、窓ごしにおたがいの顔を見て笑っていた。薄陽の照る日の、昼にちかい時間だった。


「火星への飛行」と、濃いブルーのペイントで入口のうえに大きく書きつけた小屋が、白い砂のなかに大きくかしいで倒れかかっていた。上部が半円形になったその入口のなかは、暗かった。なにも見えない。はずれたドアが、小屋の前にあおむけに横たわっていた。「35セント」と、そのドアには、丸い真紅の地に白いペイントで書いてあった。真紅の丸は黄金色のペイントで縁どりがしてあったらしい。35セント出してなかに入れば、火星への飛行の気分があじわえるという見世物小屋だったのだ。

その小屋のとなりは、食べ物を売る小屋だった。カウンターがあり、壁には「玉ネギ入りのハンバーガー」「アメリカン・ヒーロー・サンドイッチ」「フロスティー」「ロースト・ビーフ・エンパイア」など、さまざまな食べ物や飲み物の名が壁に書いてある。この小屋も無人だった。屋根には穴があき、フロアには砂がつもっていた。

丈の高い草の生えた空き地があって、そのむこうは、ローラー・コースターだ。鉄製の骨組のうえに敷かれたレールが、まっ赤にさびている。三台つながったままのローラー・コースターが、レールが急激に落ちこんで低くなっているところに、とまったままでいる。

そのさらに奥は、ワンダー・ホイールだ。かこいのついた椅子をいくつもぶらさげたまま、巨大な輪が、明かるい青空のなかに静止している。椅子に塗られていた、かつては鮮明だった原色が、いまではようやく判別できる程度にまで薄れている。

海岸ぞいの、小さいながらもよくまとまった、明かるい遊園地だったのだ。町ぜんたいが、保養地のようでもあり、季節をとわずに人の集まる、行楽地だった。だが、いまでは、すっかりさびれてしまっている。この海ぞいの道路は、町をバイパスして町の裏にまわっている。そのさらに内陸に州ハイウエイができ、山脈をひとつはさんで、インタステート・ハイウエイがつくられた。「おかげで、いまではほんとうに忘れられてしまった町だよ」と、この町へむかう道路の分れ道にあるガス・ステーションのアテンダントは言っていた。

ハイウエイから離れたわき道をとおってこの町の裏まできた。そこから直角に曲がって海へむかう。緑に輝く森や林のなかに、白やピンクに塗ったコテージが、ときたま見える。コテージの前庭には、椰子の樹が立っていたりする。

小さな、とても洒落たつくりのホテルが「部屋」と看板を出した下宿屋にかわっていたり、ショッピング・センターの駐車場がポンコツ車のすて場になっていたりする。人の住んでいる民家も見える。海岸の砂は、まっ白だ。陸のほうには遊園地や店が長く列をつくってならび、海のほうは、海岸にむかってせり出した板張りのボードウォークだ。手すりがついているのだが、ところどころ朽ち果ててなくなっていたり、ボードウォークに穴があいていたりする。「危険」と立て札がしてあり、ボードウォークのうえを歩いてはいけないらしい。ボードウォークから木の階段で下の海岸へ降りていくことができる。

海岸を歩いていくと、青いビーチ・パラソルがひとつ立っていた。その日影からはずれたところにビーチ・タオルを敷き、ビキニの女性がひとり、うつぶせに寝ていた。白い肌が鮮やかなピンク色になっている。ハワイアン・プリントのビキニは、まだそれほど肉がついたとは言えない彼女の体に、よく似合っていた。

右手をのばせばすぐ届くところに分厚いペーパーバックが一冊、開いたまま砂のうえに伏せてあった。タオルのうえには、小さなトランジスタ・ラジオと陽焼けオイル、それにバスケットが置いてあった。

この町を去るまえに、彼女とはさらに二度、会った。顔をあわせるのは二度目のときがはじめてだったのだが、パラソルその他を腕にかかえてビキニ姿で歩いていて、すぐに彼女だとわかった。みじかめの金髪をカールさせてうえにあげ、ポンパドールふうにしていた。なにか影のある表情がときたまうかぶのだが、ぜんたいとしてはさびしい顔ではなかった。

「なにかの拍子にこの町へまぎれこんだのね」

と、彼女は、海にすぐ近いショッピング・センターをとりかこんでいるボードウォークで、そう言った。

「昔、来たことがあるのよ。さびれようったらないわ、びっくりしちゃった。さびれてるのが好きな人には、とてもいいかもしれないけれど。週末には、ホモセクシュアルたちがいっぱい。もう帰ろう、もう帰ろうと思いながら、三年になるわ。住みついてしまうかもしれない」

町を出ていく途中、もう一度、彼女の姿を見た。自動車ですれちがったのだ。ぽん、とみじかくホーンを鳴らし、ウインド・シールドごしに手をふり、笑ってよこした。

それから二日後に、ダッシュボードのうえにリンゴの種をひとつ見つけた。すっかりひからびていた。この数日間、リンゴを食べていない。

そのリンゴの種を左手の指さきでもてあそびながら、この種をどこですてようかと思いつつ自動車を走らせて一時間ほどたつと、平坦な荒野のなかの小さな町のはずれにさしかかった。

道路からすこしひっこんだところに、野球場がひとつ、つくってあった。地元の少年たちのものだ。ホームベースの裏にネットが立っているだけで、観客席もなにもない。野球場の奥のほうには、簡単なつくりの建物がいくつか見えた。

野球場では、野球の試合がおこなわれていた。道路と球場とのあいだに、数多くの自動車が扇形に駐車していた。かたむきはじめた陽をうけて、どの自動車の屋根も光っていた。

リンゴの種は、町を走りぬけて出はずれたところにあったドライブ・インでプラスチック製の灰皿のなかにすてた。町をぬけると、再び平坦な荒野だった。褐色の地面には岩がころがり、丈の低い草がところどころ生え、電柱が立っていた。

夕暮れになってから、道路ぞいの電柱から電線が分かれて荒野のなかにのびているのが目についた。かしいだ電柱に支えられてその電線がのびていく方向に、かつては道路だったらしい跡が、荒野に印されていた。

ハイウェイを離れてそちらに曲がりこみ、道路の跡づたいにいくと、夕闇のなかから、一軒の教会の建物が姿をあらわした。なぜこんなところに教会があるのか、高床式になった木造の教会は、ほんとうにそれ一軒だけ、ぽつんと建っていた。どの窓もみな暗い。人はいない。電柱から電線が教会の軒下にのびていた。

教会のはるかむこう、一直線にひかれた地平線と平行に、オレンジ色や紫色に輝く空が、せまい幅で帯状に横たわっていた。雲のないところがオレンジ色で、あとは太陽の光りをさえぎる雲の厚さによって、紫色になったり濃いブルーになったりしているのだった。

西部開拓時代の小さな町なみが、地面へむかって朽ち落ちながらそのまま残っているゴースト・タウンをとおりぬけたのは、三日後だった。

なにかの商店だったらしい建物の、ガラスのはまった窓の下の羽目板に背をもたせかけ、板張りの歩道に腰をおろし、男がひとり、両ひざに乗せたタイプライターを打っていた。すこし離れたところに、ハーレー・デイヴィッドスンの古いデュオグライドがとめてあった。長距離のソロ・ツーリングに必要なものが、うしろの荷台につみあげてあった。ダッシュボードにふたつ転がっていたリンゴのうちのひとつを、その男にあげた。

そこから一日がかりで大きな都市のちかくまで出た。あくる日、その大都市のバイパスを走っていて、道路はふたつに分かれた。より魅力的な名称を持つ道路のほうを選んで走っていくと、おなじようなかたちの家がずらりとならんでいる、新しく開発された住宅地のなかに入りこんだ。前庭に生えている樹のかたちも、おなじだった。人はすでに住んでいるのだが、自動車ともいきかわず、人の姿も見かけなかった。

そこを走りぬけてさらにいくと、巨大なショッピング・センターに出た。ショッピング・センターを道路が円形にとりまいていた。ひとまわりして、さらに先へ進んでいける道路をさがした。

何度目かの、平坦な荒野に出た。あたりにはなにもないその荒野のまんなかで、郵便受けをひとつ見た。道路のわきに杭が立っていて、緑色に塗ったブリキ製の郵便受けの箱がとりつけてあった。

そのあとで、長い貨物列車を見た。地平線にそって、その貨物列車はシルエットになって遠く静止しているように見えた。走っていく自動車と平行に、西のかなたに、そのときその列車は動いていた。

道路は西のほうへゆるやかに曲がりこんでいた。かなりの時間が経過してから、荒野のまっただなかの小さな踏切りにさしかかった。貨物列車が走っていくところだった。自動車を三段、四段と積んだ長い無蓋の貨車が何台もつながっていた。ボックス・カーもあった。シルエットになって遠くに見えたのは、この貨物列車だったのだろうか。

列車がとおりすぎてから、踏切りを渡った。列車が走ってきたほうを見渡すと、光るレールがまっすぐに地平線にむかってのびていた。反対側にも、レールがまっすぐにのびていた。長い貨物列車は、最後尾車輛のうしろだけが、ぽつんと小さく、そのまっすぐなレールのむこうに見えるのだった。

ロディオ・バム

東西にまっすぐにのびているメイン・ストリートのなかほどに、その酒場はあった。四階建ての大きな四角いビルディングのグラウンド・フロアのほぼぜんたいを占めていた。おもてのメイン・ストリートに面した壁面に、ネオンの広告が突き出ていた。白い馬にまたがったカウボーイが、天にむかって高く投げなわをほうりあげている。その投げなわが「カウボーイの宮殿」という文字をつくっていた。白い馬は後脚で立ちあがり、前脚を宙にあげていた。「カウボーイの宮殿」という文字のうえには、普通のブロック・レターで「天国のすぐこちらがわ」と、ネオン管が文字をつくっていた。夜になってこの広告に灯がともると、白い馬やカウボーイ、それに文字が、輝く白やおだやかなピンクで、どことなくもの悲しく、しかしきれいに、うかびあがるのだった。

メイン・ストリートは、黒いアスファルト舗装の二車線の道路だ。両側に、アングル・パーキング用のスペースがとってある。酒場のまえから、道路をへだてたむかい側のJ・C・ペニー百貨店の前まで、ほぼまっすぐに、アスファルト舗装に大きな亀裂が入っていた。一昨年あたりからこの亀裂は目立ちはじめ、今年は去年よりもさらに大きくなっていた。走る自動車のタイアが、この亀裂を踏みつけるたびに、重い音をたてていた。

昨日まで三日間、この町では例年のロディオ大会がおこなわれていた。毎年、この町の開拓記念日におこなわれる「フロンティア・ラウンドアップ・ロディオ」だ。今日は、その三日間にわたるロディオが終ったあくる日だ。

お昼まえのメイン・ストリートに、人の影はほとんどなかった。ロディオのための飾りつけもすっかり取り払われ、いつもとかわらない退屈な小さな町にもどっていた。人口は五、〇〇〇人ほどの田舎町だが、「フロンティア・ラウンドアップ・ロディオ」がおこなわれている三日間は、町の人口が一〇万人ちかくにふくれあがる。周辺の多くの町から、ロディオを見物しに人々があつまってくるからだ。ロディオに参加するロディオ・カウボーイたちの数は、毎年、四五〇人から五〇〇人をこえている。

そのカウボーイたちも、よその町のほかのロディオめざして、それぞれに町を去っていってしまった。町のなかにまだとどまっているロディオ・カウボーイは、もうほんの二、三人しかいなかった。

そのうちのひとりが、「カウボーイの宮殿」酒場のある側の歩道を、町の上手のほうからひとりで歩いてきた。びっこをひいていた。五フィート一〇インチくらいの背たけの、無駄な肉のまったくない、よくひきしまってやせた男だった。三〇歳をいくつか過ぎているのだろうか。ロディオ・カウボーイは、実際の年齢よりいくつか必ずふけて見えるものだ。

黒いカウボーイ・ハットに白い木綿のウエスタン・シャツ。濃いグリーンの、リーヴァイ・ストラウスのシティ・ジーンズに、黒いカウボーイ・ブーツをはいていた。ジーンズにしめているベルトのバックルは、三年まえにサドル・ブロンクのチャンピオンになったときに手に入れた、銀製の楕円形のものだった。

歩いてきたそのブロンク・ライダーは、「カウボーイの宮殿」酒場に入っていった。ガラスのはまったドアを押してなかに入ると、ロビーのような横に長いスペースがある。左側には電話のブースがいくつかならんでいる。煙草やチューインガムの自動販売機が右側にならび、カラシ色のビニール・レザー張りのベンチが、壁に沿って置いてある。

このチューインガムの自動販売機には、注意しなくてはいけない。いつだったか、ロディオのためにあつまってきていたカウボーイたちのうちのいたずら好きの連中が、この自動販売機のなかのチューインガムを薬局で買ってきた下剤ガムにとりかえてしまったことがあった。小さな糖衣の四角い下剤ガムは、見た目にもそして口に入れて嚙んだときの味も、チューインガムにそっくりなのだ。そのときは、ロディオのあいだじゅう、急に下痢をもよおす人が多くて、たいへんなさわぎだった。以来、このヴェンディング・マシーンからチューインガムを買おうとする人はあまりいない。

カラシ色のビニール・レザー張りのベンチには、誰かが読みすてた『ロディオ・スポーツ・ニュース』が、置いてあった。

なかに入ってきた五フィート一〇インチのロディオ・カウボーイは、びっこをひきながら、まっすぐ奥のドアにむかった。ドアぜんたいに厚い皮を張り、ステインレスの鋲がたくさん打ってある重い木製のドアを押してなかに入ると、酒場だった。

酒場のなかは、薄暗くて、がらんとしていた。初夏の、よく晴れた明かるい陽ざしのなかからここに入ってくると、空気はひんやりとして、すえている。エア・コンディショナーが、かすかにきいているのだろう。すこし冷えた空気のなかに、汗と皮と煙草と酒の香りが、漂っていた。

ピアノが鳴っていた。『ボーン・トゥ・ルーズ（生まれついての負け犬）』という歌だった。もともとゆっくりした歌なのだが、弾き手はさらにテンポを落として、重く弾いていた。

酒場に入るとすぐに、左側の壁にそって、低いカウンターがまっすぐに奥までつながっていた。板張りの壁のうえのほうには、野生の鹿の首が、剝製にしていくつもかけてあった。はぎ取った皮が広げてピンどめしてあったし、鳥の首の剝製もあった。ロディオの歴代チャンピオンのポートレートやスナップ写真が、額におさめられて横に一列にずらりとかけてあった。セピア色に変色してしまっている古いのもあれば、新しそうに光沢を放っているカラー写真もあった。牛に押す烙印のマークが、壁のいたるところに描いてあった。

分厚い木製のカウンターにそって、椅子がびっしりとならべて置いてある。オイルを敷いたフロアは、きれいに掃除されてあった。だから、ひとつだけ落ちている煙草の喫いがらが、とても目立った。天井からは、裸電球を組みこんだランプをいくつもあしらったシャンデリアが、等間隔にぶらさがっていた。

カウンターの右側は、大人が数人ならんで歩けるほどのスペースを置いて、やはり板張りの壁だった。落書きが、びっしりとその壁面を埋めていた。この壁ぞいにも、椅子が一列に置いてあった。

びっこをひきながらブロンク・ライダーは奥へ歩いていった。突き当たりには、グランド・ピアノが置いてあり、そのうしろは一段たかくなり、ドラムスのセットが組みっぱなしで置いてあった。アンプ類が、ごたごたとあり、マイクが何本か立っていた。電気コードが何本もフロアにとぐろをまいていた。

ピアノを弾いているのは、金髪を肩にとどくほど長くのばした、若い男だった。ロディオのあいだじゅう、ここで演奏していたカントリー・アンド・ウエスタン・バンドのピアノ弾きは、この男だ。長い金髪をカウボーイたちに切られもしないで、よくもこの三日間、無事だったものだ。

酒場は、そのピアノのところから右へ直角に曲がっていた。ピアノのまえをとおりすぎるとき、びっこをひいているブロンク・ライダーは、壁を背にしているピアノ弾きに、

「ヘイ、ルーザー（やい、負け犬）」

と、言った。

ちらと目をあげたピアノ弾きは、すぐにまた視線を鍵盤に落とした。

右へ曲がったすぐのところに、金銭登録器があった。よくみがかれたグラスが、底をうえにしていくつも盆に伏せられ、何重にもかさねて置いてあった。右へ曲がってもまだ、左側はカウンターだった。突き当たりの壁にはドアがあり、そのなかは事務所になっていた。

「フロンティア・ラウンドアップ・ロディオ」の三日間、この酒場は数百人のカウボーイたちで昼夜を問わずいっぱいになっていた。その大さわぎも、いまでは嘘のようだ。誰もいないカウンターのま

えの椅子をひとつひき、ブロンク・ライダーはゆっくり腰と左脚とをかばいながら、椅子にすわった。黒いカウボーイ・ハットを目深かにかぶりなおした。濃い栗色の髪をみじかく刈った後頭部が、あらわになった。

事務所のドアが開き、ひとりの男が出てきた。この酒場の、店長兼バーテンダーの親方だった。縮れた髪をポマードでうしろになでつけ、派手な色と模様の長袖のシャツに黒いズボンをはいていた。突き出た腹が、シャツの胴まわりをもうこれ以上にはゆとりがとれないほどに、ふくらませていた。

「まだ町にいたのかね」

カウンターのなかに入ってきながら、男はそう言った。

「この静けさがなんともいえなくて」

と、静かに、ブロンク・ライダーがこたえた。バーテンダーは、ビールをグラスに注ぎ、カウボーイの前へ置いた。

「それだけにするかい、それとも、それをチェイサーにするかい」

「すべてを忘れるために、指二本分は飲もう」

カウボーイが、こたえた。

「誰もまだおまえさんにロープをかけたり取手をとりつけたりしてないようだけど、飲みつづけるとやがて自分のなかから取手が生えてくるぜ」

「この国で旅ばかりしてると、いろんな説教師にでっくわすよ」

そう言ったロディオ・カウボーイのまえに、バーテンダーは、ウイスキーのための小さなグラスを置いた。左手の人さし指と中指とをそろえて、カウボーイはその小さなグラスのわきに押しつけた。

バーテンダーが、そのグラスにウイスキーを注いだ。

「おまえさん、指が太くなったようだね」

ウイスキーを注ぎながら、バーテンダーが言った。カウボーイは、静かに笑った。


南西部の荒野のなかで、まだ本物の牧童たちが、なかば野性の牛を追っていたころ、ロディオは、はじまった。ロディオとは、「かりあつめる」という意味のスペイン語だ。起原をさらに深くたどるなら、古代ギリシアにまでさかのぼることができる。

南北戦争のあいだずっと、南西部の牛はなかば野性化したまま、ほうっておかれた。肉牛として東部の都市へ輸送しようにも、それだけの作業をおこなう人間がいなかったし、輸送の方法も考えだされてはいなかった。

荒野のなかで野性化しつつ数を増やした長角牛を、東部と結んでいる鉄道のある北部まであつめてはこび、列車に乗せて東部へ送ることを自分の仕事にしはじめた男たちが、アメリカン・カウボーイの原型だ。

長期間つづく重労働である牛追いの日々のなかで、牧童たちはささやかな娯楽をいくつかつくっていた。疾走する牛を投げなわでとらえるのがいちばんうまいのは、自分たちのなかの誰なのか。あばれ馬をもっとも巧みに乗りこなせるのは、誰なのか。荒野のまっただなかでの退屈をまぎらせるために、牧童たちは、こんなことをおたがいに競いあった。自分たちの仲間ではない、ほかの牛追いグループと荒野のなかでいきあったときなど、特にこれがさかんにおこなわれた。

牛を列車に乗せるところまで追ってきた牧童たちは、その町で、賭博と酒と女をめぐって、大さわぎを展開させた。あばれ馬の乗りこなしや、暴走する牛の投げなわによる捕獲なども、町でさわいでいる牧童たちにとっては、楽しい賭博の一種だった。この賭博が、牧童たち以外の人たちによってコンテストとして開催されるようになったとき、いまでいう意味でのロディオが生まれた。そのコンテストは町の人たちの娯楽となった。なぐさみごとのすくない時代にこの牧童たちの荒馬乗りのコンテストは、たいへんな人気をあつめた。牛を列車に積みこむこととはなんの関係もない町までがこのコンテストをおこなうようになり、牧童はいろんな町に呼びあつめられるようになった。ほんとうの牧童ではない、ロディオのためのカウボーイが、こうして生まれていった。コンテストに勝てば賞金がもらえる。その賞金は、お客たちの入場料でまかなわれた。

北アメリカとカナダの各地で、一年間におよそ六〇〇回ほどのプロフェッショナルなロディオが開催されている。だから、その気になりさえすれば、来る日も来る日も、毎日、どこかのロディオに参加しては、旅の多い人生を送ることだって不可能ではない。ロディオ・カウボーイとして「オール・アラウンド・チャンピオンシップ」のタイトルを五年間連続して手中におさめたことのあるラリー・マハンは、ある年には、一七五頭の暴れ牛の背にまたがり、二五〇頭の鞍のない裸の暴れ馬に乗り、鞍を置いたブロンクには二五〇頭も乗ったことがあるという。このようなハード・ワークも肉体的には可能なのだが、精神的にはすっかり摩滅してしまい、低迷した状態の底に落ちこんでいく。この年にラリー・マハンが自動車や飛行機で旅をしたトータル・マイレージは、一五〇、〇〇〇マイルにもおよんだ。

三、〇〇〇名ほどのプロフェッショナルなロディオ・カウボーイをつかさどっているのは、コロラド州のデンヴァーに本拠を置いているロディオ・カウボーイズ・アソシエーションだ。ロディオのイメージをスポーツとしてたかめていくために、カウボーイたちの品行に関してアソシエーションはことのほかきびしい。いま「カウボーイの宮殿」で指二本分のウイスキーをビールと共に飲んでいるブロンク・ライダーが、カウボーイふうにきちんと服装をととのえているのも、アソシエーションの規則がそう命令しているからだ。

このブロンク・ライダーは、モンタナ生まれだ。ハイスクールのときには、鞍を置かずに暴れる裸馬の背に乗るチャンピオンとなった。カレッジでは、鞍を置いた暴れ馬、サドル・ブロンクの全米チャンピオンシップで次点になった。カレッジを出てプロになって以来、ほかのスポーツのように社会的にもまだステータスが認められていないロディオで、旅の多い日々をそのまま自分の人生にして生きている。

一年間に六〇〇個所で開催されるロディオは、ひとつひとつ性格を異にしている。ロディオだけしかおこなわれないロディオもあれば、農産物品評会やカントリー・フェアなどと抱きあわせでおこなわれるものもある。ワイオミング州の「シャイアン・フロンティア・デイズ」のロディオや、カナダのアルバータでおこなわれる「キャルゲイリー・スタンピード」は、屋外のロディオだ。ニューヨークのマディスン・スクエア・ガーデンのロディオや、オクラホマ・シティでおこなわれる「ナショナル・ファイナルズ・ロディオ」などは、屋内のロディオだ。

ロディオでカウボーイたちがおこなう競技には、何種類かある。国旗や州旗を先頭に立てておこなうパレードにつづいて、ロディオ競技場へのグランド・エントリーがある。鞍つきの暴れ馬に乗る「サドル・ブロンク・ライディング」。鞍のない「ベアバック・ブロンク・ライディング」。暴れ牛に乗る「ブル・ライディング」。雄牛と格闘して地面におさえつける「スティア・レスリング」。逃げまわる仔牛を投げなわでからめとる「カーフ・ローピング」。雄牛に投げなわをかける「スティア・ローピング」。それをチームを組んでおこなう「チーム・ローピング」。馬車レースの「チャック・ワゴン・レーシング」。そして、さらに女性の参加者たちのための、「バレル・レーシング」。

このなかでいちばんロディオらしくてクラシックなのは、「サドル・ブロンク・ライディング」だ。ロディオに参加したければ、カウボーイは自前でそのロディオの開催地へ出むかなくてはならない。参加料を支払ってコンテスタントのひとりとして登録されると、自分の希望する種目ですくなくとも一回は体を張るチャンスをあたえてもらえる。

どんなふうに体を張るかというと、たとえば「サドル・ブロンク」なら、自分にあてがわれた暴れ馬に囲いのなかでまたがり、囲いがはずされると同時に、競技場へ飛びはねながら、出ていく。暴れまわるその馬の背に、八秒から一〇秒、乗っていなくてはならない。ホーンがなくてリッジも低い「サドル・ブロンク・ライディング」用のサドルを使い、手綱は、直径一・五インチの太さに編んだ麻のロープだ。馬の頭につけられたホルターにその麻のロープは固定されている。馬が口のなかで嚙む金具は、用いられない。

痛みのない、鈍い拍車を両方のブーツにとりつけ、これで馬の腹をこすりあげて、馬をいらだたせる。拍車をつかわないと失格になる。拍車をさかんにつかえば、得点は多くなるのだ。

ライダーに対して二五点、馬に対して二五点があたえられて合計五〇点がとれたら、それは最高得点だ。囲いから飛び出していったその瞬間にまず拍車でひとこすりくれないと失格になる。こする場所も決められている。手綱を持つのは片手だし、持ちかえてはいけないし、はなしてもいけない。自由にしているほうの手で馬や鞍、あるいはサドルに触れてもいけない。さかんにはねまわる馬でないと、馬のほうの得点があがらない。かといって、暴れすぎる馬でも難儀する。自分にどのような馬がふりあてられるかは、運にまかせるよりほかにない。オフィシャルたちが、くじ引きで決めるからだ。運にまかせなければならないと同時に、どんな馬がまわってくるかが自分の得点にとって致命的なのだから、暴れ馬に乗るためのとぎすまされた技量と、いい馬をつかむという運やめぐりあわせが、ひとりひとりのロディオ・カウボーイにとって、不思議な対照を組む。各回での得点はそれぞれ総計され、乗った回数で割って平均が出される。その平均点で最高の点を取ったカウボーイが、第一位の勝利を手にする。そして、自分がこれと定めた一種目で年間をとおしてもっとも多く賞金をかせいだカウボーイが、その年におけるその種目におけるチャンピオンになる。


「今回は運がむかなかったのかい」

と、バーテンダーが、きいた。

「いい馬を、もっと一生懸命に待てばよかった」

「おまえさんの人生は、待つ人生だね」

「俺の人生は、俺自身であることさ」

「馬のほうでも、そう思ってくれるといいのに」

「ロディオ用の暴れ馬ほど甘やかされた人生もないもんだ」

「そうだってねえ」

「一日に八秒から一〇秒、ひとりの馬鹿を背に乗せて、軽く暴れたら、それでいいのだから。いい暴れ馬は、五、〇〇〇ドルもするよ。大事につかえば、二〇年はもつ」

「たしかに、いい人生だ」

「暴れ馬の暴れ方は、持って生まれた本能なのだから、人工的につくりだすことができない」

「暴れる馬や牛をロディオに供給する会社は、いい商売だというじゃないですか」

「この世で、もっともいい商売は、なんだと思うかい」

と、ロディオ・カウボーイは、バーテンダーの目を見つめた。

バーテンダーは、

「さあて。いろいろあるだろうけれど……」

と、カウンターに両手をついた。

「自由であることさ」

「ふうん。自由ねえ」

バーテンダーは、うっすらと笑った。

「その自由というやつは、どうやったら手に入るのかね」

「手に入らないのだよ。つまり、自分が自分自身になりきっていないときに、片手で自由をぶらさげて歩いてみようと思ったって、そいつは無理なのさ」

バーテンダーは、黙った。

カウボーイは、からになったウイスキー・グラスを、手のなかでもてあそんでいた。ピアノが、ずっと鳴りつづけていた。

「またほかのロディオにむかうのかい」

バーテンダーは、話をかえた。

「うん」

「こんどは、どちらです」

「北ダコタ州」

「峠の我が家ですか」

「そうだ」

ホーム・オン・ザ・レインジ・フォ・ボーイズという少年院が北ダコタ州にあり、そこでおこなわれるチャリティ・ロディオに、そのロディオ・カウボーイは招待されていた。

「ポイントかせぎには、じゃまになるでしょう」

「招待されたから、いくのだ。それだけのことだよ」

「毎日が旅ですね」

「まったくだ」

「自由であることにいちばん近いのは、動きまわることだといいますねえ」

言葉の調子はかわっていたけれど、バーテンダーは再び哲学を語った。

「なにも毎日、旅をかさねなくたって、自由にちかいものはいろいろとあるのさ。人から、ジプシーと呼ばれることだって、そうだしな」

カウボーイにそう言われて、バーテンダーは、カウンターについていた両手をはなして、上体をまっすぐにのばした。

「ジプシー。それで思い出した。あなたに、電話番号をひとつ、お教えしなくては」

と、バーテンダーは言い、カウンターの外に出て、突きあたりの壁にある事務室のドアまで歩き、ドアを開けてなかに入っていった。

すぐにひきかえしてきたバーテンダーは、分厚いメモ・パッドを持っていた。白い小さな四方形のメモ用紙が、三〇〇枚ほど糊でとじてある。カウンターに入ってきてそのメモ・パッドをカウボーイに見せながら、バーテンダーは言った。

「三日間にこんなに電話がかかってきたのですよ。あつまってきているカウボーイたちへの電話です。たいていは、とりついだのですけど、すこしまだ残ってましてね」

バーテンダーは、メモ・パッドのページをくっていった。ボールポイントで走り書きした数多くのメモは、相手のカウボーイにとりついだものはすべて、ちがう色のボールポイントで横に線をひっぱって、消してあった。

やがて、バーテンダーは、さがしていたページをみつけた。そのページをひきさき、

「ありました。このページに書いてあるほかのメッセージはみんなとりつぎましたから、これをあげましょう。この電話番号を、ジプシーに伝えてくれ、と言われましたので」

さし出されたメモ用紙を、カウボーイはうけとった。カウンターに出しておいた小銭をポケットにしまいながら、カウボーイは、メモ用紙に走り書きされた電話番号を見た。北ダコタ州にむかう途中で走りぬける州の、ある町の電話番号だった。その数字のならびに、カウボーイは覚えがなかった。おりたたんでシャツの胸のポケットにしまい、小銭をすこしのこしてカウボーイは立ちあがった。

「あのヒッピーにビールを買ってやってくれ」と、カウボーイは言った。「ひょっとしたらビールが奴の髪の成長をとめるかもしれない」

カウボーイの、それほど面白いとも思えないその言葉に、バーテンダーは、大きな笑顔をつくり、声をあげて笑った。どうも虫の居どころのよくなさそうな、ロディオの終ったあとのブロンク・ライダーのカウボーイが退参するので、バーテンダーは、ほっとしたのだろう。

びっこをひきながら、カウボーイは、酒場の正面のドアまでひきかえしていった。

「カウボーイの宮殿」酒場を出たそのブロンク・ライダーは、医者へいった。ロディオの三日目に七秒ほどで落馬したとき、腰をいためた。たいしたことはない。日がたてば、いつのまにか治ってしまう。もう自動車を運転して長距離を走ってもいいという証明を、医者からとりつけておく必要があった。

証明書をもらい、医者のオフィスのあるビルの駐車場から白いサンダーバードの2ドア・ハードトップで、カウボーイはメイン・ストリートのひとつ裏の通りへ出てきた。メイン・ストリートに出るために交差点を曲がろうとして赤信号にひっかかった。人も自動車もいない通りの交差点にひとりとまって信号が変わるのを待っていたとき、ひとりの女性が、角のドラグ・ストアから走り出てきた。白いサンダーバードにかけよった彼女は、身をかがめて窓ごしに、なかにすわっているカウボーイに笑いかけ、

「この次は運がむいてくるといいわね」と、言った。

ふたりは握手した。信号が緑色になった。それほど若くもない彼女は、体をのばしてうしろにさがった。白いサンダーバードは、交差点を曲がっていった。彼女は手を振った。白いサンダーバードのフードの両側に、オレンジ色と濃紺のペイントをつかって、「ディック　ザ・ジプシー　スペンサーワールド・ロディオ・チャンピオンになること三度」と、書いてあった。

ネブラスカ州の畑のなかをぬけているハイウェイは二車線で路肩が広かった。アスファルトの舗装を降りると、砂利まじりの泥がむき出しになった路肩があり、すこしずつ傾斜して低くなりつつ、そのむこうの畑につながっていた。そして、畑は、どこまで見わたしても、畑なのだった。ハイウェイのむこう側も、おなじ状態だった。路肩が畑につながっていて、その畑は、かすかに起伏している広がりをこえて地平線にまでのびていた。

午後が夕方に変ろうとしていた。太陽が西へ大きくかたむいていた。空気がすこし冷えてきていた。空の色が、昼間のきらめくような青さを失い、深くて静かな紫色になりかけていた。西のほうにある雲が、いっせいに黄金色にすきとおりはじめていた。どの方向に目をむけても、視界いっぱいに広が

っている畑が、ただひとつだけの色を持った単一な広がりのようになっていきつつあった。畑は大きくいくつにも区切られていて、それぞれに様子や色がちがっている。陽が高いうちはそれがはっきりとうかがえるのだが、太陽が角度を大きくとって西にかしいでくると、地平線のかなたから薄暗い影が地表すれすれに広くのびてきて地面をおおいつくすみたいに、つつみこんでいく。

一九七四年の白い2ドアのサンダーバードが、南北に畑のなかをぬけているハイウエイの路肩に、北をむいてかしいでとまっていた。そこにとまってから、もう何時間にもなる。前の年のよりも大きくなった460キュービック・インチのV8エンジンが、ハイウエイのまんなかで動かなくなってしまった。ジプシーのディック・スペンサーは、サンダーバードから降りてきて、うしろにまわり、馬鹿力を出して路肩までサンダーバードを押していったのだ。五、〇〇〇ポンドもの自動車がなぜ押せば動くのか、ジプシーのディック・スペンサーにはわからなかった。おそらく、道路は路肩にむかって、目に見えている以上に大きくかしいでいるのだろう。

サンダーバードは、動きそうになかった。ディック・スペンサーが持っている自動車修理能力をこえた故障がおこっているらしかった。修理して再び走り出すことをあきらめて、スペンサーは待った。アンテナの先端に白いバンダナをくくりつけていっぱいにのばし、ドアを開けはなち、スペンサーはラジオを聞いた。カントリー・ソングがいつまでもつづいていた。外に出て歩きまわったり、ハイウエイぞいに立っている電柱を視力のとどくかぎり数えたり、砂利をひろっては遠くへ投げたりした。何時間ものあいだ、自動車は一台もとおらなかった。

サドル・ブロンク・ライディングのためのサドルをトランクから出してフードのうえに置き、さらにスペンサーは待った。待っていれば、必ず来るはずだった。

やはり、バスは、やってきた。西の地平線のむこうにほぼ落ちこんだ太陽の光りを車体の左側にうけ、アルミニウムのボディをくすんだ銀色に光らせて、コンティネンタル・トレイルウエイズの長距離バスが走ってきた。

路肩に立ったディック・スペンサーは、手を振ってそのバスをとめた。バスは、路肩に寄ってとまり、自動ドアが開いた。ロディオ・カウボーイの姿のディック・スペンサーは、白いサンダーバードのフードに乗せてあったサドルを肩にかつぎ、サンダーバードのドアにかぎをかけ、バスに乗りこんだ。いままでずっと静かだったのに、バスがきてディーゼル・エンジンのアイドリング音が、あたりに広がっている。ディック・スペンサーがサドルを肩にかついでバスに乗ると、自動ドアがしまった。

ステアリングにかがみこんでいた運転手がスペンサーのほうに顔をむけた。

「ハロー、カウボーイ。ながいこと立ち往生かね」

「待つことには、なれている」

「ガムを嚙むかい」

「ほんとうのガムなら」

「正真正銘さ」

バス・ドライヴァーは、ダッシュボードに手をのばした。粘着テープをつかって、ガムがいくつもダッシュボードにはりつけてあった。ひとつをちぎってとり、ドライヴァーはそれをディック・スペンサーに手渡した。

車内には、まばらに客がいた。ひとり旅の老人。初老の女性。小さな男のこをつれた中年の婦人。スペンサーは、なかほどの席にすわり、サドルをフロアに置いた。みんなが、不思議そうにスペンサーを見た。バスは、走り出した。

ふと腰をうかせて、スペンサーは、ふりかえった。薄いブルーに色のついているうしろの窓ごしに、路肩にかしいでとまっている自分の白いサンダーバードを見た。

夕暮れの薄い闇にガラスの淡いブルーがかさなり、外はもう暗くなっているように見えた。そのなかに、白いサンダーバードは、浮んでいるようだった。アンテナのさきの白いバンダナが、一瞬、鳥に見えた。バスは、そのサンダーバードから急速に遠ざかっていった。

（注・本文中のデータはフレッド・シュネル『ロディオ！』より）

荒馬に逢いたい

長いカウンターのむこうにいたバーテンダーは、やがて、すこし世間話をしてみようというような表情をうかべ、こちらへやってきた。白い長袖のシャツに黒いスラックス、そして、格子じまの大きなエプロンを腰にまわしていた。五〇いくつかの年齢なのだろうけれど、大きな赤ら顔はとても血色が良く、鼻が丸くて大きかった。濃い栗色の、ウエーブのかかった髪は、額の両わきからはげあがりはじめていた。ブリランティンでその髪をきれいにうしろにとかしつけていた。

やってきたそのバーテンダーは、カウンターのむかい側の壁に手製の額に入れてかけてある絵に視線をむけてから、

「さきほどから、この絵を、見てるね」

と、言った。

「素晴らしい絵ですね」

「油絵だよ」と、バーテンダーは言った。「素人が描いたものだけど」

「たいへんなものです」

カウンターのなかのバーテンダーは、うしろの壁にかけてあるその絵をまたふりかえった。そして、こう言った。

「絵そのものがすぐれているというよりも、この絵のなかにとらえてあるものが、いいのだな」

「そうですね」

「朝の早い時間だよ。このネヴァダ州ラスヴェーガスから北東にむかってUSハイウェイ95がのびているけれど、その95が、東西に走るUSハイウェイ6とぶつかるトノパーの手前まで、US95の東側がネリス空軍基地の核実験地帯になっている。そのなかに、荒馬の保護地区があるのさ。そこで見た荒馬を描いたのが、この油絵なんだ」

バーテンダーは、また、その絵をふりかえった。

「ジム・ウイリスという男が描いたのだよ」

「雰囲気が、とてもよくとらえてありますね」

「そうさ。朝の早い時間の太陽の光りとか、ほれ、馬の肌の、こういった光り具合いとか」

「さきほどからそれに感心していたのです」

「それに、この絵はな、望遠レンズをつけたカメラでのぞいた光景をもとにして描いたものなんだよ。

うしろの山と馬とが、こんなふうに近くにかさなりあっている」

と、バーテンダーは言った。なるほど、そう言われれば、そうだった。朝日を浴びて立っている野生の馬のすぐうしろに、濃い紫色にかすんだ山なみが、せまっていた。

その油絵は、新聞を半分に折ったほどの大きさの、横長の絵だった。途方もなく広い荒野のようなところだった。遠くに山なみがあり、手前は丈の低い、地面にへばりついたような草が、まばらに生えた、ゆるやかな起伏のある土地だった。小高い丘が、濃い緑色に盛りあがっていて、そのスロープをのぼりきったむこう側に見えかくれするように、数頭の馬が、頭や尻を黒いシルエットにして、夜明けの灰色っぽい淡いブルーのもやのような空気のなかに、うかびあがっていた。丘のスロープをほぼ登りつめたところに一頭の馬がいた。その馬は、丘を力強くかけ登っていく途中で、こちらを振りかえっていた。四本の脚の配りや、前脚の肩にあたる部分の筋肉のうねり、首すじの盛りあがり、宙をはたいている尾、そして、風になびいているたてがみの様子などから察して、こちら側にいるなにものかに対して全神経を集中させ、鋭く身構えて振りかえっているのだということがわかった。馬の体の片側は、昇る朝日を地面とほぼ平行にうけとめて、濡れたような褐色に輝いていた。丘の頂きのむこう側のほうにまわりこんでいる数頭の馬は、動きをとめ、緊張も解いているようだった。紫色にくすんだ遠い山なみや淡いブルーの空は、日が昇りはじめてまだ間もない時間だけが持つ静けさを、いっぱいにはらんでいた。夜のあいだに、きれいに洗い清められたような、手で触れることが出来るのではないかと思えるほどの、新鮮な静かさだった。そのなかで、丘のこちら側のスロープの頂上ちかくにいる一頭の馬だけが、その全身からしぼり出した力を、こちらにむけて放っている張りつめた緊張感という一点に集中させていた。振りかえった、その瞬間が絵のなかにとらえてあったので、その瞬間にいたるまでの馬の動きが見えたし、次につづく動きもまた、はっきりと読みとることができるのだった。馬の鼻の穴が大きく丸く開いていて、三角形の耳がくっきりと黒く屹立していた。その荒馬が持っている野性のたくましい力のありったけが、絵のなかから伝わってきていた。たしかに、バーテンダーが言うとおり、ごく通俗的な筆づかいの、素人が描いた油絵だった。そして、それがとてもすぐれた絵に見えてしまうのは、その絵のなかにとらえられている荒馬そのものが素晴らしく力強く美しいからだった。

「朝の匂いが、ただよってくるようだよ」と、バーテンダーは、言っていた。「こういう絵は、めったに描けるものではないよ。なにしろ、こんな馬を自分の目で見ようと思ったら、たいへんな苦労だから」

「この絵を描いた人も、そんな苦労をしたのですね」

「そう」と、バーテンダーは、うなずいた。

「そんなふうな苦労をするのを職業にしている男だよ。ジム・ウイリスといってね。週末には、いつもこの店へ来るから、逢えるかもしれないよ」

バーテンダーは、また、その絵をふりかえった。これで何度目だろう。

「いい絵だけど、不思議なことに、目にとまってもなんの興味も示さない人だっているのだよ。さて、グラスが、からだねえ。どうだね、ミラー・ハイライフを、もう一杯」

寝袋にしっかりとくるまったウイリスは、顔だけ出して地面に横たわっていた。夜のあいだぐっすりと眠り、夜明けにちかいいま、目を覚ましたばかりのところだった。左にむけている顔から二メートルほど離れたところに、昨夜の小さなたき火の跡があった。すっかり燃え落ち、灰が残っているだけだった。眠りに落ちるまえ、小さく燃えているそのたき火の炎をじっとながめていて、とてもいい気分だったことをウイリスは思いおこしていた。荒野の夜のなかで見ることのできるものといえば、星と月と、たき火の炎だけだった。星と月は、共にたとえようもなく美しいけれど、静かすぎてしかも遠すぎた。自分の顔のさき二メートルほどのところにあるたき火が、ちょうどよかった。燃えている薪を見ていると、とても安心できるし、体も心も、安まるのだった。なにも考えずに、その炎をながめてうれしい気分になったまま、いつのまにかウイリスは眠ったのだ。

サルビアの草の茂みのなかにひっそりと横たえてあるオリーヴ色の寝袋は、目につきにくかった。たき火の跡のさらにむこうには、小さな泉があった。すこしずつわき出ているその泉の水は、可憐な音をたてて低いほうへゆっくりと流れていきつつある。寝袋のなかでじっとしたまま、ウイリスは、その泉の水の音を聞いていた。ほかには、いっさいなんの音も聞えなかった。

ウイリスがいま寝袋にくるまって横たわっているところは、ネヴァダ州の荒野のなかだった。小さな泉のさらにむこうには、松林があった。山なみのあいだにある、平らで広い峡谷のようなところだ。遠くに、時たま思い出したように、山が盛りあがって、つらなっている。荒野のなかに立てた量感のある屛風のように、気まぐれに空間を区切っていた。紫色にかすんでいるはるか彼方の山々は、標高六、〇〇〇フィートから九、〇〇〇フィートを超える高さだ。近くの山の東側の斜面が、朝日をうけとめて褐色や緑色に明かるく輝きはじめていた。平らな部分の、むきだしの泥の平原が、黄色っぽく姿をあらわしていた。どちらをむいても、おなじような景色だった。松林をこえたむこうは、小高い丘が幾重にもつらなっていて、そのさらにむこうは、また平原だった。この丘のなかの、いちばん高い頂きにのぼれば、荒野のこの一角がすべて見わたせるはずだった。

朝日が昇るころの、どことなく湿って甘い香りのする空気のなかに、泉の水の音が、鮮明な金属音のように聞えつづけた。寝袋に片方の耳を押しつけてじっとしているウイリスは、荒馬が朝のなかを歩くひづめの音を待っているのだった。風は、丘のつらなりのほうから、松林をこえてこちらにむかって吹いていた。ウイリスは、できるだけ浅く静かに呼吸し、体を動かさないようにしていた。自分のにおいを朝の空気のなかに発散させることを避けたかった。そのにおいを、敏感な荒馬は、かならずかぎつけるからだ。ウイリスは、目を開けたままでいた。馬のひづめの音が聞えてから目を開けると、自分の目ぶたの開くごく小さな動きでさえ、荒馬に感知されてしまうような気がする。昨夜、泉のまわりには、馬のひづめの跡がいくつかあった。古い跡ではなかった。朝になったら、水を飲みに馬がやってくるだろう。今朝、くるかどうか、それはわからない。ウイリスは、期待しながら、ただ待っている。

あたりが、静かに明かるくなっていきつつある。東に頭をむけて横たわっているウイリスの、頭のすぐむこうに生えているサルビアの影が、ウイリスの顔から寝袋のなかばあたりまで、長くのびていた。その影が、すこしずつ短かくなりはじめていた。

ウイリスの風下から荒馬がきたら、その荒馬は、ウイリスの匂いをかならずかぎあてるだろう。そして、警戒のあまり、泉には近づいてこないかもしれない。風は、まだ、方向を変えずにいた。松林のほうから、吹いていた。松の細い葉がときたま風に動かされて触れあう音が、ウイリスの耳にまで鮮明に届いてきた。

地面から伝わってくる、重みはあるけれども柔い音をウイリスが聞いたのは、それから間もなくだった。馬が歩くとき、ひづめで地面を叩く音だった。いくつも重なっていた。松林のむこうの、丘のつらなりのほうから、その音は聞えてきているようだった。寝袋のなかでウイリスは体を固くした。そして、目を大きく開いて息をつめた。泉と、そのむこうの松林が、顔を左にむけて横たわっているウイリスには見えていた。

松林のなかから、枝のざわめきが聞えた。風で葉が動く音にしては、大きすぎる。ひづめの音が、どんどん近くなる。荒馬たちは、風下から、やってきた。

先頭の一頭が、首を力強く振って松の枝をはらいながら、こちらへ出てきた。そして、立ちどまった。尻からうしろは、まだ松林のなかだった。ウイリスは、その荒馬を、地面のうえの寝袋に横だおしにした顔で、ほぼ正面から見上げていた。

荒馬は、顎を喉もとにひきつけるようにして、首を立てていた。頭の両わきで目が大きく見開かれ、鼻の穴から口にかけて、濃い褐色が黒っぽくなっている。耳が三角に立っていて、ざんばら髪のようなたて髪が、額に長くかかっていた。首のうしろにも、その髪が長くのびている、その先端が朝日を受けて光った。馬の胸のあたりから下は、丈の低い松の木にじゃまされて、見えなかった。馬は、極度に緊張していた。この松林から泉のほうへ出てきて危険がないかどうか、一頭の野生の馬としてこれまで自分が体験してきたあらゆる危険な状況を思いおこしながら、その馬は、右に左にと顔をむけ、あたりをながめた。

ウイリスが入っている寝袋は、サルビアの茂みのなかに、ほぼ、埋まりこんでいた。だが、荒馬は、かなり高い位置から、見おろしている。自分の寝袋や、そこから出ている自分の顔は、その馬の目にとらえられているのではないのかと、ウイリスは心配でならなかった。呼吸を小さくおさえようとすればするほど、心臓の動きや音がたかまり、肺が勝手に急速に動いてしまう。馬の目と自分の目とが、何度か会ったような気が、ウイリスにはした。

自分の前にある丈の低い松の木をまわりこむようにして、荒馬は、泉のほうへ出てきた。危険なものはなにもない、とその馬は判断したのだろう。寝袋や自分の顔は、馬の目にとまったにちがいない、とウイリスは思った。目にとまっても反応を示さないのは、この馬にとって人間を見るのは、はじめてだからではないだろうか。ウイリスの心臓は、さらに早く鼓動した。松林と泉のほうに顔をむけていてほんとうによかった、とウイリスは思った。

顔を動かさずに、目だけで、ウイリスは、荒馬の動きを追った。若い雄馬だった。泉まで、堂々と体をはこんできて、水にむかって首を垂れた。そして、水のにおいをかぎ、口をつけて舌を出し、すすりあげるようにして、泉の澄んだ水を飲んだ。小さな泉だから、ワキあがってくる水の量がすくない。それに、水がたまっているところは浅いので、水をいっきにたくさん飲むことができない。たまっている水をすすりつくすと、荒馬は、水がたまるのを待った。

五頭の雌馬が、松林のなかから出てきた。はじめの三頭は、泉のほうに近づいてきた。そして、水を飲んでいる雄馬からすこしさがったところで、水を飲む順番を、おとなしくじっと待った。あとの二頭は、また松林のなかに入っていき、松の枝を相手に遊んでいた。この五頭の雌馬は、いま泉の水を飲んでいる一頭の雄馬が囲っているハレムなのだ。雄馬が、ほかの野生の雄馬たちと張り合って実力で手に入れた五人の妻たちなのだ。雄馬は、水を飲みつづけた。さらに五頭の雌馬が順番にこの小さな泉の水を飲まなくてはならない。かなり時間がかかるだろう。そのことが、寝袋のなかのウイリスには、うれしかった。六頭の野生の荒馬を、じっくりとながめることができるからだ。

雄馬が水を飲んでいるあいだ、五頭の雌馬は、じっとおとなしく、待っていた。松林のなかで遊んでいた二頭が、外へ出てきていた。六頭の馬の肩や横腹が、広い荒野のかなたから射してくる朝日をうけて、褐色に輝いていた。ほんのすこし位置をかえるだけでも、体ぜんたいの筋肉が美しく動いた。松林のなかでひろってきた朝露が、六頭の荒馬の肌に、きれいになじんでいた。

野生の雄馬は、幼いころにはおたがいに仲が良い。だが、大人になると、反目しあうようになる。一頭ずつ独立し、自分の力で可能なかぎり、雌馬を自分のハレムとして集めていく。集められた何頭かの雌馬は、雄馬のすべての命令に柔順にしたがう。雄馬は、自分ひとりで、妻たちを危険から守る。まだハレムをつくっていない雄馬が、雌馬を求めて攻撃をかけてくることもある。そんなときには、雄馬どうし、たたかわなくてはならない。

たたかいは、ほんの数秒で、けりがつく。おたがいにうしろ脚で立ちあがり、蹴り合い、嚙み合う。相手の皮をその下の肉もろとも嚙みちぎることもある。ふりかざした二本の前脚で相手の首を横ざまに殴りつけたり、体重をかけて肩にのしかかったりする。雌馬はたたかっている二頭の雄馬のすぐそばで、草を食べたり、ただぼんやりと立ちつくしていたりする。

おたがいにうしろ脚で立ちあがってたたかっていたかと思うと、いきなり一頭が身をひるがえしてうしろむきになり、うしろ脚で相手の頭を力まかせに蹴りあげる。蹴られたほうの荒馬が、相手のうしろ脚を顎の下に受け、地面に横倒しになることもある。負けたほうは、ひとりでどこかへ逃げていかなければならない。ハレムを持っていたほうが負ければ、せっかくつくりあげたハレムをあきらめて、逃げていくのだ。血を流しながら、逃げていく。

たたかいをはじめるまえに、二頭の雄馬は、示威行為を、まるでなにかの儀式のように、とりおこなう。相手に対しておどしをかけるためのポーズをいくつかとってみせる。二頭が同時に、このことをおこなう。相手のおどしにおじけづいたなら、たたかうことをそこであきらめ、傷つけられないまま、逃げていくことができる。だが、いったんたたかいがはじまったなら、勝敗が明白になるまで、たたかいはつづけられる。

小さな泉の水に首をのばしていた雄馬は、ようやく、満足がいくだけ、朝の水を飲みおえた。泉から雄馬がさがると、五頭の雌馬のうちの一頭が、泉に進み出てきた。わきあがって流れていく水に、その雌馬は、首をのばした。

雌馬が順番に水を飲んでいるあいだ、雄馬は、緊張して、自分たちのまわりに注意をむけていた。ウイリスは、じっと動かずにいた。風の吹く方向は、この野生の馬たちがあらわれる以前と、まだ変わってはいなかった。寝袋のなかでウイリスがすこしでも動いたら、雄馬は雌馬たちに注意を発し、さきに一団となって逃げさせ、自分はそのいちばんあとを、後方を警戒しながら、やはり逃げていってしまっただろう。ウイリスは、五頭の雌馬が順番に泉の水を飲むのを、身じろぎもせずに、ながめた。

五頭の雌馬たちが泉の水を飲みおえるまでに、一時間以上もかかっただろうか。そのあたりを歩きまわるひづめの音や、首を振るときの音などに、泉の水が流れていく涼しい音が、再びかさなりはじめた。

ウイリスは、行動をおこしてみた。寝袋のなかから手を出し、寝袋のわきに置いてあったバッグのなかから、カメラを取り出そうとしたのだ。彼の両手が寝袋の外へ出たとき、ウイリスのほうに尻をむけていた雄馬が、す早い動きでくるりと体のむきを変えると、身構えつつ一直線にウイリスを見た。

そして、雌馬たちに、注意を発した。雄馬から、逃げろ、と伝えられた雌馬たちは、一団になって松林のなかに入っていった。雄馬は、尾をはげしく打ち振りながら、首を、地面と水平にちかくなるように、力をこめてウイリスのほうにのばした。首の太い筋肉が盛りあがり、前脚のつけ根あたりの筋肉にも、力がこもりはじめていた。雄馬は、ウイリスのほうに近づいてきた。首をゆっくりと高く持ちあげ、たて髪を右に左にと振りながら、四本の脚を踏んばって、構えをつくった。成人した雄馬どうしがたたかうまえに見せる示威行為とよく似ていた。雄馬は、さらに、ウイリスに近づいた。

ウイリスは、寝袋の外に出した両手をそのままじっとさせていた。顔は馬のほうにむけ、目は馬を見たままだ。寝袋に入ったままの、このような状態で攻撃をかけられたら、ウイリスは、ひとたまりもない。寝袋の外に出ていたとしても、この雄馬に対してウイリスがまったく無力であることには、かわりない。このときのウイリスにとって幸いだったのは、雌馬たちが松林のなかをぬけて、そのむこうの丘のほうへ走っていきつつあることだった。

雌馬たちが近くにとどまったままだったら、雄馬は、ウイリスを攻撃してきていたにちがいない。雄馬は、またポーズをかえ、ウイリスをおどすような音を鼻のなかでたてた。そして、くるりと体のむきをかえると、松林のなかへ走っていった。雌馬たちを追って、雄馬は松林をぬけていった。

ウイリスは、とびおきて寝袋から出た。ブーツをさかさにしてよく振り、大急ぎではいた。バッグから、カメラを取り出した。望遠レンズがついていた。それを持って、ウイリスは走った。松林のなかではなく、松林の西はずれにむかった。

松林のむこうから丘につながっている平らなところに、黄色っぽい土ぼこりが舞いあがっていた。馬たちが走っていってまきあげた土ぼこりだ。宙を漂いながら、土ぼこりはキラキラと光っていた。

ウイリスが松林の西のはずれまで走ってきて、丘のつらなりにむけてカメラを構えたとき、雌馬たちは、いちばん手前の丘の頂上にのぼりついたところだった。しんがりの雌馬の尻を、雄馬が首をのばして嚙んでいた。もっと速く走れ、という合図なのだ。そこからあとの情景を、ウイリスは、一眼レフ・カメラの望遠レンズをとおして、ながめた。

雌馬たちが丘の頂きをこえてそのむこう側に降りていきはじめると、雄馬は、うしろを振りかえった。はじめは、松林のほうに顔をむけたのだが、ウイリスがどこにいるかすぐに気づき、そちらのほうに顔をむけた。尾で自分の尻をはたき、腹をふくらませ、首を立ててからまた前へのばした。馬は、体の左側を東からさしてくる朝日にさらしていた。もう朝露もかわいてしまった肌のうねりを、朝日がくっきりと、うかびあがらせた。一瞬、雄馬は、ウイリスのほうにむかってこようとするような姿勢をとった。その瞬間、ウイリスは、カメラのシャッターを押そうとした。だが、押さなかった。カラー・フィルムにそのときのその雄馬の姿を固定させるかわりに、押しさげようとしたシャッターを押さなかったことにより、ウイリスは、自分の記憶の内部に、そのときファインダーごしに見ていた情景を、焼きこんだ。雄馬だけではなく、情景ぜんたいが、自分にむかって大きくたぐりよせられてくるように、ウイリスは感じた。

荒馬はいまアメリカに一五、〇〇〇頭ほどしかいない。一九二五年には百万頭をくだらなかったのだが、いまでは殺しつくされる寸前にまで来てしまっている。かつては人間に飼われていて、いまでは原野のなかで野性にかえっている動物、という考え方がなされていて、法律的にはたいした保護をうけていない。モンタナ州とワイオミング州にまたがるプライアー・マウンテンズと、ネヴァダ州のネリス空軍基地のなかに、国が所有する放牧の荒野があり、ハンターたちから野性の馬が守られているのは、このふたつの放牧地のなかでだけだ。荒馬の保護を政府の義務とする法案が議会に提出されているが、いまのところ野性の馬を保護している法律は、「ワイルド・ホース・アニー法」と呼ばれている法律だけだ。ネヴァダ州に住んでいる、野性の馬の好きな初老の女性、ミセス・ヴェルマ・ジョンストンが各方面にはたらきかけて一九五九年にできた成文律があるだけだ。この法令ができるまでは、荒馬たちは軽飛行機で追いかけまわされておどされ、疾走して追いすがってくるトラックから銃や投げなわで仕止められていた。だが、この法令のおかげで、飛行機やトラックのような、エンジンのついた乗りものを利用して野性の馬を狩ることは禁じられるようになった。プライアー・マウンテンズとネリス空軍基地に保護地区ができたのも、ミセス・ヴェルマ・ジョンストンの力によるものだ。

野性にかえった馬は、野性的すぎて人間の役には立たず、放牧地の貴重な草を食い荒らすからという理由で、さんざんに狩りつくされた。ハンティング・スポーツの対象として保護するには、野性の馬はあまりにも仕止めるのがたやすすぎ、面白くないのだ。糊やヴァイオリンの弦をつくったり、皮を衣服に利用したりしていたのだが、第二次大戦以後は、ペット・フードとしての需要が大量におこってきた。西部諸州の牧場所有者たちは、役に立つ馬以外の馬というものに対してたいへんにせっかちな態度を保ちつづけているから、さまざまな手段を工夫しては「ワイルド・ホース・アニー法」の目をかいくぐって、野性の馬を殺しつづけている。

この野性の馬たちは、十六世紀に北アメリカ大陸にやってきたスペイン人たちによって持ちこまれた、スペイン南部のアンダルーシア種の馬の末裔だ。ヨーロッパから船に乗ってアメリカまで来るあいだは、甲板にロープでしばりつけられたり、索で吊り上げられたままだった。長い航海に耐えて上陸するとすぐに、重い荷を背負って未踏の地へわけ入っていった。頑丈な馬だったのだ。

アンダルーシア種の馬は、もとをたどれば、西暦七一一年にスペインに攻めこんだムーア人がつれてきた北アフリカ種の馬なのだ。スペインの馬との交配がそれ以後つづき、アンダルーシアとなった。

アメリカの南西部に、スペイン人たちは、入りこんできた。サンタフェが南西部一帯の拠点となったのは、一六一〇年という早さだった。馬がなくては一歩も動けない南西部で、馬はとても貴重だった。先住のインディアンたちが、この馬に目をつけた。品物と交換したり、盗んだり、スペイン人の開拓地を襲撃したりして、彼らは馬を手に入れていった。馬を手に入れたインディアンたちは、非常にすぐれた騎馬兵となり、ヨーロッパからやってくる白人たちへの抵抗を二〇〇年以上にわたってつづけることになった。

野性の馬が生まれはじめたのは、このころからだ。白人をおそえば馬はたやすく手に入ったので、インディアンたちは、荒野に逃げていった馬を追いかけて連れもどすことは、めったにしなかった。メキシコからカナダとの国境にいたるまで、西部地方の全域にわたって、インディアンたちは、馬をばらまいてまわった。荒野のなかで数を増やしていった。西部開拓時代に白人たちが使ったのは、荒野からもういちど狩り集めてきた、こういった馬だった。開拓時代の終りとともに、自動車と鉄道の発達、そして経済体系そのものの変化にともない、馬は急速に旧時代の名残りとなってしまった。いまアメリカの西部にいる野性の馬たちは、ずっとあとの時代の牧場から逃げた馬との交配をへているものが多いのだが、一六世紀ごろからの血をそのままうけついでいる馬もいる。

ジム・ウイリスは、小柄な老人だった。バーテンダーが言っていたとおり、週末になるとその店にやって来た。ひどく陽に焼けていた。何十年もの野外生活のなかで、肌の深いところにまでたくわえこんだ陽焼けだった。彼の顔には、しわが無数にきざまれていた。そのしわの、ひとつひとつの底まで、陽に焼けていた。しわの多いその顔を、何度洗っても、土ぼこりの匂いや、照りつける太陽の香りが流れ出てきそうだった。

彼は、洗いざらしのダンガリーの長袖シャツを着ていた。左の胸ポケットには、黒い皮のケースにさした老眼鏡を入れていた。着古したH・D・リー・カンパニーのブルージーンズに、編みあげのワーク・ブーツをはいていた。

　カウボーイふうな帽子を脱いでカウンターのうえに置き、カウンターの下に張り渡してある真鍮の丸いパイプのうえに片足を乗せていた。そして、カウンターのむこうの壁にかけてある、手製の額におさまった油絵をながめていた。

「四年まえだよ、この絵を描いたのは」

　と、ジム・ウイリスは、言った。

「望遠レンズをつけたカメラでのぞいた光景を、そのまま絵に描いてみたのさ。写真には撮らずにね」

「とてもよく雰囲気が出てますね」

「雰囲気といっても、ごく一部分だよ」

　と、こたえて、ジム・ウイリスは、自分が四年まえに描いた油絵を、じっとながめた。そして、こう言った。

「地面に生えているのは、セイジブラッシュだよ。ヨモギに似た雑草みたいなもので、小さな灌木みたいになることもあるね。そのセイジブラッシュのなかには、コオロギがいるし、雷鳥みたいな鳥だっている。サルビアの花が咲くときの香りだってあるだろうし、あんなふうに紫色にかすんでいる荒野のなかには、コヨーテ、マウンテン・ライオン、野性のウサギ、カモシカ、ガラガラ蛇なんかが、いるんだよ。空には、カササギがいるし、鷹や鷲もいる。そういったものぜんぶを、一枚の絵のなかにとらえることは、とてもできねえや」

ジム・ウイリスは、絵から目をはなして、微笑した。

野性の馬を、さまざまな角度から専門的に研究している人たちの、荒野での案内役を、ジム・ウイリスは、おこなっている。それ以前は、広大な放牧地で働くカウボーイだった。カウボーイをやめたのは、腹が立ったからだ、とウイリスは言う。

「女や子供が、カウボーイの服を着て、にせものの観光牧場で遊んでいるのを見て、むしょうに腹が立ったからね。それに、自分自身に対しても、腹が立ったのさ。カウボーイをやっていた三〇年のあいだに、野性の馬を四万頭は殺したからね。その四万頭は、カンづめや袋づめになって、スーパーマーケットのペット・フードの棚にならんだのだよ。三〇セントだの四〇セントだのという値段がついていて、女や子供や、馬鹿な大人が買ったのさ。俺は、ほんとうに腹を立てたよ」

ジム・ウイリスは、自分の描いた油絵を指さして、言葉をつづけた。

「こういった素晴らしいものに、三〇セントだの四〇セントだのという値段をつける作業に加担した自分に、ものすごく腹が立っちまってね」

（注・野性馬に関する歴史上のことがらは、ホープ・ライデン『アメリカの最後の野性馬たち』より）

カーニヴァルの女

エアストリーム社に特別注文してつくらせたトレーラー式のそのモーター・ホームには、最後部に化粧室やバス・ルームがまとめてあった。入念な化粧をおえ、仕事のための服に着かえたシャーリーン・ウォードは、出来あがった自分の最後の点検のために、化粧室に入って大きな鏡の前に立っていた。

毎朝、豚毛のブラシを一〇一回とおす金髪が、ととのえられて優しく輝いていた。化粧は完璧だった。アイ・シャドーは紫色。頬紅をたくみにさし、おでこにもハイライトがある。口紅が、実際の唇よりもほんのわずかに大きく、くっきりと塗りつけられている。どこからか真っ赤な生き物が空中を飛んできて、シャーリーンの口に入りこもうとしている瞬間のように見えた。

まつ毛をつけ足す必要のない、かたちよく反った長いまつ毛にマスカラ。目を伏せると、両目に幕が降りたようになる。マスカラのなかには、光りをうけてキラキラと光る微粒子を混入させてあった。

ふと見せる小さな表情のなかに、せつない優しさが宿っていた。ほがらかに高笑いすると、みがきあげたクローム・メッキに夏の太陽がまともに当たっているときのように華やかにけたたましく、そこから一転して、一流の娼婦が最高の客に秘術をつくすときの夜の深みが、顔だけではなく、体ぜんたいをおおいつくす。

高からず低からず、背丈は体の重要な部分の張り出し具合いやひっこみ加減と、うまくバランスがとれていた。ほどよく皮下脂肪がまわっていた。胸と尻が高く、胴のくびれには小娘にない厚みをたたえ、太腿が陰影に富んだ表情を持っていた。両腕のつけ根が、たくましく太かった。両手は、しわだらけだった。

しわは、顔や首すじにも、たくさんあった。かくしきれるものではない。だが、そのしわが、シャーリーンの持つ女としての存在に、興味ある深みと幅とを、つけ加えていた。

鏡のなかで点検した自分に満足したシャーリーンは、化粧室から居間に出てきた。歩いてくるシャーリーンの左側に、フロアから天井までの大きな冷蔵庫、ガス台、流し台などが美しくつくりつけられていた。

右側が、居間のスペースだった。ダイニング・ルームにもなる。低くて長いテーブルがあり、そのむこうには、壁に寄せて長椅子が置いてあった。

真紅の、分厚いじゅうたんが、フロアいっぱいに敷きつめてあった。シャーリーンがはいている、ヒールの高いブーツの、そのヒールがほとんど埋まってしまう。

キチンのとなりのスペースに、ひとりがけの皮張りの椅子があった。ひじかけのある、回転椅子だ。皮の色は黒だった。うしろの壁には窓があり、カーテンがひいてある。椅子のわきには、小さなテーブルがあり、ノートと鉛筆が乗っていた。シャーリーンは、自分が物心ついてから現在にいたるまでの、カーニヴァルの内部での生活に関して、思いつくままにそのノートにメモをとっている。出版社と本を出す契約が出来ている。二〇万語以上におよぶ、シャーリーン・ウォードのカーニヴァル人生の自叙伝になるはずだ。タイトルは、もう決まっている。『カーニヴァルの女』という。

この回転椅子にすわって正面をむくと、むこうの壁に出入口のドアがある。そのドアを入ってすぐ左に、長椅子とくっつけて壁に寄せて、ウールリーツァーのジューク・ボックスが一台、置いてある。

そのジューク・ボックスまで歩いたシャーリーンは、一〇セント硬貨をスロットに入れて、Fの18番のボタンを押した。そして、黒い皮張りの回転椅子に、すこし腰を前にずらせて、すわった。両脚を前に投げ出し、ジューク・ボックスのなかでFの18番のドーナツ盤がセレクトされてターンテーブルに乗せられていくのを見守った。

マキシマムの音量で、そのレコードが鳴りはじめた。音が、モーター・ホームのなかに響きわたった。電気増幅されたギターとドラムスがひとかたまりになっておなじ高さのひとつの音を三度、くりかえして放った。シャーリーンは、ジューク・ボックスを見つめていた。モーター・ホームが、ゆれるのではないかと思われた。

彼女には、夜の大平原が見えた。いつも千変万化する生気にあふれた彼女の目が、奇妙にうつろだった。牧童がひとり、馬に乗って、進んでいた。濃い紫色の空に、銀色の星が、無数にあった。

かすれたような、かすれていないような、明らかにふてくされた声で、若い男の歌い手が、最初のステートメントを提示しはじめた。彼は、次のような文句を、うたっていた。

吾は一介のさびしき牧童
ただひとり流浪の旅
懐中には小さき銀貨とてなく
愛しき人への電話もかなわず

オープン・ボックスのギターが、ピチカートをはじめた。バックに、ほかの音はなかった。ピチカートは、その牧童がまたがって乗っている馬の歩みを模していた。口笛が、ピチカートにからんだ。

男の声のコーラスが、

「乗りてゆけよ、乗りてゆけよ、乗りてゆけよ」

と、大空にうたった。男が三人、声をあわせたコーラスだった。

若い男の歌い手が、二番目のステートメントをはじめた。バックにはピチカートがつづき、ピアノが口笛にかわってからんだ。ハイハットが、ずっと後方で鳴っていた。

山越ゆれば近きに町の横たわれる

その町の吾を呼ぶ声ぞ聞ゆ
馬に鞍置き乗りてゆけよさびしき牧童
なんじが運命(さだめ)そこもとにあらば

歌い手は、三番目のステートメントを、うたっていった。

夢に見るは輝ける美しき灯
吾に近くまたかくも遠く
さびしき牧童の日々はてなく
虚しく吾は星に手をさしのぶるや

二番目と三番目の、ふたつのステートメントをとおして、二行おきに、その行の最後の言葉を、歌い手がうたいおえるやいなや、三人の男のコーラスが、空へほうりあげるようにうたい、最後は、「星に手を、星に手を、星に手を」
と、三回くりかえして、バックの音と共に、いっきに盛りあげた。
そして、すぐに、若い男の歌い手が、声をかさねた。

乗りてゆけよ

乗りてゆけよ、さびしき牧童!
いざうたえ
いざうたえ、牧童よ!

うたえ、という言葉と、牧童よ、という言葉が、その都度、男のコーラスによってくりかえされ、強調された。

「牧童よ!　牧童よ!」

と、若い男の歌い手が、虚空に呼びかけた。銀色の星の散りばめられた、深い紫色の天蓋に、牧童の愛馬のひづめの音が、こだました。ギターのピチカートが、「牧童よ!　牧童よ!」と呼ぶ声の余韻にかさなり、第四番目のステートメントが、はじまった。

このさびしき谷を出る日はいつ
またたける灯を目じかにぞ見ん
吾は見きわめる山のかなたを
おのが夢に綱打かけからめ取らん

男のコーラスが、

「おのが夢!

おのが夢！

おのが夢！」

と、言葉を星にむかって、ほうりあげた。

果てしない夜空にその言葉は急速に吸いこまれて消えた。

若い男の歌い手は、なおいっそうふてくされ、涙声に近づきつつ、最初のステートメントの変形をうたいはじめた。

吾は一介のさびしき牧童
ただひとり流浪の日々
呼びもどす声のなければ
期して再び里に帰らず。

最後の文句は、バックなしで二度、くりかえされた。意は充分に通じた。それに、はじめから一行ずつ、うたいおわると間髪を入れず、男のコーラスが、「ドゥーワーッ！」と、盛りあげるためのあいの手をはさみこんだ。若い男の歌手がうたいおえようとする寸前、ピアノが、必要にして最少限の情感を、うしろむきの未練ではなく、前にむいた素っ気なさとして、みじかく、音に出した。

ドーナツ盤は、それで終りだった。ジューク・ボックスのなかで、機械じかけの腕が、ドーナツ盤をターンテーブルからとりあげ、もとの位置にかえした。

シャーリーンは、胸のなかにためていた息をほっと吐き出し、投げ出していた両脚をひき、きれいに立ちあがった。白い皮の、フレアード・スラックスの尻のポケットに入れていた、おなじ白い色の皮の手袋をひっぱり出して右手に持ち、ドアにむかって歩いた。

歩きながら、左側の寝室のほうを、ちらと見た。フロアから、手すりのついた階段を三段あがると、そこはベッドルームだった。ランプの乗っているテーブルをはさんでベッドがふたつ置けるだけのスペースがあるのだが、ベッドはひとつしかなかった。

ドアを左手で開きつつ、手袋を持った右手を、ドアのわきのジューク・ボックスに、触れた。このジューク・ボックスには、エルヴィス・プレスリーの『ロンサム・カウボーイ』のドーナツ盤だけしか入っていない。一〇セント硬貨をスロットに落とせば、アルファベットと数字との、どの組み合わせを押しても、A面の『ロンサム・カウボーイ』の歌が、かかるように改造されている。

モーター・ホームのドアを開けて、シャーリーン・ウォードは外へ出て来た。草の生えた地面に立った。午後の高い陽が、彼女を正面から照らした。これから、午後いちばんのスタント・カーのショーがはじまる。

銀色のジュラルミンのボディをしたモーター・ホームには、上とまんなかと下とに、幅の広い真紅のストライプが入っていた。モーター・ホームが光っていた。その前に立っているシャーリーンは、目を細めて、あたりをながめた。カーニヴァルの団員たちのモーター・ホームがならんでとめてある一角だった。そのむこうの広大な空き地で、カーニヴァルがおこなわれている。そちらへむかって、シャーリーン・ウォードは、美しく歩いていった。

シャーリーン・ウォードが物心ついてまずはじめにいちばん驚いたのは、そのとき彼女が住んでいたインディアナ州の町に、サーカスが来たときだった。アメリカの中西部から東部にかけての一帯をテリトリーにして巡回興行しているサーカスだった。カーニヴァル、と呼んでもよかった。

いつもならなにもない、草の生えた平坦な広い空き地が、一夜明けると、信じられないようなひとつの町にかわっていた。はじめてみる、夢の町だった。にぎやかに人がたくさんいて、どの人も笑っていた。あるいは、楽しそうに、その町に夢中になっていた。音がいっぱいだった。

その町が、楽しく遊ぶためだけにつくられたものだと知ったとき、シャーリーンは、ひょっとしたらこれが日曜学校で教えてくれる天国なのだろうか、と真剣に考えた。

ありとあらゆる色が、そのカーニヴァルのなかにはあった。動物たちがいた。面白く化粧した、愉快きわまりない道化たちが、はねまわっていた。誰に対してもまんべんなくきらびやかな微笑をむける、キラキラと光った水着の美女たちがいた。猛獣つかいがいた。いろんな小屋がならんでいて、そのなかには、およそ想像しうるかぎりの遊びのための設備が、おとぎの国さながらに、用意されてあった。蒼空の一角では、極彩色のワンダー・ホイールが、幼いシャーリーンの心臓をしめあげるのだった。ゆっくりと回転している、そのゆっくりさが、シャーリーンをとらえてはなさなかった。

ワンダー・ホイール。カーニヴァル。シャーリーンがはじめて恋に似た感情を持った、ふたつのみじかい平凡な言葉だ。

カーニヴァルが去ると、広い空き地には、なにもなかった。紙くずひとつ、落ちていなかった。ゴム風船のかけらすらなかった。キャンディの小さなつつみ紙もなかった。

町からカーニヴァルがいなくなっても、幼いシャーリーンは、空き地につれていってくれるよう、父にせがんだ。父は、カーニヴァルはもういないのだよとシャーリーンを叱ったりなだめたりしながら、そこへつれていってくれた。

そこでカーニヴァルをはじめて見たときの驚きとおなじ驚きを、可愛い金髪の、丸い頬のシャーリーンは、空き地の無人の広がりに発見した。ある日、こつぜんと町にやってくるのがカーニヴァルならば、次の日には風のようにあとかたもなくどこかへ去っているのもまた、カーニヴァルだった。

カーニヴァルは、夢だった。手で触れることのできる夢だった。カーニヴァルが去ったあとの空き地のはじに自動車をとめた父に、シャーリーンは、きいた。

「カーニヴァルは、どこから来るの。カーニヴァルは、どこへいったの」

父は微笑んだ。何度目かの軽い嘆息をつき、父はこたえた。

「カーニヴァルは、巡業しているのさ。いろんな町を、次々にまわるんだよ」

「カーニヴァルの人たちは、どこに住んでいるの」

「カーニヴァルのなかさ」

「どうやって来るの」

「自動車だね。トラックに荷物をつんでさ、何台もつらなって。汽車であちこち動きまわるカーニヴァルもあるよ」

「お父さんは、どうして、カーニヴァルの人ではないの」

父は、ハッハッハ、と笑った。

「私は、なぜ、カーニヴァルの人ではないの」

それにも、父は、笑った。

シャーリーンは、泣きだした。

自分のもっとも切実な質問に対して、ハッハッハ、と笑う人がいるだろうか。この父とはまともに話をかわすことができない、とシャーリーンは、子供心に直感した。父の子供であることからぬけ出し、シャーリーンがひとつの独立した人格として成長していきはじめたのは、このときからだった。

シャーリーンの一家は、何度か町をかえ、引っ越しをした。どの町も、黄色や銀色の消火栓のまわりに円形にプリムローズが植えてあったりするような町だった。そして、そのような町には、かならず、カーニヴァルがやってきた。

カーニヴァルが、シャーリーンの心のなかを、いつも占領していた。ほとんどカーニヴァルのことを考えずにいた時期も、たしかにあった。おない年の少年たちに夢中になっていた頃だ。カーニヴァル、という言葉を聞いても、胸は以前のようにはときめかなかった。

だが、ティーンエイジ・クラッシュは、やがて終った。すると、カーニヴァルが、シャーリーンの心のなかに、よみがえってきた。

ハイスクールを出て、働きながら、カレッジで心理学を専攻しはじめた。シャーリーンは、美しい肉体と、可愛い顔の持主だった。カレッジのあった町へカーニヴァルが来たとき、カレッジの美人コンテストがおこなわれた。シャーリーンは、そのコンテストに参加した。友人たちが、こぞってあとおしをしてくれたからだ。

シャーリーンは、一位になった。二五〇ドルの小切手と、トロフィーをもらった。カーニヴァルの小人の道化が、ロリポップをくれた。カーニヴァルの乗物がなんでも無料になるパスをもらった。そのカーニヴァル一座の団員である、ヘラクレスのような体をした青年が半裸体で白い馬に乗り、水着のシャーリーンを片腕で高々とかかげ、いちばん大きなテント小屋のオーヴァル・トラックを三周もしてくれた。観客が拍手をしてくれた。父も母も弟も、その観客のなかにいた。手を振りながら、シャーリーンは、父や母に別れを告げていた。

カーニヴァルがその町を去るとき、シャーリーンもいっしょだった。彼女は、そのカーニヴァルの一員になった。それまでの自分のまわりに出来あがっていたいっさいの生活をすててしまって、悔いはなかった。すて去った生活のほうがはかないまぼろしで、カーニヴァルこそが、生き生きとした現実だった。

座長は、シャーリーンの参加を、よろこんだ。自分という存在そのものに対して、こんなよろこびを他人からうけたのは、シャーリーンにとっては、そのときがはじめてだった。

健康でカーニヴァル好きで愛嬌のある水着美人は、カーニヴァルの花だった。シャーリーンは、カーニヴァルのなかに、溶けこんだ。

このときから、いったい何年たっているだろう。巡回興行のトラックやトレーラーをつらねたカーニヴァルは、一年のうち半分ほどしか働かない。春から秋までが、シーズンなのだ。

春が近づいてくると、機材を点検しなおし、巡回のルートを綿密につくりあげ、人員を呼び集めて、出発する。巡回の途中で加わる人だってたくさんいる。かつてのシャーリーンがそうだったように。シーズンが終ると、カーニヴァルをはなれて、普通の生活をする。やはり一年じゅうカーニヴァルのなかにいて、その生活を何年もつづけるのは、つらいのだ。半年ちかくのカーニヴァル生活は、あとの半年と劇的な対比をなしていた。

トラックやトレーラーの隊列を組んで町にやって来て、フェアグラウンドにテントをいくつも張り、ワンダー・ホイールを立てる。町のなかに、あるいは、はずれに、もうひとつ町ができるのだ。自分がそのなかに参加していて、我が手でその町をつくる。朝のまだ淡い光りのなかで、フェアグラウンドにテントが次々にあがっていくのを見るのは、いつ見ても、そして何度見ても、限りないスリルと興奮とを、シャーリーンのなかに呼びおこした。

この数年、シャーリーンは、カーニヴァルのシーズンが終ると、フロリダのヘミングウエイ・カントリーまで南下していき、そこで冬をすごす。なにもしなくてもひと冬を楽にヘミングウエイ・カントリーですごすくらいのたくわえは、シーズンのあいだに充分できる。いつだったか、結婚したこともあるのだが、いまでは離婚してしまっている。結婚はせずに、グッド・オールドファッションド・ファックと恋だけをすることに決めている独り身だ。色気が彼女に残りつづけるのは、そのせいだろう。

シャーリーンは、いまではもう、水着の女王ではなかった。若い女のこたちが、とってかわっている。水着をやめてからは、キンキラキンのカウガール衣裳をまとってオカマの美青年を助手にしたがえ、六連発の曲射ちをやっていた。いまはほかのカーニヴァルにいってしまったけれど、アメリカン・インディアンの老人が、巡回興行のつれづれに、シャーリーンに六連発の射ち方を教えてくれた。ライフルは駄目なのだが、ハンド・ガンに関しては、シャーリーンは天性の才能を持っていた。カーニヴァルのなかに、ピストルの曲射ち小屋を持てるまでになったのだ。

ピストルの次は、自動車だった。女性ばかりのスタント・ワーク・チームからはじまって、デモリション・ダービー、8の字レースその他、いっさいをこなしてきた。昨年のシーズンに、ニューメキシコの州境ちかくを移動中、スタント・カーのチームの女性キャプテンが、雨嵐のなかで、乗っていた紫色のキャデラックを転覆させ、死んでしまった。あとをついで、シャーリーンが、キャプテンになった。テクニカルな面でいっさいの責任を負っている男性のスタント・ドライヴァーが、チームの真の主将として、ついていてくれる。スタント・ドライヴァーは、一〇人いる。男が六人に女性が四名だ。

『世界的に有名、日本には類似品すら現出した、マイル・ロング・ホットドッグ!』のスタンドのむこうに、板べいにかこまれて、スタント・カーのショーに使う自動車が格納してあるプリファブリケーションの建物があった。

マイル・ロング・ホットドッグとは、全長一マイルあるホットドッグ。ほんとに一マイルあるのではなく、とてつもなく長い、というほどの意味。大人が片腕をいっぱいにのばしてその手の先端から口まで届く長さにつくったホットドッグ用のパンに、野菜とソーセージがはさんであり、マスタードやトマト・ケチャップがかけてある。スタンドのとなりに小さなステージが設けてあり、そのうえで、一九五六年の夏の土曜の映画館さながらに、ロックンロール・バンドが演奏し、ギターをかかえた若い歌い手が、ダックアースになでつけた銅色の髪を額にふり乱し、『ホットドッグ』をうたっていた。若い女のこたち、それに少年やおばさんが、笑い興じつつ、マイル・ロング・ホットドッグを食べていた。

あの人、この人と、笑顔をふりまき、小さな子供は抱きあげて頬ずりしたりしながら歩いてきたシャーリーン・ウォードは、スタント・カー・チームの小屋に入った。

なかには、自動車がいっぱいあった。メカニックやドライヴァーの男たちが、シャーリーンに挨拶の声をいっせいに送った。シャーリーンも、それをかえした。格納庫のなかはシャーリーンが入ってきたおかげで、ぱっと明かるくなったようだった。

シャーリーンの使うビューイック・スカイラークは、格納庫のいちばん奥にあった。おなじスカイラークが八台あった。黄色が四台、ブルーが四台だった。いちばん手前のスカイラークのフロント・バンパーに腰かけて、「脂足のジョー」が、水虫予防のデセネックスのフット・パウダーを足指のあいだにさかんにスプレーしていた。靴のなかで足がすべるからと、ジョーはいうのだ。

スタント・カー・チームの出番が近づいていた。デモリション・ダービーでは観客が賭けを楽しめるようになっている。その説明をする男の声が、スタント・カーの特設観客席のほうから、ＰＡをとおして聞えてきた。

メカニックたちは、最後の点検をすでに終っていた。ドライヴァーが、自分の車に乗りこんだ。シャーリーンも、スカイラークのなかに入った。リア・ヴュー・ミラーをのぞいて、髪をなおした。今日の最初のスタント・カー・ショーがこれからはじまる。

カーニヴァル専属の牧師がやってきて、大音声で聖書を読んだ。マタイによる福音書からだった。

「あなたがたは地の塩だよ。塩のききめがなくなったら、どうやってその味をとりかえすかね。もはやなんの役にも立たず、外にうっちゃられ、人に踏みつけられるだけだよ」

つづけてさらに次の三節を牧師は読んだ。

読みおえると、それが合図かのように、格納庫のなかの車は、いっせいにエンジンをかけた。体の極端にやわらかい小人が乗ったリンゴ箱ほどの大きさの車が、爆音をとどろかせて格納庫を出ていった。

「ドラキュラの娘たち」という、女性三人組のチームが、それにつづいた。女性ドラキュラのいでたちを彼女たちはしていた。車のボディといわずルーフといわず、おそろしげな絵が鮮かに描いてあり、ホーンからは断末魔の声がほとばしり出た。

1/4マイル・タイム・トライアルのドラグ・レースのパロディをやる連中が、ドラグスタの排気音をとどろかせ、出ていった。8の字レースやロール・オーヴァー、Tボーン・クラッシュ、ジャンプなどをおこなう男たちのでこぼこの車がつづいた。それから、シャーリーンがキャプテンをやっている八台のスカイラークがつらなって一列になり、出ていった。黄色とブルーとが、交互にならんでいた。最後に、道化の乗った白いトライアンフ・スピットファイアーが出た。フードの上には、小人の道化が乗っていた。

ぜんぶの車が一列になって、カーニヴァルのおこなわれているフェアグラウンドの縁を走り、スタソト・カー・ショーのための特設観客席の前に広がっているオーヴァル・トラックに入りこんできた。PAをとおして、男の声がスタント・カー・ショーのはじまりを、興奮した口調で告げていた。観客席は人で埋まっていた。いっせいに拍手がおこった。赤、青、白、黄色。観客席の人たちの色とりどりの服が、明かるい陽に映えていた。

小人の乗った小さな車が笑いをひきおこし、そのあとにつづく、小粋な「ドラキュラの娘たち」が、車から体を乗りだして片手を高くあげ、振っていた。黒い長いマントには深いスリットが入っていて、そこから、ホットパンツをはいた彼女たちの脚が、まぶしく見えるのだった。

グランド・スタンドの前を通過し、すべての車が一巡すると、すぐに、ショーのはじまりだった。フードに小人を乗せたトライアンフ・スピットファイアーが悪役となり、「ドラキュラの娘たち」の三台のキャデラック・クーペ・ド・ヴィルが、善玉になって追いかけまわす。フードのうえの小人が、危険な技を存分に演じた。リンゴ箱ほどの車におさまった小人が、走りまわるド・ヴィルやスピットファイアーのあいだをかいくぐって、観客の胆を冷やさせた。

それが終った。ドラキュラの三人の娘たちは、小人が運転する一台のド・ヴィルのルーフやフードに乗ってマントを脱ぎ、男の観客たちに脚や腰の線を披露した。グランド・スタンドの観客に長い脚をぶんまわして愛嬌をふりまき、「ドラキュラの娘たち」は、ひきさがった。

次は、シャーリーン・ウォード以下八名による、非常に危険なショーだった。

八台のビューイック・スカイラークが、自慢のV6エンジンに2バレルのカービュレーションをきかせ、軽く蒼空につきぬける排気音と共に、一本にじゅずつなぎになり、グランド・スタンドの前に曲がりこみながら、フル・パワーで疾走してきた。

バンパーとバンパーを接しあって一列につながったスカイラークは、コーナーでいっせいに尻を振った。先頭のシャーリーンからさきに、ダートの路面に後輪をフルにロック。四角い黄色のスカイラークが、陽のなかでキラキラと光って、尻をすべらせる。それにつづく七台が、おなじ角度に、スライドした。そして、八台がなにかでつながれてでもいるかのように、いっせいにたちなおり、再び一本につながった。そのときは、もうグランド・スタンドの前だった。

ひとまわりしてきて、こんどは四台ずつ二列になってボディやバンパーを接してひとかたまりにな り、八台がひとつにまとまり、コーナーで砂利や土ぼこりを蹴りあげてドリフトした。グランド・スタンドの前にあるフェンスをぎりぎりにクリアすると、瞬間的に四台ならびにかわり、次には、三台ならびとなってまんなかに一台ずつ、前とうしろについた。その、まんなかに一台ずつついているスカイラークは、三台ならびで二重になってスロットルを全開しかけている六台のまわりを、時計の針とは逆まわりに位置をかえていった。

観客席から、ウォーという感嘆の声があがった。とたんに、八台のスカイラークは斜めに一列にならび、ならんだかと思うとこんどは逆の方向に斜めになり、それがXの字にかわり、次に円形になり、それが再び、まっすぐ一本につらなった。そして、グランド・スタンドのむこうのコーナーを、テールを振って、曲がっていった。

グランド・スタンドの前を走りぬけるあいだに、ステアリングはほとんど操作せず、サード・ギアのアクセルとブレーキングだけで、これだけのことをやってのけた。拍手がわきあがった。とみるまもなく、ひとまわりしてきた八台の黄色とブルーのスカイラークが、二列にならんでグランド・スタンドのこちら側のコーナーに、三たび、全開で突っこみつつあった。

ひとかたまりになってテール・スライド。そして、ひとかたまりのまま立ちなおり、グランド・スタンドの前にさしかかったとき、小人がフェンスのかげから八台のスカイラークの前に飛び出してきた。シャーリーンが乗っている右側の先頭のスカイラークに、その小人は、空中にはねとばされたように見えた。観客席から悲鳴があがった。シャーリーンはガムを嚙みながら、笑っていた。空中にはねとんだ小人は、走りぬけていく二列八台のスカイラークの、むこうの側のしんがりのルーフに、軽やかに降り立った。リア・ウインドーをすべり台のようにすべりおり、トランクのうえを歩き、バンパーに乗り、ぽんと地面におりた。なにごともなかったかのように、小人は、走り去るスカイラークのほうをちらと見た。盛大な拍手があがった。

八台のスカイラークが、ひとまわりしてまたやってくる。こんどは、小人はもっと危険なことをやらなくてはいけない。スカイラークが、黄色とブルーに鮮かに輝いて八台、コーナーをぬけ、小人にむかって猛然と一六個の後輪で路面を蹴った。このときの、スカイラークの黄色とブルーの輝きを一生忘れることのできない人が、観客席にひとりくらい、いるはずだった。

あとがき

「追い風はホワイト・ブルース、向い風がアメリカン・ソウル。紫の平原が、二車線のハイウエイが、幻の蒼空に逆さうつし。アメリカの西部の主人公カウボーイが、どこまでも持ち歩くロンサムとはなにか。硬すぎる叙情ゆたかに描ききる男の詩。」

月刊誌『ワンダーランド』（いまの『宝島』の前身）第一巻第一号が刊行されるのにさきがけてつくられた宣伝資料に、連載『ロンサム・カウボーイ』の予告がこんな文章でのっていた。連載は『ワンダーランド』をまっとうし、『宝島』の第一号から第十二号まで予定どおりつづいた。ここにこうして一冊にまとまっているのはその連載のすべてであり、順番は連載どおりであり、文章は、ほんのすこし、ところどころ、なめらかにかえてある。全十四話が出来あがるまでに、いかに多くのグッド・ピープルが力をかしてくれたかは、もはや書く必要のない、わかりきったことだ。

なんということもない、ごくあたりまえのアメリカの人々が、ごく普通の町なみや風景のなかにいて、日常の生活を送っている。そこへぼく自身を置く。普通の人々が平凡な風景のなかでくりかえしている生活を感じとるためだ。そして、そのぼく自身をも含めて、その光景ぜんたいを、もうひとりのぼくが、別のパースペクティヴをもって描いていく。こういった、パースペクティヴの移動ないしは転換は、仮設をこえて、感覚のよろこびになりうる。というようなことを『ロンサム・カウボーイ』全十四話のなかでぼくはやってみようとしたのだと、いまやっと気づいたから、まさにあとがきとして、書いておく。

片岡義男

著者について

片岡義男（かたおか・よしお）

一九三九年東京生まれ。文筆家。大学在学中よりライターとして「マンハント」「ミステリーマガジン」などの雑誌で活躍。七四年「白い波の荒野へ」で小説家としてデビュー。翌年には「スローなブギにしてくれ」で第二回野性時代新人文学賞受賞。小説、評論、エッセイ、翻訳などの執筆活動のほかに写真家としても活躍している。著書に『彼のオートバイ、彼女の島』『メイン・テーマ』『日本語の外へ』ほか、『歌謡曲が聴こえる』『短編を七つ、書いた順』『ミッキーは谷中で六時三十分』『私は写真機』『翻訳問答 英語と日本語行ったり来たり』（共著）など多数ある。

ロンサム・カウボーイ

一九七六年四月三〇日初版
二〇一五年一月三〇日改版

著者　片岡義男
発行者　株式会社晶文社
東京都千代田区神田神保町一―一一
電話（〇三）三五一八―四九四〇（代表）・四九四二（編集）
URL http://www.shobunsha.co.jp
印刷　壮光舎印刷株式会社
製本　ナショナル製本協同組合

ISBN978-4-7949-6870-8　Printed in Japan

好評発売中

10セントの意識革命　片岡義男

ぼくのアメリカは、10セントのコミック・ブックだった。そして、ロックンロール、ハードボイルド小説、カウボーイ小説。50年代アメリカに渦まいた、安くてワクワクする夢と共に育った著者が、体験としてのアメリカを描いた評論集。私たちの意識革命の源泉を探りあてる、若者たちのための文化論。

町からはじめて、旅へ　片岡義男

ぼくの本の読みかた、映画の見かた、食べかた、そしてアタマとカラダをとりもどすための旅――アメリカ西海岸へ、日本の田舎へ、ハワイへ。椰子の根もとに腰をおろし、幻の大海原を旅しよう。魅力あふれるライフスタイルを追求するエッセイ集。

半分は表紙が目的だった　片岡義男

アメリカのペーパーバックスは見るだけで楽しい。色とりどりの表紙に魅かれて買いつづけた本は、山のようにたまった。さあ、写真に撮りたい100冊を選び出し、1冊ずつ眺めてみよう。自伝や伝記、ベストセラー、ハードボイルド、コミックス……。ポケット・ブックの黄金時代が鮮やかに甦る。

植草さんについて知っていることを話そう　髙平哲郎

植草甚一とリアルタイムで時代をともにした人から、いまでもその足音を追い求めている人まで、総勢25人と語りあった。「植草甚一大全」ここに登場！　語りの相手は、タモリ、山下洋輔、平野甲賀、和田誠、片岡義男、坪内祐三……。明治生まれで江戸人の植草さんの生き方・歩き方が蘇る。

ワンダー植草・甚一ランド　植草甚一

不思議な国はきみのすぐそばにある。焼け跡の古本屋めぐりから色彩とロック渦巻く新宿ルポまで、20年にわたって書かれた文章の数々。たのしい多色刷のイラストで構成された植草甚一の自由で軽やかな世界。「切抜帳を作るように本を楽しんで作りあげているところがよい」（朝日新聞評）

チャーリー・パーカーの伝説　ロバート・G・ライズナー 片岡義男訳

「バード」の愛称で親しまれた不世出の天才アルトサックス奏者、チャーリー・パーカーの決定版評伝。「81人の、相互に矛盾する証言という『伝説』発生の現場に立ち会うことによって、この天才の姿を浮び上がらせようとしたのだが、この試みは恐ろしいほど成功を収めている」（共同通信評）

絵本 ジョン・レノンセンス　ジョン・レノン 片岡義男・加藤直訳

音楽を変えた男ジョン・レノンが、ここにまたことばの世界をも一変させた！　暴力的なまでのことばあそびがつぎつぎと生みだした詩、散文、ショート・ショート。加えて、余白せましとちりばめられた、奔放自在な自筆イラスト。ナンセンス詩人レノンが贈る、これは世にも愉しい新型絵本。二色刷。